청춘성어

청춘성어

초판 1쇄 | 2014년 1월 13일

지은이 | 최영갑
펴낸이 | 김성희
펴낸곳 | 맛있는책

기획 · 진행 | 북케어(www.bookcare.net)
책임편집 | 최현숙
마케팅 | 정범모
경영지원 | 설효섭

출판등록 | 2006년 10월 4일(제25100-2009-000049호)
주소 | 서울 서초구 반포동 47-5 낙강빌딩 2층
전화 | 02-466-1278
팩스 | 02-466-1301
전자우편 | candybookbest@gmail.com

ISBN : 978-89-93174-42-7 03810

인생을 움직이는 네 글자의 힘

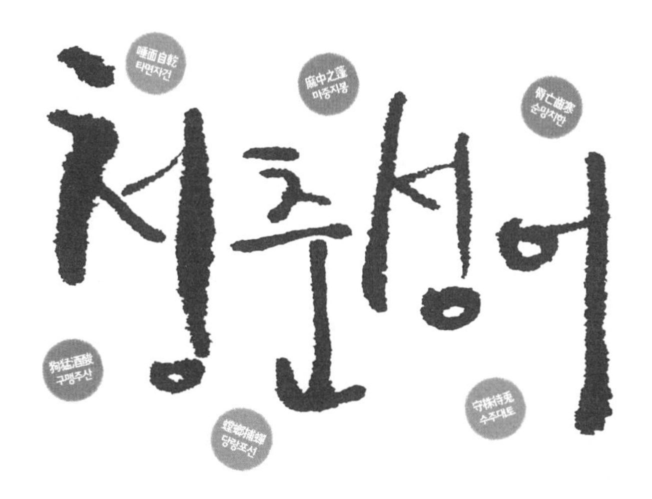

최영갑 지음

맛있는책

저자의 글

봄바람이 솔솔 불어오고 따사로운 햇살이 들녘을 비출 때 어느 곳에선가 작은 새싹이 하늘을 향해 솟아오르기 시작합니다. 비록 작고 여리지만 그 새싹 속에는 무한한 가능성이 내재되어 있으며 많은 사람들의 가슴을 따스하게 할 아름다움이 담겨 있다는 사실을 우리는 알고 있습니다. 시간이 가면 새싹은 세상에 하나 밖에 없는 예쁜 꽃을 피우고 탐스러운 열매를 맺게 되는데 그 과정은 신비로울 정도로 엄숙하며 진지합니다.

새싹이 성장하고 변화하는 과정을 잘 살펴보면 인간과 너무 닮았습니다. 어머니 가슴을 뚫고 태어나 아장아장 걷던 아이가 어느덧 청년이 되고 어른이 되어 세상을 향해 외치는 모습은 하나의 우주를 보는 듯합니다. 어떤 꽃을 피울지 어떤 열매를 만들어낼지 알 수 없기에 두려움과 함께 미래에 대한 동경이 숨어 있기도 합니다.

청춘은 미완성입니다. 그렇기에 여백의 미가 담겨 있습니다. 여백을 다 채우지 않아도 되고 자신만의 색을 칠해도 좋습니다. 그렇지만 한 번 만들어진 그림은 다시 고칠 수 없다는 것도 기억해야 합니다. 살다보면 어쩌다 같은 실수를 되풀이하기도 할 것입니다. 간혹 길을 찾아 헤매면서 방황하기도 하고 인생의 정답이 무엇인지 찾으려고 애쓰기도 할 것입니다. 그렇지만 정답은 쉽게 드러나지 않고 방황은 계속 되기도 합니다. 그럴 때는 40, 50년이 지난 뒤의 자신을 생각하면서 "만약 다시 청춘으로 돌아간다면 나는 그때 어떻게 했을까?"라고 생각해 보십시오. 그러면 객관적으로 자신을 바라볼 수 있을 것입니다.

청춘은 하고 싶은 일이 많습니다. 청춘은 화사하게 핀 꽃처럼 아름답습니다. 그래서 모든 사람들이 청춘을 그리워하고, 부러워하는 것입니다. 그런데 아쉽게도 청춘은 너무 짧아, '달리는 말'처럼 빨리 지나가고 맙니다. 청춘기에 놓인 당사자들은 이러한 사실을 알지 못한 채 시간을 허비하고 소중한 시절을 가볍게 보내는 경우가 많습니다. 왜 그럴까요, 가진 자의 여유일까요?

새싹이 아름답게 성장하기 위해서 많은 조건들이 갖추어져야 하는 것처럼, 청춘 역시 아름다운 인생을 만들기 위해서는 필요한 영양분과 조건들을 잘 갖추어야 합니다. 아름다움은 그냥 주어지는 것이 아니기 때문입니다. 때로는 부모나 스승으로부터 영양분을 공급받기도 하지만, 성숙할수록 스스로 만들고 찾아야 합니다. 가장 힘들이지 않고 영양분을 공급받을 수 있는 방법은 바로 독서입니다. 많은 사람들의 지혜를 담아놓은 책 속에 모든 영양분이 갖추어져 있기 때문에 청춘이 책을 멀리하면 어둠을 뚫고 나갈 지혜를 갖출 수가 없습니다. 책을 읽는 가운데 자신의 인생을 바꿀 멋진 문장을 발견한다면 얼마나 좋을까요? 인생의 지침이 될 아름답고 멋진 문장 하나를 찾아 가슴에 담아두기 바랍니다. 가슴에 뜨거운 문장 하나 품지 않으면, 당신은 청춘이 아닙니다.

젊은 시절 내 가슴에 새겨진 글귀는 『예기』에 나오는 "옥불탁불성기 인불학부지도玉不琢不成器 人不學不知道"였습니다. "옥은 다듬지 않으면 그릇이 될 수 없고 사람은 배우지 않으면 도를 알지 못한다."라는 뜻입니다. 이 글을 알고 가슴에 담은 뒤 더욱 많은 시간을 학문에 매진할 수 있었습니다. 내게 먹고 사는 문제보다 더 중요한 것이 있음을 알게 해준 것이 바로 이 문장이었습니다. 삶의 도리가 무엇인지 어떻게 살아야 하는지 분명하게 길을 인도해준 것입니다.

이 책은 선현의 지혜가 함축된 고사성어를 통해 청춘에게 도움이 될 이야기를 나의 삶에서 반추하여 기술한 것입니다. 누구나 처한 상황이나 조건이 다르지만, 조금이라도 빨리 삶의 의미를 깨달은 사람이라야 자신이 원하는 삶을 살아갈 수 있습니다. 세속에서 말하는 성공을 추구하는 사람도 있을 것이고, 꿋꿋하게 자신만이 원하는 삶을 일궈내는 사람도 있을 것입니다. 조금 빠른 사람도 있고, 조금 늦은 사람도 있습니다. 그렇지만 어느 것이 좋은지 아무도 알 수 없으며 정답도 없습니다. 자신이 처한 현실에서 최선의 길을 찾아 가는 것만이 가장 큰 행복일 것입니다.

흘러간 시간은 다시 오지 않고, 지나간 청춘은 후회해도 늦습니다. 선배들이 청춘을 그리워하는 것은 어쩌면 자신의 삶에 대한 후회일지도 모릅니다. 지금 청춘이 늙어서 그 시절을 그리워하지 않기를 바라는 마음에서 이 글을 씁니다. 백발이 성성하게 되었을 때에도 후회하지 않는 삶이라면 청춘을 의미 있게 보냈을 것이기 때문입니다. 모든 청춘이 자기만의 꽃을 피우기 바라는 마음으로, 기원합니다.

이 책이 독자에게 읽혀지기까지는 여러 '청춘'이 함께 도움을 주셨습니다. 특히 서민철 선생님과 출판사 관계자 여러분의 애정이 듬뿍 담긴 책입니다. 함께 고민하고 생각하는 시간을 갖게 해준 분들에게 감사드리고, 모두 아름다운 청춘의 길에 동참해주셔서 감사합니다.

2014년 1월
문곡 최영갑 삼가 쓰다

차례

2부

세상이라는 파도에 몸을 내던질 청춘에게
-수련修鍊

3부

옛사람을 벗 삼으니 절로 알게 되는 지혜
– 독서讀書

4부

세상의 기준이 당신의 기준은 될 수 없다
– 입지立志

5부

나를 안다는 것
– 지기知己

1부

어차피 평생 헤어날 수 없으니,
즐기는 법을 익히라!

· 공부 工夫 ·

만날 수 없는 사람을 만나는 단 하나의 방법

讀 書 尙 友

읽을 독 글 서 높일 상 벗 우

독서상우는 "독서를 통해 옛 사람과 벗이 되다"라는 의미로, 만날 수 없는 지난 성현들이지만 그들이 저술한 책을 통해 벗이 될 수 있다는 말이다. 『맹자孟子』 「만장장구하萬章章句下」 편에 나오는 내용을 축약한 것으로 맹자가 제자인 만장에게 한 말에서 유래한다.

한 고을의 착한 선비라야 한 고을의 착한 선비를 벗으로 삼을 수 있고, 한 나라의 착한 선비라야 한 나라의 착한 선비를 벗으로 삼을 수 있으며, 천하의 착한 선비라야 천하의 착한 선비를 벗으로 삼을 수 있다. 천하의 착한 선비를 벗으로 사귀고도 부족하여 또 옛사람을 숭상하고 논하니, 그 사람이 지은 시를 외우고 그 사람이 쓴 책을 읽으면서도 그의 사람됨을 모른다면 되겠는가? 이 때문에 그 사람이 살던 시대를 논하게 되는 것이니, 이것이 옛사람을 벗하는 것이다.

위 글은 두 가지 내용을 담고 있는데 하나는 친구를 사귀는 방법에 대해서 설명하고 있으며, 다른 하나는 독서를 통해 과거 선현들의 글을 접해야 한다고 설명하고 있다. 삶에서 친구가 차지하는 비중은 매우 크다. 따라서 어떠한 친구를 벗으로 삼을 것인가는 중요한 일임에 틀림없다. 증자는 "군자는 글을 통해서 벗을 모으고, 벗을 통해서 자신의 인을 돕는다以文會友 以友輔仁"라고 했다. 학문을 좋아하는 사람은 학문하는 사람을 친구로 삼고 친구를 통해 자신의 인격함양에 도움을 받는다. 그래서 맹자는 먼저 자신이 선해야 하고 그 다음에 선한 선비를 벗으로 삼을 수 있으며, 그것도 부족할 경우 독서를 통해 옛 사람에게서 취해야 한다고 말한 것이다.

지난 과거의 사람들이 남긴 글을 고전古典이라고 하는데, 그 속에는 삶의 지혜가 농축되어 있으며 많은 경험이 담겨 있다. 따라서 고전을 읽음으로써 간접적인 경험을 쌓게 되고 자신의 부족한 면을 채울 수 있게 된다. 또한 고전을 통해 인류의 발전과 역사의 전개 과정을 알 수 있으며 미래를 예측하거나 곤경에서 벗어나는 지혜를 배울 수도 있다. 공자가 온고지신溫故知新이라고 한 말은 고전을 통해 새로운 미래를 개척한다는 것을 가장 함축적으로 표현한 말일 것이다.

그렇다면 고전을 읽는 방법은 어떠해야 할까? 성리학의 완성자인 주자는 초학자들을 위해 저술한 『동몽수지童蒙須知』라는 책에서 독서의 방법에 대해 세 가지를 논하고 있다. 그것을 독서삼도讀書三到라고 하는데 심도心到, 안도眼到, 구도口到가 바로 그것이다. 심도는 마음으로 책을 읽는 것이요, 안도는 눈으로 읽는 것, 구도는 입으로 소리 내어 읽는 것을 말한다. 이 가운데 심도가 으뜸. 마음으로 읽지 않으면 글과 내가 분리되어 따로 놀게 되는 까닭이다. 글을 읽고 마음으로 이해하고 받아들이며 실천으로 옮길 때 진정으로 읽었다고 할 수 있다. 또한 눈으로 책을 읽는다는 것은 정신을 집중해서 글자와 행간에 담긴 의미를 읽어야 한다는 의미를 가지고 있다. 행간을 읽는다는 것은 겉으로 드러난 글만 읽는 것이 아니라, 저자의 생각을 함께 읽어내야 한다는 의미다. 또한 입으로 소리 내서 읽으면 자기 귀로 들을 수 있기 때문에 한 번 더 읽게 되는 효과를 얻는다. 요즘은 책을 소리 내서 읽는 사람들이 없지만 한문으로 이루어진 글은 운율이 있기 때문에 소리 내서 읽으면 마치 시를 읽을 때와 같은 느낌을 받는다. 글을 읽는다는 것은 마음과 몸을 모두 동원해서 읽어야 하는 행위다.

고전은 동양의 것이든 서양의 것이든 간에 상관없이 그 자체로 가치를 가진다. 오랜 세월 동안 많은 사람들에 의해 읽혀지면서 충분히 가치를 인정받은 고전은 강한 생명력을 갖고 있다. 엄청나게 쏟아지는 정보의 홍수 속에 살고 있는 우리에게 가볍게 읽을 수 있는 글도 필요하지만, 고전에 담긴 내용처럼 만날 수 없는 성현의 글을 읽는 것도 매우 의미 있는 일이다.

요즘은 과거와 같이 '정신적 지도자'를 찾기 힘든 시대다. 그렇지만 책을 구입하거나 읽기에는 과거보다 훨씬 좋은 세상이 되지 않았는가. 찾기 힘든 정신적 지도자를 만날 수 있는 유일한 방법은 고전을 읽는 방법밖에 없을 것이다. 고전을 통해 공자를 만나 인간의 도리에 대해서 논할 수 있고, 노자를 만나 여유로운 삶에 대해 고민을 토로할 수도 있을 것이다. 또한 퇴계와 율곡을 만나 진정한 삶의 의미에 대해 밤새 이야기할 수도 있고, 다산과 함께 차를 마시며 정치와 백성을 사랑하는 방법에 대해 의견을 나눌 수도 있다.

당신을 의도적으로 흠집 내고 유언비어를 퍼뜨리는 사람 때문에 심리적으로 고통을 받은 경험이 있을 것이다. 이래저래 변명도 하고 내 진심을 전해보려고도 하지만, 의도적으로 그런 행위를 하는 사람에게는 결국 그 어떠한 설명도 소용없다는 것을 알게 될 뿐이다. 그런 때에는 『맹자』에서 위로의 실마리를 찾아보자.

"뜻하지 않게 칭찬을 받을 수가 있고, 온전함을 추구하다가 훼방을 받는 수도 있다."

"스스로 반성해서 성실한데도 무례함과 횡포함이 예전과 마찬가지라면, 군자는 '이 사람은 역시 망령된 사람일 뿐이다.' 라고 할 것이니, 이와 같다면 짐승과 무엇이 다르겠는가? 짐승에 대해서 또 무엇을 따질 수 있겠는가?"

스스로 부끄러움이 없다면, 그리고 스스로 반성했는데도 여전히 근거 없는 헛소문을 유포한다면 그 사람은 그저 '짐승'과 같다고 여기면 된다는 말이다. 짐승과는 이성적인 대화를 할 수 없는데, 무슨 말이 필요하겠나! 곤경에 처했을 때 고전은 피와 살이 되는 말과 행동으로 어떻게 하면 좋을지를 알려준다.

정치인들이 가끔 고전에서 인용하여 자신의 심정을 토로하는 경우가 있다. 그들이 고전을 다 읽은 것은 아닐지라도, 자신의 생각을 함축적으로 표현하기에 고전보다 더 좋은 것이 없다는 것을 알기 때문이다.

요즘 사람들은 귀에 이어폰을 꽂고 음악을 들으며 독서를 한다. 카페에서 책을 읽기도 하고, 복잡한 지하철에서 책을 읽기도 한다. 잠깐이라도 짬을 내서 독서를 하는 것은 매우 좋은 습관이다. 더구나 요즘처럼 스마트폰에 고개를 숙이고 집중해서 시간을 보내는 '가볍고 빠른' 시대에 책을 읽는다는 것 자체가 칭찬받아 마땅한 일일 수 있다. 지하철이나 카페에서 읽는 책은 비교적 가벼운 내용을 담은 책이 좋고, 고전과 같은 책은 조용하고 분위기가 있는 곳에서 생각하며 읽는 것이 좋다. 좋은 스승을 만나는데 소음 때문에 방해를 받는다면 얼마나 안타까운 일이겠나!

가을을 독서의 계절이라고 하지만 이 말을 믿지는 마시라. 평소 독서와 담을 쌓고 사는 사람들에게 독서의 명분을 줄 뿐, 독서의 계절은 따로 정해질 수 없다. 그렇지 않은가. '사랑하기 좋은 계절'이라는 말이 있지만, 그렇다고 해서 다른 계절은 사랑할 수 없는 게 아닌 것처럼 말이다. 요즘에는 대입 준비생들 사이에서 논술 때문에 고전의 일부만 골라 읽는 '얍체 과외'도 성행한다고 한다. 그건 독서가 아니다. 그저 입으로만 글을 읽고 가슴으로 읽지 않는다면, 백해무익할 뿐이다.

마음이 어수선하고 붙잡고 싶은 무언가가 필요하다면 머뭇거리지 말고 지금 당장 고전을 한 권 집어 들 것. 그동안 책꽂이에 묵혀 두었던 고전이 당신에게 새로운 길과 생명을 불어넣어 줄 것이다. 아직 인생에서 참 스승을 만나지 못했다면, 이제 고전에서 스승을 찾아보라. 당신이 길을 찾을 수 있게 친절히 도와줄 것이다.

현두자고

공부,
어디까지 해봤니

懸 頭 刺 股

매달 현　머리 두　찌를 자　넓적다리 고

현두자고를 직역하면 "머리카락을 매달고 넓적다리를 찌른다"라는 뜻인데, 대들보에 머리채를 묶고 뾰족한 송곳으로 넓적다리를 찌르며 잠을 이겨낼 정도로 열심히 학문에 정진한다는 의미. 이 고사는 한漢나라의 학자인 손경孫敬과 전국시대의 종횡가(여러 나라의 군주를 오가면서 종횡으로 합치기를 주장했던 학파로, 소진蘇秦과 장의張儀가 대표적인 인물)로 명성이 높은 소진에 관한 이야기를 하나로 엮어 만든 것이다.

『몽구蒙求』에 의하면 "손경의 자는 문보文寶인데 항상 문을 닫고 독서에 열중했다. 졸음이 오면 머리를 끈으로 묶어서 대들보 위에 매달았다. 일찍이 시장에 가니 시장 사람들이 그를 보고 '폐호선생閉户先生이 온다'고 말했다."는 기록이 보인다. 여기서 '머리채를 매달다'는 현두懸頭가 유래한 것이다.

『전국책戰國策』「진책秦策」편에 "밤에 독서를 하던 중 궤짝에 들어있는 책을 살펴보다 태공太公이 지은 음부陰符를 얻었다. 숨어서 그것을 암송하며 사람의 마음을 읽는 방법을 익히게 되었다. 독서를 하다가 졸음이 오면 송곳으로 허벅지를 찔러 피가 발목까지 이르렀다."고 하였다. 여기서 허벅지를 찌른다는 자고刺股가 유래하였다. 소진은 1년 만에 그 책의 이치를 완전히 이해하여 사람의 심리를 꿰뚫게 되었으며 훗날 6국의 재상이 되었다.

열심히 공부한 결과 손경은 대학자가 되었고, 소진은 연燕의 문후文候에게 기용되어 동방6국을 설득하고 합종동맹合從同盟을 체결해 진나라에 맞섰다. 흔히 열심히 공부하는 사람을 형설지공螢雪之功이라는 고사로 이야기하는데, 현두자고는 이처럼 널리 알려진 고사는 아니다.

머리를 대들보에 묶고 자기 허벅지를 찌르는 고통을 참아가며 학문에 열중한다는 것은 보통 사람의 경지를 넘어선 것이지 않은가!(나의 학창시절에는 눈이 감기지 않도록 성냥으로 눈꺼풀을 지탱하며 공부를 한 사람도 많았다. 또한 면벽수행을 하는 스님들은 졸음이 올 때를 대비해 이마 앞에 벽돌을 매달아 놓고 수행한다는 말도 들은 적 있다.) 고교 때까지 천편일률적인 공부를 하며 심신이 피곤했던 학생들이 대학에 입학하거나 사회에 진출한 이후에는 자유를 만끽하며 공부를 등한히 하는 경우가 많다. 게다가 직장에 취업이라도 한 사람은 더욱 공부와는 거리가 멀어진다. 2013년 9월경, 모 일간지에 발표된 기사에 따르면 우리나라 성인 가운데 1년 동안 책을 한 권도 읽지 않는 사람이 30퍼센트에 이른다고 하니, 가히 충격적인 일이 아닐 수 없다.

물론 책을 읽거나 지식을 습득하는 것만이 공부는 아니다. 공부는 일상생활 속에서 아는 것을 실천하고 타인을 배려하며 공동체를 중시하고 마음을 수양 하는 등의 모든 것을 포괄한다. 반드시 글을 읽어야만 공부라고 할 수는 없는 것이다. 어떤 의미로 공부한다는 것은 교양인을 만드는 것이라고 생각한다. 지극히 평범하고 상식적인 수준에서 세상을 살아갈 수 있는 마음의 소유자, 예의 · 염치를 알고 자기 것만을 주장하지 않는 지식과 덕망을 갖춘 사람이 바로 교양인일 것이다.

공자는 사람의 기질에 대해 대략 네 가지로 설명을 했다. "태어나면서부터 아는 사람은 최상의 사람이며, 배워서 아는 사람은 그 다음이고, 애를 써서 배우는 사람이 또 그 다음인데, 애를 써서 배우지 않으면 가장 낮은 등급이 된다." 태어나면서부터 아는 사람은 천재보다 뛰어난 성인 같은 사람들인데 이런 경우는 거의 없다고 봐도 무방하고, 일반적으로는 배워서 아는 사람이 가장 많고, 그 다음은 남들처럼 공부해도 성과가 나지 않는 사람으로 이들은 매우 열심히 노력해야 하는 사람들이다.

공부는 정신 집중과 인내심이 가장 중요하다. 요즘 카페에 가면 노트북을 켜놓고 공부하는 대학생들을 많이 목격하는데 과연 얼마나 정신이 집중될지 걱정스럽다. 오죽했으면 손경이 문을 잠그고 찾아오는 사람을 막아가며 공부를 했겠는가 말이다. 눈앞에 아른거리는 사람들, 시끄럽게 떠드는 대화 속에서 공부하는 것은 도인이 아니고서는 효과가 없는 전시적 행위에 불과하지 않을까. 또한 책을 읽다가 중간에 멈추는 경우에는 나중에 다시 읽을 때 연결이 되지 않는 경우가 많다. 따라서 장별 구분에 따라서 읽거나 한 권을 다 읽고 일어서는 인내심 정도는 있어야 할 것이다. 이 두 가지만 잘 실천해도 충분하다.

옛사람들은 세 가지 여유로운 때에 공부를 했다고 한다. 계절로는 겨울에 공부를 하고, 하루 중에는 밤에 하며, 또 비가 와서 농사일을 할 수 없을 때 공부를 하는 것이 그것. 세 가지 시간적 여유가 있는 시기라고 해서 삼여三餘라고 했다. 현대와 산업구조가 다르기 때문에 적확하게 해당되지 않는 말이기는 하지만, 틈만 나면 공부를 했다는 말로 해석하면 무리가 없을 것이다.

청춘에게 가장 많은 것은 '시간'이다. 친구들과 놀거나 술을 마시느라 시간이 없다거나, 연애사업에 빠져 시간이 없다고 말하지 말라. 지금이 아니면 공부할 시간도, 배울 시기도 없다. 나중에 나이가 들어 공부해도 되지만, 그럴 경우 자신이 원하는 꿈을 이룰 수도 없고 세상에 이름을 남길 수도 없다. 손경이나 소진이 공부에 매진한 것처럼 자신이 할 수 있는 모든 것을 동원해서 전력을 다해 보라. 공부를 열심히 한 사람이 반드시 성공하는 것은 아니지만, 그런 사람들이 성공할 확률이 훨씬 높은 것은 사실이니 말이다.

취업을 했다고 안주하는 것도 잘못이고, 결혼해서 아이들 키우느라 정신이 없다고 배우기를 게을리 하면 밀려나거나 제자리걸음밖에 안 될 것이다. 인생을 멋지게 살다간 위대한 사람들은 죽을 때까지 책을 놓지 않았고, 배움을 멈추지 않았던 사람들이다. 그들보다 못한 사람들이 열심히 배우려고 하는 것은 당연한 일이 아니겠는가. 매일 반복되는 일상이 지겨운 것은 바로 배우지 않기 때문이다. 무엇 때문에 미루고 게으름을 피우는가. 열심히 공부하면 반드시 좋은 결과가 있으리라는 것을 알고 있음에도 현실에 안주하고 푸념만하다 청춘을 헛되이 보내는 것은 어리석고 미성숙한 사람들이나 범하는 잘못이다. 당신의 배움을 어디서 끝낼 것인가. 혹시, 벌써 배움을 놓은 것은 아닌가!

소견다괴

아는 것이 많으면 궁금한 것도 많은 법

少 見 多 怪

적을소 볼견 많을다 괴이할괴

소견다괴는 "견문이 적으면 괴이한 일이 많다"라는 의미로, 견문이 좁은 것을 비웃는 말이다. 이 고사는 중국 양梁나라의 승우僧祐가 불교를 수호할 목적으로 찬술한 책인 『홍명집弘明集』「이혹론理惑論」에서 유래하며, 『포박자抱朴子』「논선論仙」에서도 유사한 말을 찾을 수 있다.

옛날에 한 선비가 등에 커다란 두 개의 혹이 난 짐승을 보고 매우 이상하게 여겨 사람들에게 큰 소리로 말했다.

"여러분, 빨리들 와서 등에 혹이 난 이 말을 좀 보시오."

사람들은 그 선비를 보고 웃기 시작했다. 사실 그 짐승은 말이 아니라 낙타駱駝였기 때문이다. 선비는 낙타를 본 적이 없어 그 생김새를 모르고 있었다.

이를 두고 「이혹론」에서는 다음과 같이 말하고 있다.

"속담에 말하기를 '견문이 적으면 괴이하게 여기는 것이 많으니 낙타를 보고 말 등에 혹이 났다고 한다.' 라고 하였다."

요즘에도 말과 낙타를 구분하지 못하는 사람이 있을까? 그런데 교통이나 통신이 발달하지 못한 과거에는 낙타를 보지 못한 사람도 많았을 것이고, 서로 비슷하게 여기는 사람도 있었을 것이다.

낙타는 등에 혹이 한 개인 단봉낙타와 두 개인 쌍봉낙타가 있는데, 말에는 혹이 없기 때문에 쉽게 구분할 수 있다. 낙타는 등에 난 혹에 지방을 저장하고 있으며, 악조건이 되면 이것을 이용해 살아간다. 그래서 사막에서도 며칠 동안 물을 먹지 않고도 견딜 수 있으며, 몸에 있는 수분도 다른 동물보다 천천히 달아나고, 100리터의 물만 마셔도 10분 안에 잃어버린 체중을 회복할 수 있다고 한다.

누구나 처음 본 물건이나 사물에 대해서 이상하게 생각하는 것은 당연하다. 그렇지만 많은 사람들이 알고 있는 것에 대해서 자신만 모른다면, 웃음거리가 되고 말 것이다. 그러니 견문을 넓히는 것이 중요하고, 견문을 넓히기 위해서는 많은 지식과 경험을 쌓아야 함은 물론이다. 요즘처럼 인터넷이 발달한 시대야 자신이 원하는 것을 언제든지 손쉽게 찾아볼 수 있지만, 그렇다고 인터넷을 온전히 믿을 수 없다는 점도 기억해야 한다.

대학 때 MT를 가면서 시골길을 걸었다. 길 좌우에는 논과 밭이 있었는데, 함께 가던 여자 동기생이 밭에 있는 연보라색 꽃을 가리키며 물었다.

"저건 무슨 꽃이지?"

"도라지꽃이야."

나로서는 시골에서 성장한 사람은 누구나 아는 도라지꽃을 모른다는 것이 이해가 되지 않았지만, 서울에서만 학교를 다녔던 친구는 밥상에 반찬으로 올라온 도라지만 봤을 뿐, 땅에 뿌리를 내리고 아름다운 꽃을 피운 도라지꽃은 처음 봤던 것이다. 그런데 그게 전부가 아니었다. 논에 파랗게 이삭이 오른 벼도 처음 봤고, 시금치가 땅에 있는 것도 처음 봤다니 어안이 벙벙해졌다.

옛 문헌에 따르면 요임금은 눈썹이 여덟 가지 색이었고, 순임금은 눈동자가 두 개였으며, 문왕은 젖이 네 개였고, 우임금의 귀는 귓구멍이 세 개였고, 공자는 정수리가 오목했고, 노자는 이마가 몹시 튀어나오고 코가 대들보 같았으며 손발이 특이하게 길었다고 한다. 이러한 사실은 글을 읽지 않으면 알 수 없는 일이다. 보고들은 것이 적으면 이상하게 여기는 일이 많이 생기는 것은 당연하다. 결국은 견문을 넓혀야 이런 일이 줄어들고 황당한 일이 발생하지도 않을 것이다. 견문을 넓힐 수 있는 가장 좋은 방법은 직접 경험하는 것이지만, 어떻게 세상의 모든 것을 다 경험할 수 있겠는가. 그래서 부족한 것은 독서를 통한 간접경험으로 넓혀야 한다.

조선조의 학자 성현成俔이 지은 『용재총화慵齋叢話』에 다음과 같은 이야기가 있다.

옛날에 개성開城에 한 맹인이 살았는데, 성품이 어리석고 비뚤어져서 기이한 것을 잘 믿었다. 항상 소년을 만나면 갑자기, "무슨 기이한 일이 없느냐?" 라고 물었다. 하루는 소년이 말했다.

"요즘에 매우 기이한 일이 하나 있습니다. 동쪽 거리에 땅이 천 길이나 벌어져서 땅 밑으로 오가는 사람을 훤히 볼 수 있고, 닭의 울음소리와 다듬이질하는 소리도 똑똑히 들을 수 있는데, 내가 방금 그곳에서 오는 길입니다."

그러자 맹인이 말했다.

"과연 네 말이 사실이라면 매우 기이한 일이로구나. 내가 두 눈이 어두워서 보지는 못하지만 너를 쫓아가서 그 소리를 한 번이라도 들으면 죽어도 여한이 없겠구나."

그리고 맹인은 소년을 따라갔다. 온종일 도성 안을 두루 어정거리며 돌아다니다가 맹인의 집 뒤 언덕에 와서 소년이 말했다.

"여기가 그곳입니다."

맹인은 자기 집 닭 울음소리와 다듬이질하는 소리를 듣고 손뼉을 치고 웃으며 말했다.

"참으로 즐겁도다."

그때, 소년이 맹인을 밀어 언덕에서 아래로 떨어뜨렸다. 어린 종이 맹인에게 와서 자빠진 이유를 묻자 머리를 조아리고 합장을 하며 말했다.

"나는 천상天上의 장님이로다."

아내의 웃음소리를 듣고는 이렇게 말했다.

"당신은 또 언제 여기 왔소."

아는 만큼 보인다고 하지 않던가. 하나를 알면 하나의 길만 보이고, 열 개를 알면 열 개의 길이 보이는 법. 대학 시절, 나는 정말로 어떻게든 식견을 넓히려고 학문에 매진했다. 철학이라는 학문을 하면서 모르는 것이 너무 많았기 때문에 자신만의 지식체계를 수립하는 것이 우선이었다. 『논어』에서 공자는 "알지도 못하면서 경거망동하는 사람이 있지만 나는 이런 적이 없었다. 많이 듣고 그중에서 좋은 것을 택해서 따르고 많이 보고 잘 기억한다면 이것이 바로 아는 것의 다음은 될 것이다."라고 했다. 많이 듣고 많이 보는 것은, 많은 사실들을 두루 경험한다는 말일 것이다. 그리고 많이 듣고 많이 보는 일은, 학문적 호기심 없이는 불가능한 일이다. 그러므로 괴이한 것에 대한 호기심을 갖는 것이 우선이라고 생각한다. 견문이 적으면 괴이한 일도 많지만, 괴이한 것을 알고자 하는 호기심이야말로 소견다괴를 극복하는 지름길인 것이다. 청춘은 아직 세상에 대한 경험이 부족하지만, 그만큼 호기심도 많을 것이다.

그러니 경험의 부족을 걱정하기보다는 그 호기심이 사그라지거나 죽지 않도록 키우는 일이 더 중요할 것이다. 그것이 곧 앎의 지름길이 아니겠나.

사인선사마

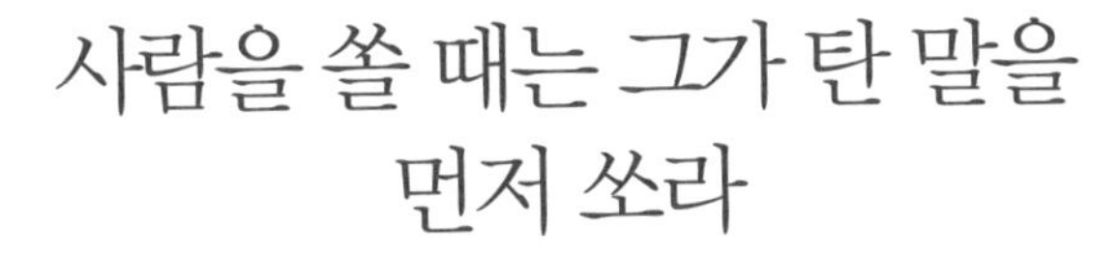

사람을 쏠 때는 그가 탄 말을 먼저 쏘라

射 人 先 射 馬

쏠사 사람인 먼저선 쏠사 말마

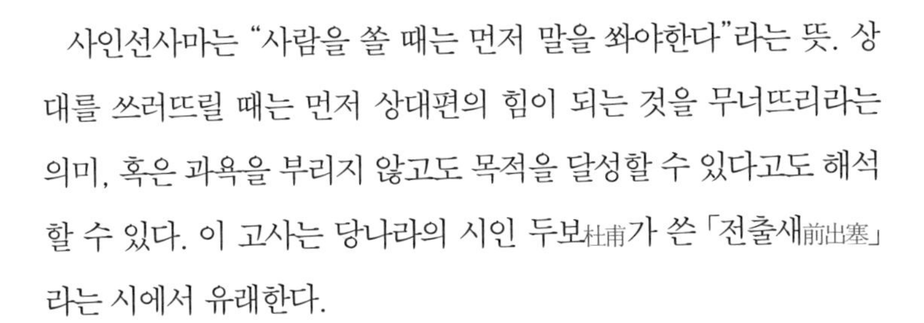

사인선사마는 "사람을 쏠 때는 먼저 말을 쏴야한다"라는 뜻. 상대를 쓰러뜨릴 때는 먼저 상대편의 힘이 되는 것을 무너뜨리라는 의미, 혹은 과욕을 부리지 않고도 목적을 달성할 수 있다고도 해석할 수 있다. 이 고사는 당나라의 시인 두보杜甫가 쓴 「전출새前出塞」라는 시에서 유래한다.

挽弓當挽强만궁당만강 활을 당길 때는 마땅히 강한 활을 당기고

用箭當用長용전당용장 화살을 사용할 때는 마땅히 긴 화살을 써야

	한다네.
射人先射馬사인선사마	사람을 쏠 때는 먼저 말을 쏴야 하고
擒敵先擒王금적선금왕	적을 사로잡을 때는 먼저 왕을 사로잡아야 한다네.
殺人亦有限살인역유한	사람을 죽이는 것도 한계가 있고
立國自有疆입국자유강	나라를 세울 때도 국경이 있다네.
苟能制侵陵구능제침능	진실로 침략을 막을 수 있으면 되는 것을
豈在多殺傷기재다살상	어찌 많은 살상을 해야 하는가.

당唐나라 제6대 황제 현종玄宗이 영토 확장을 위해 병사들을 혹사시키며 전쟁을 준비하자 군인도 아닌 두보가 이를 비판하며 「전출새」라는 시를 여러 편 쓴 것인데, 위의 시는 그 가운데 하나다.

당 현종은 양귀비를 사모하여 국정을 어지럽게 만든 군주로 유명하다. 대부분의 군주가 그렇듯이 현종도 처음에는 상당한 정치적 수완을 발휘했다. 유능한 관리를 임명하고, 부패한 관리를 척결하는가 하면, 환관과 친인척을 멀리하고 백성들에게 어진 정치를 펼쳤다. 그래서 당시 연호를 따서 '개원의 치治'로 불렸지만, 얼마 지나지 않아 현종은 간언을 하는 신하들을 멀리하고, 아첨하는 신하를 가까이 하며 간신배를 승상에 앉히는 등 갈수록 부패로 치달았다.

그러던 어느 날, 왕비가 죽고 방황하던 무렵 한 여인을 보고 잠을 이루지 못한다. 그 여인은 다름 아닌 자신의 며느리 양옥환! 열

세 번째 아들의 부인인 양옥환과 당 현종의 만남은 이렇게 시작되었다. 당시 현종은 예순하나로 무려 35세나 어린 양옥환을 귀비로 임명했는데, 귀비는 왕후 다음 가는 자리다. 왕후가 없는 상황이었으므로 양귀비는 왕후 역할을 대신했다. 양귀비의 미모에 반한 현종은 정신을 잃을 정도로 정사를 돌보지 않고 양귀비에 빠져 있었으며, 말을 이해하는 꽃이라는 의미의 해어화解語花라고 부르기도 했다. 이와 함께 양귀비의 친인척이 대거 정계에 등용되었고 그로 인해 국가 비리는 극에 달하고 말았다. 그 가운데 양귀비의 육촌 오빠인 양국충은 승상의 자리까지 올라 전횡을 일삼았다.

결국 755년 안록산이 부하 사사명과 난을 일으켜 양국충을 제거하고자 했으니, 그것이 바로 '안사의 난'. 양국충은 잡혀 죽임을 당했고, 반란군은 도망치던 현종을 가로막고 양귀비도 양국충처럼 죽일 것을 요구했다. 반란군의 요구에 현종은 양귀비에게 자살을 명했고, 양귀비는 서른여덟의 화려하고도 짧은 인생을 마감하게 되었다. 그리고 현종은 신하들의 요구에 따라 아들에게 왕위를 물려주고 태상왕으로 물러앉았다. 양귀비의 미모가 얼마나 아름다웠는지는 알 수 없지만, 지금도 양귀비는 경국지색傾國之色의 대표적인 인물이 되었다.

한편, 양국충과 양귀비가 죽자 현종은 힘을 잃고 말았다. 현종의 가장 큰 힘이요, 동시에 약점이 바로 그들이었기 때문이다. 부패한 정국을 몰락시키기 위해서는 부패의 중심을 해체하는 것이 가장 빠른 방법. 안록산의 생각은 그대로 적중했고, 현종은 그로 인해 왕위를 아들에게 물려주고 쓸쓸하게 삶을 마감했다.

두보가 「전출새」를 쓴 것은 사실 전쟁에서 많은 사람이 죽는 것을 막고자 한 것이었다. 전쟁은 많은 사람의 목숨을 앗아가기 때문에 어떠한 이유로도 일어나서는 안 되지만, 당시 현종은 지나친 욕심으로 영토 확장을 꾀했고 이로 인해 백성들의 삶은 피폐해졌다. 아무리 사람을 죽이는 전쟁을 한다고 해도 그 많은 사람을 다 죽일 수도 없고, 영토가 아무리 넓어도 국경은 반드시 존재한다. 적의 침략을 막을 수 있으면 충분한 것이지, 사람을 죽이는 것이 전쟁의 목적이 될 수는 없다. 두보는 이렇게 당 현종에게 충언을 한 것이다.

730년 무렵 당과의 오랜 전쟁으로 지쳤던 티베트인들이 화의를 요청했고, 현종은 화의를 받아들였지만 7년이 지난 뒤에 티베트의 힘이 약화되자, 서역 땅을 점령했다. 화의가 깨지자 티베트는 얼마 후 당나라를 침략했고 1만 명의 군사를 잃고 말았다. 두보는 비록 침략을 방어하는 전쟁일지라도 많은 백성이 죽는 것을 마음 아파하며 이 시를 썼던 것이다.(사실 적의 장수만 죽이고 전쟁을 빨리 끝내야 백성들이 다치지 않는다는 사실을 말했던 것인데, 아이러니하게도 전쟁에서 승리하기 위한 방편을 담은 시로 이해되고 있다.)

사인선사마는 전쟁만이 아니라 일상에서도 많이 적용되는 고사다. 마음에 드는 여자와 결혼하기 위해서 여자의 부모를 먼저 공략하는 것도 이에 해당하고, 스포츠 경기에서 상대 팀에서 가장 뛰어난 선수 혹은 핵심선수를 밀착해서 봉쇄하는 것도 여기에 해당한다. 일을 할 때도 역시 가중 중요한 관건이 무엇인지 먼저 파악하고, 그것을 선점하거나 가장 중요한 열쇠를 쥐고 있는 사람이 누군지 알고 우선 제압해야 한다는 의미다.

무엇을 먼저 쏘아야 할 것인가? 말에 탄 사람을 쏴서 이길 수도 있지만, 말을 쏘면 저절로 사람을 잡을 수 있다. 목표를 명확하게 선정해야 큰 힘을 들이지 않고도 이길 수 있을 것이다. 『대학』에 "사물에는 근본과 말단이 있고, 일에는 시작과 끝이 있으니, 먼저 해야 할 것과 나중에 해야 할 것을 알면 도에 가깝다."라고 했다. 근본과 말단, 시작과 끝을 구분할 줄 안다면 실패하지 않을 수 있다.

직장생활 초년병인 청춘에게는 상대해야 할 사람도, 처리해야 할 일도 많을 것이다. 그때마다 어떻게 할 것인지 고민하고 망설이다 시간만 보내고 일은 해결되지 않는 경우가 많다. 모든 일에는 심장이 있다! 그렇기 때문에 정확히 심장을 겨눠야 단번에 해결할 수 있다. 문제는, 핵심을 파악하지 못하거나 정작 쏴야 할 대상이 누구인지 알지 못하는 상황이다. 이것은 자신의 능력에만 지나치게 의존하기 때문에 생기는 현상이거나, 판단력이 미치지 못하는 경우다.(사람마다 발달하는 능력이 다르긴 하겠지만, 기획력이 뛰어난 사람들은 대부분 이러한 강점을 가지고 있다. 스스로 해결하기 어려운 경우에는 이들의 도움을 구할 필요가 있다.) 불필요한 자존심은 버리라. 인생은 어떤 의미로 '전쟁'이다. 자기 자신과의 전쟁이기도 하고, 다른 사람과의 전쟁이기도 하다. 다만, 수단과 방법을 가리지 않고 나만 이겨야 하는 전쟁이 아니라, 올바른 방법으로 많은 사람과 공존할 수 있는 방안을 찾아가는 전쟁일 것이다. 반드시 그 사람을 잡아야겠나? 그렇다면 먼저 그 사람이 탄 말을 쏘라.

사관미정

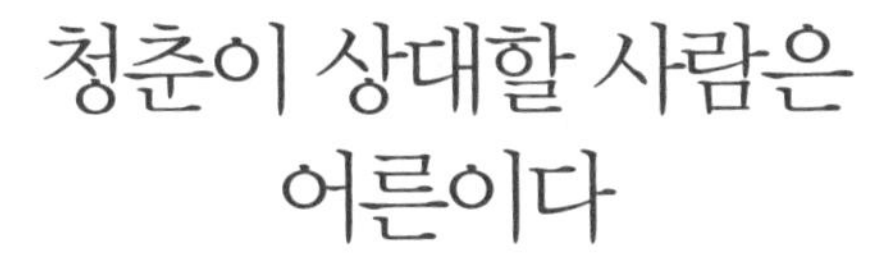

청춘이 상대할 사람은 어른이다

舍 館 未 定

집 사　객사 관　아닐 미　정할 정

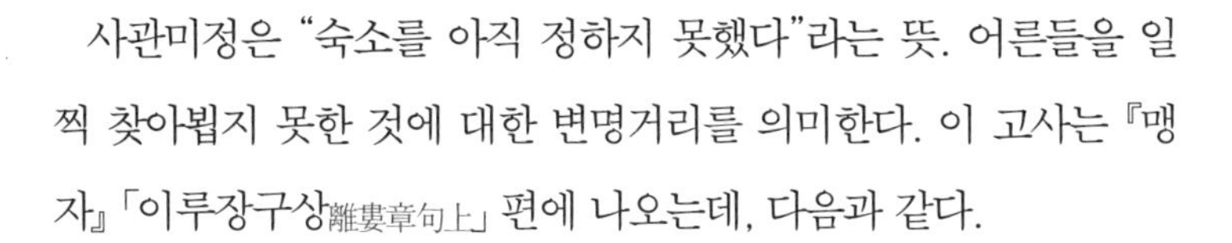

사관미정은 "숙소를 아직 정하지 못했다"라는 뜻. 어른들을 일찍 찾아뵙지 못한 것에 대한 변명거리를 의미한다. 이 고사는 『맹자』 「이루장구상離婁章句上」 편에 나오는데, 다음과 같다.

악정자樂正子가 자오子敖를 따라 제나라에 갔다. 악정자가 맹자를 찾아뵈니, 맹자께서 말씀하셨다.

"자네도 역시 나를 만나러 왔는가?"

"선생님께서는 왜 그런 말씀을 하십니까?"

"자네가 제나라에 온 지 며칠 되었나?"

"어제 왔습니다."

"어제 왔다면 내가 이런 말을 하는 것이 또한 마땅하지 않은가?"

"숙소를 정하지 못했기 때문입니다."

"자네는 숙소를 정한 뒤에 어른을 찾아뵌다고 들었던가?"

"제가 잘못했습니다."

자신이 머무를 숙소를 정한 뒤에야 스승을 찾은 악정자의 잘못이다. 악정자는 노나라에서 벼슬을 한 맹자의 제자였는데, 스승의 지적에 대해 과감하게 잘못을 수용하였으니, 그 역시 보통 사람은 아니다. 왜 악정자가 잘못을 수용한 점을 높이 사느냐 하면, 세상에는 자신의 잘못을 인정하기보다 변명하거나 꾸며대는 사람이 많기 때문이다.

맹자가 악정자에게 이렇게 말한 것은 비단 한 가지 이유만 있었던 것은 아니다. 당시 왕에게 총애를 받는 왕환王驩이라는 신하가 있었는데, 그의 자가 자오였다. 맹자는 그를 달갑게 여기지 않고 함께 말도 섞지 않으려고 했다. 그런 사람을 따라다니는 악정자가 못마땅하던 차에 이런 일이 일어났다! 그렇기에 맹자가 우선 이것을 가지고 꾸짖은 것이다.

"그대가 자오를 따라 여기 온 것은 한갓 먹고 마시기 위한 것이로다. 나는 그대가 옛 성현의 도를 배워서, 그것을 고작 먹고 마시는 데 쓸 줄은 생각하지 못했다."

맹자는 제자들에게 왕도王道를 가르치고 성인의 도리를 가르쳤다고 생각했는데, 제자가 추종할 사람을 가리지 않고 다만 먹고 마시는 일에 빠진 것을 보고 심기가 불편했던 것이다. 뜻이 맞지 않으면 함께 하지 않아야 하거늘, 악정자는 작은 즐거움에 빠져 성현의 도리를 망각했던 것. 맹자는 당시에 왕이 불러도 명분에 맞지 않으면 쉽게 움직이지 않을 만큼 자존심도 강하고 옳고 그름을 분명하게 구분하는 인물이었다.

세상사에 미숙한 청춘은 배워야 할 것들이 너무나 많다. 젊은 패기와 도전정신, 새로운 지식과 문명에 대한 정보를 장점으로 갖는 청춘일지라도 세상은 그리 만만치 않다. 오히려 자신의 작은 재능이나 지식을 뽐내며 잘난 맛에 살다가 철퇴를 맞는 경우가 허다하다. 스스로 알아달라고 몸부림치는 것보다, 남이 알아줄 때까지 기다릴 줄도 아는 인내와 겸손이 필요한 법이다. 청춘이 상대할 사람은 '어른'이기 때문이다.

어른은 결코 만만한 상대가 아니다. 그렇기 때문에 또래의 동료나 후배에게는 작은 잘못이나 실수도 용납되고 이해되지만, 상급자나 연장자에게는 하찮은 실수도 하지 않도록 신중하고 겸손해야 한다. 자신에게 주어진 일이나 업무에 대해서 철저하고 확실하게 하는 것은 기본이고, 약속이나 회의에 늦지 않는 것은 철칙이다. 실수를 했을 때 이런저런 핑계를 대며 자신을 방어한다고 해도 그것은 점차 시간이 갈수록 그 사람의 습관인지, 아니면 한 번의 실수인지 밝혀질 것이기 때문이다.

어른을 상대하는 것은 생각만큼 쉬운 일이 아니다. 사람을 아는 것도 어렵지만 자신과 다른 세대의 사람과는 대화의 주제도 다르고 일하는 방식도 다르기 때문에 어려운 점이 한두 가지가 아니다. 다만 기본적인 예의를 잘 지키면 작은 실수는 문제가 되지 않는다는 점을 명심하라. 그것은 인간의 됨됨이를 나타내는 기본 척도이기 때문이다. 인사를 잘하는 것도 예의에 속하지만, 식사를 할 때나 회의를 할 때도 지켜야 할 예의가 있고, 윗사람의 사무실을 드나들 때도 공손하게 예의를 지킬 줄 알아야 한다. 때와 장소를 가려서 말을 해야 하며, 때로는 농담도 지혜롭게 받아들일 줄 알아야 한다. 해서는 안 될 때 말을 하면 무례한 사람이 되기 쉽고, 해야 할 때 말을 하지 않으면 생각 없는 사람으로 취급받기도 한다.

청춘이 가진 장점 가운데 하나가 새로운 기계문명에 대해서 쉽게 접근할 수 있다는 점이다. 그런데 어른들은 이 부분에 누구보다 취약하고 한 번 가르쳐 준다고 해도 쉽게 할 수 없는 경우가 대부분이다. 언젠가 중견 정치인이 노인을 폄하하는 발언을 했다가 봉변을 당한 적이 있었다. 노인이라고 해서 우리 사회에 불필요한 존재는 아니다. 오히려 어른은 존중받고 대접받아야 하는 존재다. 우리가 존재하기까지 그들의 힘이 없었다면 불가능했을 것이었기 때문이다. 그리고 누구나 노인이 되는 과정에 있기 때문에 나이 든 사람이라고 해서 쓸모없는 취급을 받아서는 안 된다. 다만 청춘은 어른들의 단점을 이해하고 자신은 스스로 그 단점에 빠지지 않으려고 노력하면 그 뿐이다.

노마지지老馬之智라는 고사가 있다. 늙은 말의 지혜라는 뜻인데, 제나라 환공에 관련된 이야기다. 제나라 환공이 전쟁을 끝내고 돌아오던 중 그만 길을 잃고 말았다. 병사를 데리고 헤매고 있을 때 명재상이었던 관중이 지혜를 발휘한다. 관중은 늙은 말의 지혜가 필요하다며 말 한필을 풀어놓는다. 늙은 말은 집으로 가는 습성이 있기 때문이다. 환공 일행은 늙은 말의 뒤를 따라오다 길을 찾게 되었고 무사히 집에 도착할 수 있었다.

늙은 말처럼 어른들에게는 오랜 세월 배우고 익힌 지혜와 경륜이 있다. 그들의 경륜을 가볍게 보지 말고 장점을 배우는 습관을 길러야 한다. 어른들의 눈 밖에 나면 회복하기가 쉽지 않다. 그들은 작은 행동이나 모습만 보고도 그 사람의 인품이나 생활태도까지 모두 파악하는 노련함이 있다. 성공을 꿈꾸거나 편안한 직장생활을 희망하는 청춘은 기본적인 예의를 익히는 연습부터 해야 할 것이다. 학창 시절에 공부만 하느라 기본 예의범절도 익히지 않은 사람들은 더욱 명심해야 할 부분이다. 어른들의 사랑만 받던 청춘에게는 어른을 상대하는 일이 다른 어떤 일보다 어려울 수 있다. 직장이나 근무지에서만이 아니라, 청춘은 세상의 모든 어른을 상대로 사회생활을 해야 하기 때문에 어른의 마음을 이해하려는 노력이 필요하다.

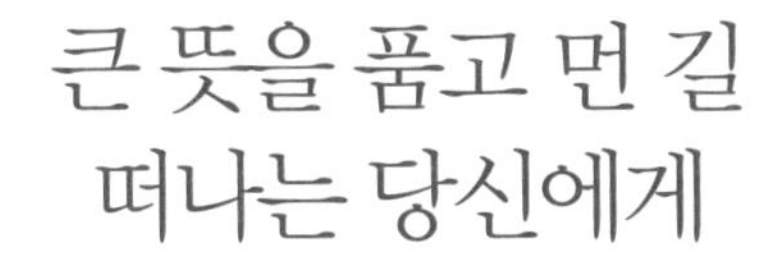

鵬 程 萬 里

붕새 붕 　 길 정 　 일만 만 　 마을 리

붕정만리는 "붕새가 날아가는 길이 만리나 된다"라는 뜻으로, 사람의 앞날이 멀고멀다는 말이다. 이 고사는 『장자莊子』 「소요유逍遙遊」 편에서 유래한다.

장자는 전설적인 새 중에서 가장 큰 붕鵬을 다음과 같이 표현했다.

"어둡고 끝이 보이지 않는 북쪽 바다에 물고기가 사는데, 그 이름을 곤鯤이라고 한다. 곤의 크기는 몇 천리나 되는지 모를 정도로 큰데, 이것이 변해서 새가 되었고 그 이름을 붕이라고 한다. 붕의 날개는 몇 천리나 되는지 알 수 없다. 한 번 떨쳐 일어나 날면 그 날개가 하늘을 덮는 구름과 같았다. 날갯짓 한 번에 삼천리를 날고 하늘 높이 구만리를 올라가 반년을 날다가 비로소 한 번 쉰다."

붕은 전설적인 상상속의 새를 말한다. 어떻게 이런 상상을 할 수 있는지 모르겠지만, 봉황鳳凰이나 대붕大鵬은 전설에 등장하는 상상의 동물로 가장 많이 애용된다. 자유로운 영혼을 꿈꾸었던 장자는 마음껏 하늘을 날며, 어느 곳이든 구속받지 않고 다니고 싶었나 보다. 그렇게 하기 위해서는 높고 멀리 날 수 있는 힘이 있어야 한다. 단 한 번의 날갯짓으로 압록강에서 부산까지의 거리를 날아갈 수 있는 힘이 있고, 한 번 날아오르면 반년을 쉬지 않고 견딜 수 있는 힘이 있어야 한다. 그래서 웅대한 뜻을 품고 먼 길을 떠나는 사람에게 주로 붕정만리라는 말을 사용한다.

대붕처럼 멀리, 그리고 오래 날 수 있는 것이 있을까? 인간이 만든 비행기도 붕새처럼 날 수는 없다. 비행기는 붕새처럼 반년을 날지 못하고, 겨우 14, 15시간 정도가 최대 비행거리다. 지구의 둘레가 약 4만 킬로미터 정도 된다는데, 비행기가 한 번에 지구 어느 곳이라도 가려면 적어도 2만 킬로미터는 비행할 수 있어야 한다. 그런데 현재로는 대부분이 1만 2천 킬로미터 정도 비행하므로 지구의 반도 채 돌지 못한다. 아무리 기술이 발달해도 인간의 상상력을 따라가지는 못하는 것 같다.

이런 비행기의 운항은 세 단계로 나누어 볼 수 있다. 이륙할 때의 상승곡선, 안정거리에 도달한 이후의 수평운항, 착륙할 때의 하강곡선이 그것이다. 힘차게 날아올라 안정 고도에 이르기까지 대략 3만 5천 피트, 약 10킬로미터를 상승하게 되는데, 이 높이까지 올라가야 제트기류를 타고 가장 경제적으로 운항할 수 있기 때문이라고 한다. 만약, 정상적인 높이까지 올라가지 못하면 순탄하게 운항하지도 못할 뿐더러 연료소비가 많다.

비행기의 전체 운항 가운데 연료를 가장 많이 사용하는 구간은 바로 이륙에서 수평 운항하는 지점에 도달할 때까지라고 한다. 서울에서 뉴욕까지 가는 것처럼 장거리를 비행할 때는 전체 연료의 약 8~10퍼센트에 해당하는 연료를 이륙할 때 사용하게 되니, 전체 거리로 따진다면 이륙할 때의 연료 소모는 엄청난 분량이라고 할 수 있다. 그런데 국내선의 경우는 항공기가 순항할 만큼 거리가 충분하지 않기 때문에 거의 대부분의 연료를 이륙할 때 사용하게 된다. 그래서 서울에서 제주까지 가기 위해 이륙할 때는 전체 연료의 약 50퍼센트를 사용한다고 한다. 비행거리가 짧을수록 이륙할 때 사용하는 연료의 비율이 높아지는 것. 이와 같이 비행기가 이륙할 때 가장 많은 연료를 사용하는 것은 다시 말하지만, 상승해서 안정적으로 비행할 수 있을 때까지가 가장 중요하기 때문이다. 그리고 안정거리에 접어들면 바람을 이용해서 적은 연료로도 먼 거리를 갈 수 있게 된다.

사람의 인생도 비행기의 운항과 같은 모습이다. 젊어서 공부하고 안정되기까지를 비행기의 상승곡선에 비유할 수 있고, 안정되어 평탄하게 지위가 올라가고 유지되는 기간을 수평곡선으로 볼 수 있으며, 퇴직을 앞 둔 상태부터 하강곡선을 그린다고 할 수 있겠다. 그렇기 때문에 삶에서 가장 힘을 많이 들여야 할 시기는 어려서 공부하고 안정된 직장을 얻기까지라고 할 수 있다. 또는 자신이 원하는 일을 하는 시점까지가 비행기의 이륙과 같은 시기라고도 할 수 있을 것이다. 인생을 도식적으로 삼등분한다면 30세까지는 상승을 위한 도약기, 60세까지는 굴곡이 없이 순탄하게 지나가는 안정기, 60세 이후부터는 쇠퇴기라고 할 수 있다. 그러니, 30세까지 자신이 할 수 있는 모든 노력을 기울여 상승곡선에 올라타야 한다.

30세까지 전력을 다하지 않으면 이후 30년 동안 안정된 삶을 살기 어려울 뿐만 아니라, 다른 사람보다 뒤떨어진 삶을 살아야 할지도 모른다. 물론 인생의 상승곡선을 탔다고 하여 30세 이후부터 저절로 안정되거나 평탄한 삶을 사는 것도 아니다. 적어도 30세 이후에 노력하는 것보다 30세 이전에 그만큼 많은 힘을 기울여야 한다는 말이다. 암기를 하거나 기술을 배워도 훨씬 빠르게 익힐 수 있고, 어떤 일을 해도 패기 있게 전진할 수 있는 시기이기 때문이다. 나이가 들면 모험도 하기 어렵고 공부를 해도 머리에 쉽게 들어오지 않는다. 남보다 늦을 수밖에 없다.

사람이 어떠한 일을 할 때도 이와 마찬가지로 초기에 자신의 모든 역량을 기울여 추진하면 이후에는 가속도가 붙어 안정적으로 일을 할 수 있게 된다. 만약 어떤 사람이 사업을 하고자 한다면 나름대로 계획을 세울 것이다. 3년 정도 지난 뒤에 정상궤도에 접어든다고 계획할 경우, 적어도 초기 6개월 또는 1년 안에 자신이 가진 능력과 재력, 인맥과 노력의 거의 모든 것을 투자해야 한다. 그렇지 않고 정상궤도에 오를 때까지 고르게 힘을 분산한다면 성공이 매우 어려울 수 있다. 초기 단계에서 추진력을 얻어야 상승하게 될 것이고, 상승하게 된 이후에는 안정적으로 힘을 분산해도 괜찮다. 그런데 초기에 힘을 집중하지 않기 때문에 실패하게 되고, 노력하지 않기 때문에 크게 성공하지 못하는 사람이 많다.

인생이라는 먼 길을 떠나는 청춘은 현재가 바로 상승곡선을 그리며 비상飛翔하는 상황에 놓여 있다는 점을 명심해야 할 것이다. 자신이 가진 모든 역량과 재능을 총 동원해서 날아올라야 한다. 만약 아직 비상할 준비가 되어 있지 않다면, 비행기 연료를 주입하듯 충분한 시간을 갖고 에너지를 비축해야 한다. 그리고 비상할 시기가 되면 일순간에 폭발적인 에너지를 분출해야 한다! 준비되지 않은 상황에서 날아오르면 연료가 부족하거나 힘이 부족해 중도에 추락할 위험이 있다. 너무 조급하지도 말고, 너무 애태울 필요도 없다. 조금 시간이 걸리더라도 충분한 여유를 갖고 준비하면 된다.

비행기는 한 번 날아오르면 목적지에 도착할 때까지 하늘에 떠 있다는 사실도 잊지 말아야 한다. 목적지에 도착도 하기 전에 하강을 준비하거나, 반대로 목적지에 거의 도착했는데도 하강을 준비하지 않으면 역시 추락의 위험이 있기 때문이다. 비행기가 언제까지 하늘에 있을 수 없는 것처럼 인생의 연료가 바닥나기 전에 우리도 하강을 준비해야 한다.

물론 청춘은 오로지 상승을 위한 준비를 해야 하고, 수평구간이 나타날 때까지 전력을 다해 비상해야 할 의무가 있다. 이것은 자신에 대한 의무다. 한 번의 날갯짓으로 삼천리를 날고, 반년 동안 쉬지 않으며, 구만리를 날아가는 붕새처럼 큰 뜻을 품는 일에 두려움을 가지지 말라. 이제 시작될 먼 길 여행도 걱정부터 앞세우지 말라. 당신은 필시 붕정만리 할 수 있으니.

불치하문

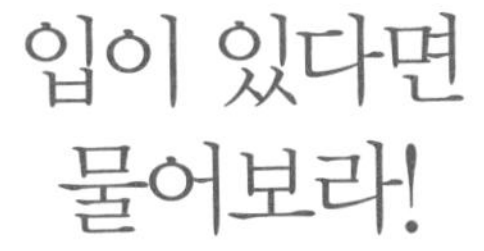

입이 있다면 물어보라!

不 恥 下 問

아니 불 부끄러울 치 아래 하 물을 문

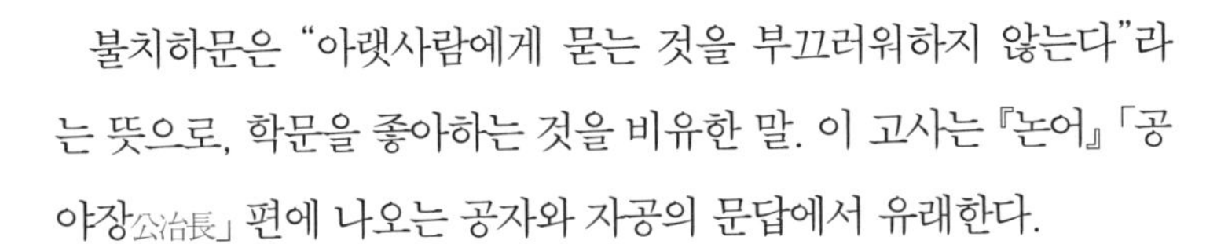

불치하문은 "아랫사람에게 묻는 것을 부끄러워하지 않는다"라는 뜻으로, 학문을 좋아하는 것을 비유한 말. 이 고사는 『논어』「공야장公冶長」 편에 나오는 공자와 자공의 문답에서 유래한다.

자공이 물었다.

"공문자는 왜 시호를 문文이라 했습니까?"

공자가 말했다.

"민첩하고 학문을 좋아하며 아랫사람에게 묻는 것을 부끄러워하지 않았다. 이 때문에 문이라고 한 것이다."

공문자孔文子는 위나라 대부로, 이름은 어圉이다. 시호諡號는 죽은 사람의 평생 공덕을 기려서 절차를 거쳐 정해주는 명호名號를 말한다. 공어가 단점이 있음에도 불구하고 문文이라는 시호를 받자, 자공이 공자에게 부당함을 호소했다. 그러자 공자는 단점보다 불치하문과 같은 장점을 버리지 않고 취했기 때문에 문이라는 시호를 받기에 충분하다고 말한 것이다.

의문이 생기면 질문을 하는 것이 옳은 일인데, 의문이 있으면서도 묻지 않는다면 발전할 수 없고 답답하고 찜찜한 마음을 안고 살아야 한다. 특히 나이가 든 사람이 젊은 사람에게 묻거나 지위가 높은 사람이 지위가 낮은 사람에게 묻는 경우는 더욱 힘들기 때문에 공문자는 충분히 학문적 발전을 이룰 수 있는 인물이었다.

공자와 관련된 불치하문의 고사도 있다. 공자천주孔子穿珠라는 고사가 바로 그것인데, 공자가 진주에 구멍을 뚫는다는 의미다. 공자가 어느 날 아주 귀한 진주를 얻었는데, 구멍에 아홉 번이나 돌아가는 굽이가 있어서 실을 꿸 수가 없었다. 한참을 고민하던 공자는 바느질을 잘하는 여인을 찾아가, 어떻게 하면 진주 구멍 안으로 실을 꿸 수 있냐고 물었다. 그러자 그 여인은 진주 구멍 한쪽에 꿀을 바르고, 개미허리에 실을 묶은 다음 반대쪽 구멍에 개미를 넣으면 된다고 알려주었다. 여인이 가르쳐 준대로 하자 개미는 달콤한 냄새가 나는 반대쪽으로 기어가게 되었고 자연스럽게 실이 꿰어졌다.

공자는 자로에게 "아는 것은 안다고 하고 모르는 것은 모른다고 하는 것이 곧 앎이다."라고 말했다. 평상시 제자들을 가르치면서 이와 같은 자세로 임했던 것이다. 하루는 제자 번지가 농사짓는 방법을 배우고 싶다고 청하자 "나는 늙은 농부보다 못하다."라고 했고, 채소 가꾸는 방법을 배우고 싶다고 청하자 "나는 채소 가꾸는 늙은 농부보다 못하다."라고 말했다고 한다. 공자가 아무리 지식이 많고 타고난 성인이라 할지라도 농사를 짓는 일에 대해서는 당연히 농부를 따라갈 수 없었을 것이다. 그래서 그들보다 못하다고 당당히 말한 것이다.

알지 못하는 것이 부끄러운 일이 아니라, 모르면서도 아는 척하거나 배우려고 하지 않거나 남에게 묻지 않는 일이 부끄러운 일이다. 더구나 나이가 많거나 지위가 높은 사람은 아랫사람에게 묻는 것을 체면이 구겨지는 일로 생각해 부끄러워한다. 그런 사람은 결코 발전할 수 없다. 특히 재주가 뛰어난 사람일수록 그런 성향을 많이 드러내는 듯하다. 자신만 믿고 다른 사람에게 의존하지 않는 사람들은 곤경에 처해서도 그런 습관을 버리지 못한다.

인생을 살면서 믿을만한 조언자를 둔 사람은 매우 행복한 사람이다. 흔히, '멘토'라는 말을 많이 사용하는데, 멘토는 그리스의 시인 호메로스가 지은 서사시 『오디세이아Odyssey』에서 기원한다. 이 작품의 주인공이자 고대 이타카의 왕 오디세우스가 트로이 전쟁에 출전하게 되었다. 아직 나이가 어린 아들과 집안을 걱정한 오디세

우스는 가장 친한 친구이며 신하였던 멘토Mentor에게 집안과 어린 아들 텔레마코스를 맡기고 출전한다. 멘토는 텔레마코스에게 가정교육과 함께 왕이 되기 위해 필요한 모든 교육을 시켰다. 그러면서 때로는 친구이자 상담자가 되기도 했고 때로는 아버지의 역할까지도 했다. 즉, 멘토는 단순히 지식만 전달해주는 스승이 아니라 삶의 지혜를 가르쳐 주는 인생의 진정한 안내자였던 것. 텔레마코스는 어렵고 힘든 일을 결정하고 해낼 때마다 멘토에게 물었고, 인생의 참 스승인 멘토는 항상 그의 곁에서 도움을 주고 충고를 아끼지 않았다. 그 후 멘토는 '지혜와 신뢰로 한 사람의 일생을 올바르게 이끌어 주는 현명한 지도자' 혹은 '삶의 길잡이'라는 의미로 사용되고 있다.(멘토가 그 영향을 미치는 대상이 되는 사람을 멘토리Mentoree, 멘티Mentee 또는 프로테제Protege라고 한다.)

현대 경영 기법 중에 '역 멘토링Reverse Mentoring'이 있다. 이는 바로 불치하문의 자세를 현대적으로 활용한 것이다. 멘토링은 멘토와 멘티가 상호인격을 존중하며 일정 기간 멘티의 잠재능력을 개발해 핵심인재로 육성하는 체계적인 활동을 일컫는 말. 따라서 역 멘토링은 이와 반대의 개념으로 부하직원이 멘토가 되고, 상사가 멘티가 되는 것이다. 이 역 멘토링 제도는 GE에서 처음 도입을 한 것으로 알려지는데, 잭 웰치 회장은 고위임원진 500여명에게 역 멘토링을 지시했고, 지금도 GE에서는 젊은 직원들이 고위경영진 및 임원들의 멘토가 되어 트위터, 페이스북을 비롯한 인터넷 문화를 가르치고 있다고 한다. 각종 IT 기술 분야에서는 젊은 사람들이 나이 든 사람보다 훨씬 잘 알고 빠르게 습득하기 때문이다. 이처럼 묻고 배우는 데는 나이도, 지위고하도 없다. 그런데도 품성이 민첩한 사람 중에는 배우기를 좋아하는 사람이 많지 않고, 지위가 높은 사람 가운데는 아랫사람에게 묻는 것을 부끄러워하는 경우가 많다.

위대한 성현들은 항상 자신을 낮추고 남에게 묻는 것을 부끄러워하지 않았다. 그들이 남보다 훌륭한 것은 언제나 겸손한 자세로 모든 사람을 대하고 다른 사람에게 취할 수 있는 것은 부끄러워하지 않고 배웠다는 점이다. 공자는 "세 사람이 길을 갈 때는 그곳에 반드시 나의 스승이 있다."라고 했다. 무언가를 배운다는 것은 지식수준이나 학력과는 무관한 것이다. 지식이 많은 사람이 높은 자리에 오를 수는 있지만, 높은 자리에 있다고 모두 지식이 많은 것은 아닌 것처럼 말이다. 그런데도 지위가 높은 사람 가운데는 마치 지식이 높은 것으로 착각하는 사람들이 많다. 무식하면서도 지위가 높은 사람은 얼마든지 존재한다! 그런 사람들은 어느 곳에서나 환영을 받지 못한다. 아는 길도 물어가는 것이 좋다고 하는데, 하물며 모르는 것을 묻는 것에 대해서야 말해 무엇하겠나. 궁금한 것이 있는가? 입이 있는가? 그렇다면 물어보라.

배반낭자

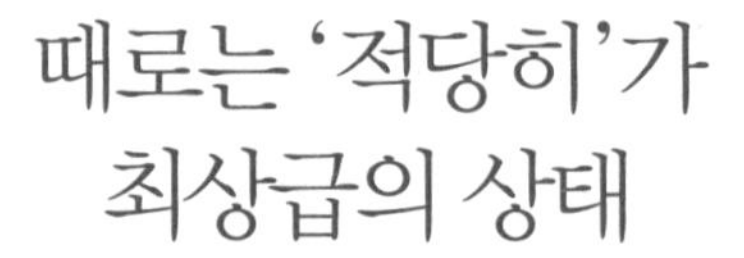

때로는 '적당히'가 최상급의 상태

杯盤狼藉

잔 배 소반 반 이리 랑 깔개 자

배반낭자는 "술잔과 그릇들이 어지럽게 흩어져 있다"라는 뜻으로, 한창 술을 흥겹게 마시고 노는 모양 또는 술자리가 끝난 이후의 난잡한 모습을 나타내는 말. 이 고사는 『사기史記』「골계열전滑稽列傳」에 나오는데 대략의 내용은 다음과 같다.

전국시대, 제齊나라 위왕은 주색을 즐겨 국사를 돌보지 않다가, 초楚나라의 공격을 받았다. 이에 언변에 능한 순우곤淳于髡을 시켜 조趙나라에 가서 구원병을 청하게 하였다. 조나라 도움으로 초나라 군대가 물러가자 위왕은 크게 기뻐하며 순우곤을 불러 술자리를 마련하고 술을 하사하며 물었다.

"그대는 술을 얼마나 마셔야 취하는가?"

"저는 한 말을 마셔도 취하고 한 섬을 마셔도 취합니다."

"그대는 한 말을 마셔도 취하는데, 어찌 한 섬을 마실 수 있는가? 그 이유를 들을 수 있겠는가?"

그러자 순우곤이 말했다.

"대왕의 앞에서 술을 받아놓고 법을 집행하는 관리가 옆에서 지켜보고 어사가 뒤에 있다면 저는 두려워서 몸을 숙인 채 술을 마시게 될 것입니다. 그렇기 때문에 한 말도 마시지 못하고 취하게 될 것입니다. (중략) 만약 동네에 모임이 있어 남녀가 뒤섞여 술을 마시고, 장기나 투호를 하면서 짝을 지어, 손을 잡아도 벌을 주지 않고 눈을 크게 뜨고 살펴봐도 괜찮을 때, 앞에 귀고리가 떨어지고 뒤에 비녀가 떨어져 나가는 경우가 바로 제가 가장 좋아하는 자리입니다. 그래서 여덟 말을 마셔도 2~3할 정도밖에 취하지 않습니다. 그러다 날이 저물어 술자리가 파할 무렵 자리를 좁혀 남녀가 함께 앉고 신발은 서로 뒤섞이고 술잔과 그릇이 어지럽게 흩어져 있습니다. 당상에는 촛불이 꺼지고, 여자 주인은 저만 남기고 다른 손님들은 다 돌려보냅니다. 그리고 비단 옷깃을 풀어헤치면 아득히 향기가 날 것입니다. 이런 때가 바로 제가 가장 좋아하는 시간이므로 한 섬을 마실 수 있습니다. 그러므로 술이 지극하면 혼란하게 되고 즐거움이 지극하면 슬프게 된다고 합니다. 만사가 그런 것이 아니겠습니까."

순우곤은 위왕에게 모든 일이 극도로 치닫게 되면 결국은 낭패를 보게 된다는 의미의 간언을 한 것. 이 말을 들은 위왕은 그 이후로 궁궐에서 밤새워 주연을 베푸는 그런 일을 멈추고 순우곤에게 제후를 접대하는 역할을 맡겼다고 한다.

술 좀 마신다고 하는 사람들은 '끝장'을 볼 때까지 마셔본 경험이 있을 것이다. 심지어 기억도 못할 만큼 만취해 길거리를 배회하다 어느 골목에서 쓰러져 잠을 청하는 멋진 청춘도 있다! 젊은 날 객기로 그럴 수도 있는 일이지만 자주 반복하다보면 '습관성 음주가출병'에 빠지는 경우도 있다. 설령 이와 같이 극단적인 경우가 아닐지라도 잘못된 음주문화는 남녀노소를 막론하고 우리 사회에 만연해 있다. 평소에는 성실하고 점잖은 사람도 술자리에만 가면 2, 3차를 가는 것은 보통이고 심지어 밤을 새우며 끈질기게 버티는 사람도 있다.

즐거운 술자리는 상호의 우의를 다지거나 친목을 돈독하게 하는 장점이 있지만 끝장을 본 술판의 뒷모습은 술잔과 그릇이 엉망으로 뒤엉켜 있기도 하고 음식물과 쓰레기가 낭자한 경우가 대부분이다. 게다가 남녀가 어울려 술을 마시면 뒤탈(?)이 생기는 경우도 많다. 음양이 만났으니 일이 생기는 것이 마땅한 것일지도 모르나, 이런 경우가 정상적인 모습이나 만남은 아니지 않을까.

술을 먹고 즐기는 것은 좋지만 중도를 잃으면 추한 모습을 보이게 되고 다음날 반드시 후회하는 일이 생기기 마련. 추할 추醜라는 한자는 술을 땅에 부으며 괴상한 탈을 쓰고 신을 섬기는 사람의 모습에서 나온 글자. 그래서 언행이 더럽거나 용모가 보기 흉한 사람에게 추하다는 말을 쓰는 것이다.(술을 지나치게 마신 사람을 연상했을 때 잘 부합되는 글자가 아닐까.)

2012년, 대한민국에는 때아닌 전쟁이 일어났다. '주폭과의 전쟁'이 바로 그것이다. 술로 인한 폭력이 심해지자 이와 같은 조치가 내려진 것이다. 점잖게 술을 마시지 못하고 후진적 모습을 보여준 국민이 얼마나 많았으면 나라에서 이런 조치까지 취하는지 알 수 없지만, 독주 소비량이 세계1위라는 것을 본다면 충분히 짐작이 가고도 남는다.

술은 잘 마셔야 본전인 듯하다. 왜냐하면, 역사를 살펴보더라도 술로 나라를 망치거나 목숨을 잃는 경우가 많았기 때문이다. 은나라의 주임금은 주지육림에 빠져 멸망했고, 알렉산더대왕 역시 술로 인생을 마감했다. 현재도 사회 지도층이 술로 인해 구설수에 오르고 패가망신하는 경우가 많지 않은가! 대학 신입생들이 술 때문에 사망하는 보도는 이제 연초에 종종 들을 수 있는 기삿거리가 되었다. 술 때문에 가정이 파탄에 이른 경우는 이루 헤아릴 수없이 많고, 이 때문에 고통을 받는 사람도 많다. 술이 술을 마시기 때문에 벌어진 일이고, 즐거움도 적당할 때 멈추어야 한다는 충고를 잊고 살기 때문에 발생하는 일이다.

비단, 술뿐만이 아니라 사람이 살아가면서 겪는 많은 일들은 모두 지나치면 화를 부르게 마련이다. 청춘은 아름다운 시절이지만, 이때 자칫 길을 잃으면 미래가 불투명할 수 있다. 그래서 적당히 놀고 적당히 공부하고 적당히 연애하라는 말이 어렵고도 힘든 일이 되었다. '적당히'라는 말은 어느 곳에나 어울리는 행위를 말하는 것이니, 이런 의미에서라면 가장 최상급의 상태를 말한다.

"노세 노세 젊어서 노세. 늙어지면 못 노나니." 먹고 살기 위해서 일에 전념하다 아까운 청춘만 지나갔다는 것을 한탄한 노랫말이다. 그렇지만 정말 이 말을 믿고 젊어서 놀기만 한다면, 늙어 고생길이 열릴 것은 훤하다.

배반낭자처럼 술잔이 여기저기 흐트러지기 전에 적당한 선에서 술자리를 끝내는 현명함과 결단력이 필요하다. 만약 도를 지나치는 시간이 계속될 때는 자리를 박차고 일어나는 용기도 필요하다. 그것이 화를 면하는 지름길이기 때문이다.

공자는 『시경』의 「관저關雎」 편에 대해서 "낙이불음 애이불상樂而不淫 哀而不傷"이라고 평가했다. 이는 '즐거우면서도 음탕하지 않고, 슬프면서도 몸을 상하지는 않는다.'라는 의미다. 관저는 시경의 첫머리에 나오는 시로 군자와 요조숙녀의 애타는 사랑을 노래한 것으로 알려져 있다. 여기서 음淫이란 즐거움이 지나쳐서 바름을 잃은 것이고, 상傷이란 슬픔이 지나쳐서 조화를 해친 것을 말한다. 기쁨과 즐거움, 슬픔과 애통함은 인간이 가진 지극히 고유의 감정이지만, 이것을 지나치게 극대화시키면 중도에서 벗어나게 되고 중도에서 벗어나면 조화가 깨지게 마련이다. 감정을 잘 조절하고 절제할 줄 알아야 평온한 삶을 살 수 있을 것이다. 과유불급過猶不及이라는 말처럼 지나침은 모자란 것과 같기 때문이다. '불타는 금요일'에 활활 타오르는 것도 좋지만, 배반낭자보다는 다른 지혜로운 시간을 가지는 노력도 필요하지 않겠나.

망지일목

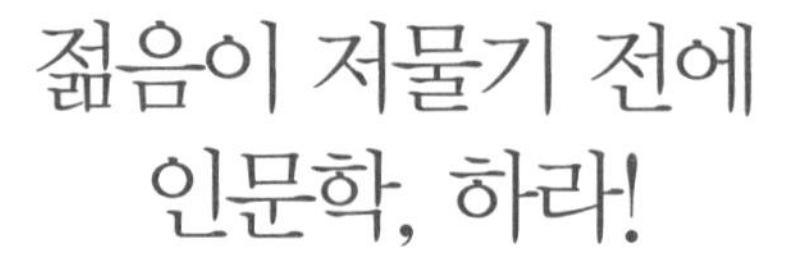

網 之 一 目

그물 망　갈 지　한 일　눈 목

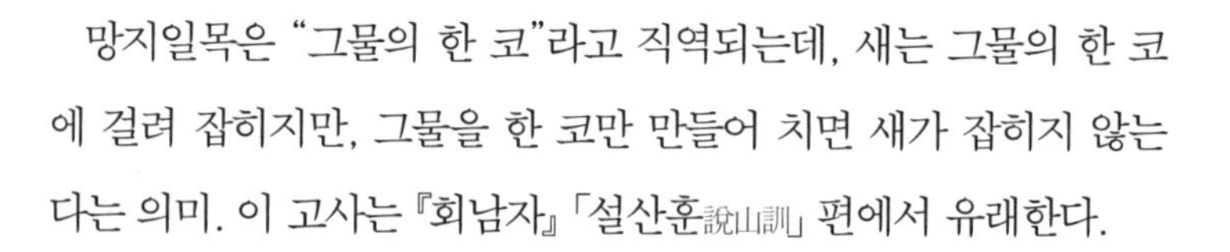

망지일목은 "그물의 한 코"라고 직역되는데, 새는 그물의 한 코에 걸려 잡히지만, 그물을 한 코만 만들어 치면 새가 잡히지 않는다는 의미. 이 고사는 『회남자』 「설산훈說山訓」 편에서 유래한다.

어떤 새가 장차 날아오면 그물을 쳐서 잡히기를 기다리지만 새를 잡는 데는 그물의 한 코만 있으면 된다. 지금 그물 한 코만 만들어서 새가 잡히기를 기다릴 수는 없다. 갑옷을 입는 것은 화살이 날아오는 것을 대비한 것인데, 만약 화살이 모일 곳을 알면 한 조각의 갑옷만 걸어놓을 뿐이다. 그러나 일은 미리 알 수가 없고, 사물은 미리 생각할 수 없다. 갑자기 생각하지 않았던 일들이 다가오는 것이다. 그러므로 성인은 도를 쌓아서 때를 기다려야 한다.

망지일목은 요즘말로 하면 '네트워크의 중요성'을 말한 것이다. 실제 필요한 것은 하나지만, 하나로는 어떤 것도 성공할 수 없음을 뜻한다. 주변의 다양한 사람이나 사물과 상호 연결되어 네트워크를 형성할 때 자신이 원하는 목적을 달성할 수 있고 큰 효과를 이룰 수 있기 때문이다.

불교 용어 가운데 망지일목과 비슷한 말이 있는데, 제망찰해帝網刹海라는 말이 바로 그것. "제석천의 궁전을 덮고 있는 그물처럼 많고 바다처럼 넓은 세계"라는 뜻이다. 제망帝網은 글자 그대로 제석천의 그물이라는 뜻인데, 그 그물은 매우 빛나는 구슬로 만들어졌다고 한다. 그렇게 영롱한 구슬로 만들어진 그물로 궁전을 꾸미기 위해 제석천을 덮었다. 그물과 그물 사이에 있는 구슬이 서로 반사되어 하나의 구슬 속에는 수많은 다른 구슬이 보이고, 또 다른 구슬에도 역시 같은 모습이 비춰진다.

서로를 비추는 구슬처럼 우리가 살아가는 세상은 바다처럼 넓고 상호 비춰주는 형태로 존재하는 것이다. 끝없는 세계가 이와 같은 모습으로 펼쳐지는 것이 화엄의 세계요, 연기緣起의 세계다.

많은 그물코가 상호 연결되어 있어야 새를 잡을 수 있지만, 제석천을 덮은 그물에 걸린 구슬이 서로 비추는 모습은 모든 세계와 사물의 연관성을 나타내는 것으로, 이것은 모두 그물이라는 표현으로 요약할 수 있다. 다른 말로는 인드라망Indra's net이라고 한다. 사람에게 있어서는 인간관계의 망이 될 수도 있고, 학문에 있어서는 융합학문일 수도 있을 것이다.

하버드대학교에서 72년 동안 졸업생들을 대상으로 추적조사를 실시한 결과, 인간관계가 삶에서 가장 중요한 것으로 드러났다. 관계의 망을 잘 활용한 사람이 성공할 확률이 높고, 인생을 의미 있게 살았다는 말이다. 모든 문제는 인간이 만들고 인간이 풀어간다. 인간관계의 망이 얼마나 중요한지는 강조하지 않아도 알 수 있다.

'인문학의 위기'라는 말을 한 번쯤 들어봤을 것이다. 인문학은 인간의 언어, 문학, 예술, 철학, 역사 따위를 연구하는 학문으로, 경험적인 접근을 중시하는 자연과학이나 사회과학보다 분석적이고 비판적이며 사변적인 방법을 폭넓게 사용하는 학문이다. 인문학의 폭넓은 범주를 문사철文史哲로 요약할 수 있다. 문사철이란 문학, 사학, 철학을 줄여서 표현하는 말. 문학이란 인간의 순수한 심정과 정서적 표현을 담아내는 도구로 누구나 시인이 되고 소설가가 될 수 있어야 한다. 사학은 인류의 발자취를 기록하는 학문으로 이를 통해 인류의 역사와 문명을 간접적으로 익히고 배운다. 나라의 흥망과 인간의 성패를 역사 기록을 통해 알 수 있기 때문에 삶의 지혜를 배울 수 있다. 철학은 가장 근본적인 학문으로 인간과 우주의 본질, 삶의 가치 등에 대해 고민하고 사고하는데 반드시 필요한 학문이다. 그런데 이 세 가지는 서로 독립되어 존재하는 것이 아니다. 문학에도 역사와 철학적 배경이 담겨 있고, 역사에도 문학적 서술과 역사에 대한 평가 기준이 있다. 상호 연결되어 있는 문사철은 인문학을 대변하는 근본이다. 인문학은 모든 학문의 '메타 학문'이라 할 수 있다. 모든 학문의 근간이 되고 기반이 된다는 의미에서 메타 학문이다.

실제 인문학을 몰라도 먹고 사는데 아무런 지장이 없다는 것은 누구나 알고 있다. 그렇지만 인간의 삶에서 문학이 없고 역사가 없으며 철학이 없다면 인간 자체의 기록이 존재하지 않는 것이며, 삶의 의미도 발견할 수 없을 것이다. 그저 짐승처럼 먹고 사는 문제에만 집중하는 식충이에 불과할 것이다. 스스로에게 저항하고 부정하며 한 단계 앞으로 나가는 학문이 바로 인문학이기 때문이다. 저항과 부정이 없다면 발전은 기대할 수 없다. 어떠한 학문을 배우든 스스로 저항과 부정할 수 있는 기반이 조성된다면, 한층 빠르고 성숙한 인간이 될 것이다.

인문학이 위기에 처했다고 말하는 것은 근본적인 학문은 외면하고 실용학문에 치중하거나 먹고 살기 위한 학문에만 편중되는 현상이 심화되고 있기 때문이다. 그 결과 가치관도 정립하지 못한 인간이 배출되고, 철학도 없는 사회가 되고 말았으며, 대부분의 사람들이 정신적 가치를 외면하고 물질적 가치만 중시하는 사회로 치닫게 되었다. 인간의 삶이 돈을 많이 벌고 풍족하게 먹고 마시는 것만이 최고라고 단정적으로 말할 사람은 없을 것이다. 그런데 정작 살아가는 모습을 보면 대부분 여기에 치중하며 근본이 무엇인지 망각하고 있는 듯하다.

인간의 삶은 간략하게 말하자면 돈, 사랑, 명예, 권력 등으로 요약할 수 있다. 이러한 문제에 직면했을 때 많은 사람들은 고민하고 갈등하며 서로 이전투구泥田鬪狗 한다. 옳고 그름의 문제가 무엇인지, 왜 인간은 서로 배려해야 하는지, 양심이라는 것은 과연 있는 것인지 등을 깊이 생각하고 행동한다면 이러한 문제에 직면했을 때 지혜롭고 합리적인 해답을 찾을 수 있을 것이다. 그렇게 사고할 수 있는 능력과 방법을 알려주는 것이 바로 인문학인 것이다.

근본이 되는 인문학을 외면하고서 삶이 윤택해지기를 바란다면, 나무에 올라가서 고기를 잡으려고 하는 연목구어緣木求魚와 다르지 않다. 무슨 일에 종사하던지, 어떠한 목표를 가지고 살던지 간에 인문학적 사고와 감성을 지니지 않으면 무미건조한 삶의 연속일 뿐이다.

인드라의 망, 그것이 바로 인문학이 지닌 힘이다. 인간의 삶은 결코 단순하지 않고 상호 유기적으로 연관되어 있기 때문에 인문학적 사고를 저변에 깔고 살아야 하는 것이다. 그렇다고 해서, 책 몇 권 읽었다고 어느 날 갑자기 인문학의 힘이 발휘되는 것은 아니다. 실용하기 위해서 인문학을 배우는 것은 더욱 아니다. 필요에 의해서 읽는 것이 아니라, 삶의 한 부분으로 여기며 가슴으로 읽고 생각해야 한다. 또한 사고하는 습관을 기르고 감성으로 느낄 수 있는 태도로 접근해야 한다.

청춘은 때로 지혜의 깊이보다 패기와 도전으로만 모든 것을 처리하려고 한다. 그렇지만 패기와 도전을 완성시키는 것은 바로 지혜의 샘에서 나오고, 그 지혜의 샘을 마르지 않게 하는 것은 인문학이다. 젊음이 저물기 전에 관계의 그물을 짜고 세상이란 바다로 나가 그물을 던지라!

2부

세상이라는 파도에
몸을 내던질 청춘에게

· 수련 修鍊 ·

오서지기

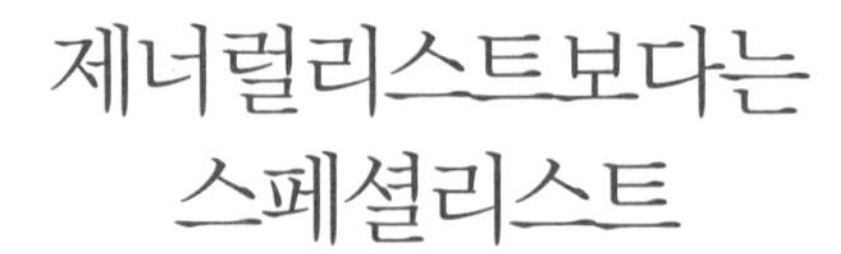

鼯 鼠 之 技

날다람쥐 오　쥐 서　어조사 지　재주 기

오서지기는 "날다람쥐의 재주"라는 뜻으로, 재주가 많아도 쓸만한 것은 하나도 없다는 의미다. 이 고사는 『순자荀子』「권학勸學」편에서 유래한다.

갈라진 두 개의 길을 동시에 가려고 하는 사람은 어느 곳에도 이르지 못하고, 두 임금을 섬기는 사람은 어느 임금에게도 용납되지 못할 것이다. 눈은 두 곳을 보지 않아야 분명하게 볼 수 있고, 귀는 두 가지를 듣지 않아야 총명하게 들을 수 있다. 용의 일종인 등사螣蛇는 다리가 없지만 날 수 있고, 날다람쥐는 다섯 가지 재주를 가지고 있으면서도 항상 어려움에 빠진다.

날다람쥐는 다섯 가지 재주를 가지고 있는데 날고, 나무를 타고, 헤엄치고, 땅을 파고, 달리는 재주가 바로 그것이다. 날 수 있지만 지붕까지는 미치지 못하고, 나무를 탈 수 있으나 나무 끝까지 오르지는 못하고, 헤엄을 칠 수 있으나 계곡을 건널 실력은 못되고, 땅을 팔 수 있지만 제 몸을 숨길 정도로 깊게 파지는 못하며, 달릴 수 있지만 사람보다 빨리 달리지는 못한다. 제대로 하는 것이 하나도 없으므로 이런 재주를 가지고서는 굶어 죽기 십상이라는 뜻이다. 그래서 비록 재주가 많지만, 항상 곤경에 처하게 되는 것.

이와 유사한 검려지기黔驢之技라는 고사가 있다. 검黔은 지명이고, 려驢는 당나귀를 말한다. 그래서 "검주 땅에 사는 당나귀의 재주"라는 의미로, 자신의 재주만을 믿고 함부로 행동하다가 욕辱을 당하는 경우에 사용한다.

검주黔州 땅에는 본래 당나귀가 없었는데, 어떤 사람이 당나귀 한 마리를 배로 실어 왔다. 그런데 당나귀를 어떻게 다루어야 하는지도 모르고 무슨 용도로 써야하는지도 몰랐기 때문에 그냥 산속에 방치해 두었다. 어느 날, 산속에 살던 호랑이가 당나귀를 보고 지금까지 본 일이 없으므로 신령한 짐승이라고 생각하고 쉽게 접근하지 않고 몸을 숨겨 당나귀의 동정만 살폈다. 호랑이를 발견한 당나귀는 소리 높여 울었다. 호랑이는 깜짝 놀라 "이것은 나를 잡아먹으려는 소리다"라고 생각하고 도망을 쳤다. 며칠이 지나자 그 소리에 익숙해진 호랑이는 당나귀가 무섭게 느껴지지 않자 주변을 어슬렁거리며 반응을 살폈다. 그리고 마침내 당나귀에게 덤벼들었다. 화가 난 당나귀는 뒷발질을 하며 대들었다. 이 모습을 본 호랑이는 별 볼일 없는 재주밖에 없다는 것을 알고 당나귀를 잡아먹었다. 오직 뒷발질 하는 재주뿐인 당나귀는 무서운 이빨을 가진 호랑이의 먹이가 될 수밖에.

날다람쥐처럼 지식도 풍부하고 재능도 많지만 특출하게 잘하는 분야가 없어서 고민하는 사람들은 폭이 넓은 반면 깊이가 얕은 경우가 대부분이다. 다시 말해, 전문성이 결여됐다는 말이다. 순자가 날다람쥐를 비유로 든 것도 역시 여기저기 기웃거리며 넓히는 데만 힘쓰지 말고 깊이 있는 학문을 하라는 충고였다.(그래서 '재주가 많으면 빌어먹는다'는 속담이 있는 것인지도 모르겠다.) 또한 오서지기는 하찮은 재주로 남을 깔보는 사람을 비유할 때도 사용한다. 마치 우물 안 개구리처럼 세상 넓은 줄 모르고, 곳곳에 고수가 숨어 있다는 사실을 망각한 채 작은 재주로 뽐내는 사람을 말한다. 세상 모든 일을 다 아는 것처럼 떠들어대는 사람들이 여기에 해당한다. 그러다 간혹 '번데기 앞에서 주름잡는' 격이 되기도 하고, '전봇대 앞에서 키재기' 하는 망신을 당하기도 한다.

재주가 많은 것은 물론 좋은 일이다. 잘하는 것이 별로 없는 사람보다는 훨씬 나을 테니 말이다. 그렇지만 작은 재주를 자랑하다 전문가를 만나면 얼마나 망신스러울꼬! 공자 앞에서 문자 쓰는 꼴이다. 세상에는 레오나르도 다빈치 같은 다방면에 능통한 천재도 있지만, 대부분은 한 분야에 탁월한 실력을 발휘하는 천재가 많다. 그래서 보통 사람이 천재와 같이 되고자 한다면, 한 우물을 파는 것이 훨씬 유리하다. 뛰어난 재주도 없으면서 다방면에 호기심만 많은 사람들은 반드시 심사숙고해서 판단하고 하나의 길을 정해서 매진해야 할 것이다. 어른들이 입버릇처럼 한 우물만 파라고 하는 말이 그냥 나온 것이 아니다. 물 안 나오는 우물 백 개보다는 사철 콸콸 쏟아지는 정수기 한 대가 낫다는 사실을 깨우치는 순간 만능이 능사가 아니라는 걸 알게 될 것이다. 만능선수, 팔방미인이 되려고 하지 말고 자신만의 탁월한 재주 한 가지를 만들고 그 역할에 충실한 것이 좋다.

청춘은 기회가 많기 때문에 하던 일을 쉽게 정리하고 다른 길을 찾는 경우가 많다. 자신의 적성과도 맞고 잘 할 수 있는 일을 찾으면 다행이지만, 무엇을 잘하는지도 알지 못하면서 이것저것 기웃거리다 시간만 낭비하는 경우도 많다. 대기만성형인 사람도 있지만 그런 경우는 매우 예외에 불과하다. 대부분은 청춘에 어떻게 사느냐에 따라 미래가 결정된다.

가능하면 경쟁자가 많은 분야에서 우물을 파려고 하지 말고 다른 사람들이 가지 않은 길을 찾으면 훨씬 빨리 물이 나오는 우물을 찾을 수 있다. 로버트 프로스트의 '가지 않는 길'이란 시에 이런 구절이 있다. "그 길은 풀이 더 우거지고 사람이 걸어간 자취가 적었습니다. 훗날에 나는 어디에선가 한숨을 쉬며 이야기를 할 것입니다. 나는 사람이 적게 간 길을 택하였다고. 그로 인해 모든 것이 달라졌노라고." 잘 닦여진 길은 많은 사람들이 지나갔기 때문에 평탄하기는 하지만 그 길에서 성공하기란 쉽지 않다. 그보다는 역발상을 하는 마음으로, 한 우물을 파는 청춘이 되기를 권한다.

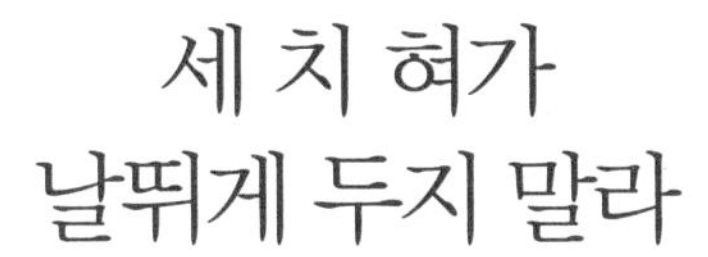

禍 從 口 生

재앙화 따를종 입구 날생

화종구생은 "재앙은 입으로부터 나온다"는 뜻으로, 말을 조심해야 한다는 말이다. 이 고사는 『석씨요람釋氏要覽』에서 유래하는데, 이 책은 중국 송나라의 도성道誠이 지은 것으로 불교에 대해 간결하게 기록하고 있다.

一切衆生 禍從口生일체중생 화종구생

일체의 중생들은 재앙이 입으로부터 나온다

말에 대한 고사나 속담은 헤아릴 수 없이 많다. 일상적으로 사용하는 "가는 말이 고와야 오는 말이 곱다" "말 한 마디로 천 냥 빚을 갚는다"부터 "혀 아래 도끼 들었다" "말이 많으면 쓸 말이 적다" "말 많은 집은 장맛도 쓰다" 등의 무수한 속담이 있다. "말이 입힌 상처는 칼이 입힌 상처보다 깊다"라는 모로코 속담도 있다. 또한 불교에서는 묵언수행을 하기도 하고, 가톨릭에서는 영원히 침묵하고 수도원에 들어가기도 한다. 말에 대한 속담이 어느 나라 어느 종교에나 있는 것처럼, 사람이 살아가는데 있어서 말이 얼마나 중요한 것인지 잘 알지만 실천이 따르지 않기 때문에 항상 경계하고 조심해야 한다.

미국 워싱턴대학교의 엘마케이츠 교수는 사람이 말을 할 때 튀어나오는 분비물인 침을 연구했다. 화를 내거나 짜증을 내면서 말을 할 때 또는 욕설을 퍼부으면서 튀어나오는 침은 갈색을 띠고, 좋은 말을 할 때 나오는 침은 분홍색을 띠었다고 한다. 그리고 갈색 분비물을 실험용 쥐에게 투여했더니 얼마 되지 않아 쥐가 죽었다고 한다. 이것을 명명하여 '분노의 침전물'이라고 하는데, 사람이 말할 때 튀어나오는 침이 곧 독이 될 수 있다니, 실로 조심하지 않을 수 없다. 나쁜 말은 자신의 입을 통해 나가지만 결국 다른 사람에게 향해 그를 다치게 하는 독이 되고 만다는 '말'이 진짜 과학적인 사실이었던 것이다.

말로 인한 실수를 경험하지 않은 사람은 드물 것이다. 깨어 있는 순간은 물론, 잠꼬대를 하면서까지 실수를 연발하는 것을 본다면 인간의 삶은 말로 시작해서 말로 끝난다고 해도 과언이 아닐지 모르겠다. 하루 종일 뱉어내는 말 속에 얼마나 많은 거짓과 위선이 담겨 있을지는 모르지만, 모든 말에 진실이나 사실이 아닌 경우가 많다는 것 역시 씁쓸하지만 사실일 것이다.

"이건 정말 비밀이다. 너만 알아야 돼. 절대 말하면 안 돼. 알았지?" 이런 말을 하는 경우가 비일비재한데 정말 이 말에 의미가 있을까? 말하지 말라고 신신당부하지만 과연 지켜지는 일이 얼마나 될까? 비밀을 듣는 순간 자신도 모르게 누군가에게 전하고 싶은 충동이 생긴다. 세상에 비밀은 없다. 오히려 널리 알리고 싶은 일이 있다면, 비밀스런 얘기처럼 하는 것이 좋을지도 모르겠다. 그렇지만 정말로 알려져서 안 되는 이야기라면 아예 입 밖으로 나오지 않게 해야 할 것이다. 말에 대한 책임은 비밀을 지키지 않은 사람에게 있는 것이 아니라, 비밀을 알려준 사람에게 있기 때문이다.

당唐나라 말기에 처세의 달인으로 알려진 풍도馮道는 「설시舌詩」라는 시에서 다음과 같이 말했다.

口是禍之門 구시화지문	입은 재앙을 부르는 문이요
舌是斬身刀 설시참신도	혀는 몸을 베는 칼이다.
閉口深藏舌 폐구심장설	입을 닫고 혀를 깊이 감추면
安身處處牢 안신처처뢰	가는 곳마다 몸이 편안하다.

풍도는 93세까지 장수한 인물로, 그의 처세술이 어떠했는지를 잘 알 수 있게 해주는 시이다. 이를 잘 실천한 풍도는 여러 왕을 섬기며 오랫동안 벼슬을 했다고 한다. 『명심보감』에 "귀로는 남의 그릇된 점을 듣지 말고, 눈으로는 남의 단점을 보지 말며, 입으로는 남의 과실을 말하지 말라."라는 글이 있다. 귀로 들으면 입으로 뱉고 싶은 것이 일반적인 사람의 마음이다. 특히 다른 사람을 흉보는 말이나 비난하는 말은 더욱 쉽게 나온다. 어려서부터 귀에 못이 박히도록 배우고 듣지만 실천은 어렵다.

길을 걸으며 다른 사람을 흉보고 있을 때 바로 뒤에서 당사자가 그 이야기를 들으며 따라오고 있다면 어떻겠나.(이런 황당한 경우를 당한 사람도 의외로 많다.) 등골이 오싹한 일이다. 조심, 또 조심하지 않을 수 없는 것이 말이란 놈이다.

혀는 몸을 쪼개는 도끼와 같다. 비록 혀의 길이는 세치밖에 되지 않지만, 그것이 자신을 망치는 결정적 요인으로 작용할 수 있다. 군자가 피해야 할 세 가지 가운데 첫 번째가 바로 혀끝이다. 정치를 하는 사람들이나 유세로 밥벌이를 하는 사람들은 혀가 재산이지만, 그 혀를 잘못 놀리다 인생도 끝나게 되는 경우를 우리는 자주 보지 않았는가. 전국시대의 종횡가였던 장의張儀는 어느 날 누명을 쓰고 매를 맞고 집에 왔더니 아내가 "당신이 글을 읽고 유세만 하지 않았다면 이렇게 화를 당했겠소?"라고 말했다. 그러자 장의가 "내 혀가 아직 그대로 있소?"라고 아내에게 되물었다고 한다. 장의에게 보물로 여겨지는 혀가 일반 사람들에게도 보물이 된다면 얼마나 좋겠나.

넘쳐서 좋은 것이 없다지만 겸손은 넘쳐도 좋고, 말은 하지 않을 수 없지만 줄일수록 좋다. 그렇게 하기 위해서는 홀로 있을 때에도 삼가고, 조심하는 신독愼獨을 명심하고 입에 향기를 머금은 것처럼 말을 하도록 연습해야 한다. 아무도 보지 않는 것 같고 아무도 듣지 않는 것 같지만 도처에 눈과 귀가 달려 있다는 사실을 잊지 말아야 한다. 신중하지 못한 언행으로 구설에 오르면 그 사람은 크게 성공할 수 없다.

청춘은 자기주장이 강하고 주관이 뚜렷하다. 그렇기 때문에 말로 인한 재앙을 특히 조심해야 한다. 평소 말이 많은 사람은 뱉기 전에 한 번 생각하고 말하는 신중함이 필요하다. 말할 때와 하지 않을 때, 해서 좋을 때와 해서 좋지 않을 때를 구별할 줄 아는 지혜가 있다면 신뢰받는 사람이 될 것이다. 모든 재앙은 반드시 입에서 시작한다는 화종구생의 경고를 잊지 말라. 그리고 말보다는 실천을 통해 자신의 품위를 높이도록 하라.

수주대토

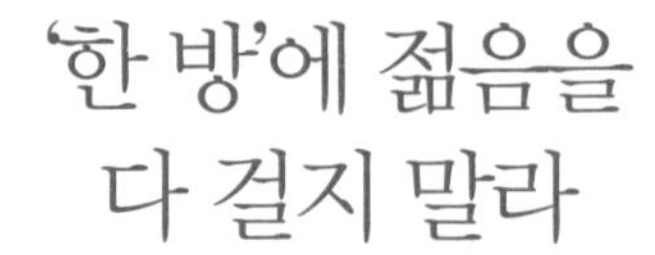

守 株 待 兎

지킬 수　그루터기 주　기다릴 대　토끼 토

수주대토는 "그루터기를 지키며 토끼를 기다린다"라는 뜻. 우연히 한 번 잡은 행운에 집착하여 융통성이 없는 것을 풍자하는 말이다. 이 고사는 『한비자韓非子』 「오두伍蠹」 편에 나오는 이야기.

송宋나라 사람으로, 경작하는 사람이 있었는데 그의 밭 가운데 나무 그루터기가 있었다. 그런데 그만 토끼가 달리다 그루터기에 부딪쳐 목이 부러져 죽고 말았다. 그 후로 농부는 쟁기를 버리고 그루터기만을 지키며 다시 토끼를 얻으려고 희망했다. 그런데 토끼는 다시 얻지 못하고 자신은 송나라의 웃음거리가 되었다. 지금 선왕의 정치만을 가지고 당대의 백성을 다스리려고 하는 것은 모두 그루터기를 지키는 종류에 해당한다.

이 고사는 본래 한비자가 유가의 왕도정치를 비판하기 위해서 만든 이야기다. 중국 역사에서 가장 혼란한 시기였던 춘추전국 시대는 모든 나라가 부국강병을 추구하며 전쟁에 혈안이 되어 있었던 때. 이러한 시대적 변화는 생각하지 않고 오직 수백 년 전의 요임금과 순임금이 행했던 이상적인 모습만을 그리워하며 왕도정치에 매달린 유학자들을, 한비자는 융통성 없는 사람들이라고 여기고 수주대토의 고사를 빗대어 비판한 것이다.

수주대토와 비슷한 고사로는 각주구검刻舟求劍과 교주고슬膠柱鼓瑟이 있다. 각주구검은 칼을 강물에 떨어뜨리자 뱃전에 그 자리를 표시表示했다가 나중에 칼을 찾으려 한다는 뜻이고, 교주고슬은 거문고의 줄을 괴는 기러기발을 올렸다 내렸다 할 수 없도록 아교로 붙여 놓고 연주한다는 뜻으로, 고지식하여 조금도 융통성이 없음을 비유적으로 이르는 말. 이 고사들은 모두 융통성이 없는 사람이나 변화를 인식하지 못하는 고지식한 사람을 견주어 이르는 말로 사용한다.

과거의 것이 제아무리 훌륭하다고 해서, 그것이 오늘날까지 무조건 훌륭한 것은 아니다. 문명은 발달하게 되어 있고, 문화와 제도도 그에 맞게 변화되는 것이기 때문이다. 물론 시공을 초월해서 훌륭한 것도 분명히 있지만, 그런 경우는 그렇게 많지 않다. 융통성 없이 과거의 추억에 얽매여 낡은 전례만 답습하는 것은 옳지 못한 일이고, 변화에 능동적으로 대처하지 못하는 어리석음을 범하게 될 것이다. 21세기에 살면서 15세기에 유행하던 옷을 입고 다니는 사람은 없고, 그 시대의 법을 적용하는 국가도 없다. 21세기에는 21세기형 트렌드가 있기 때문에 그에 어울리는 것을 찾아야 한다.

농부가 토끼를 기다리는 것처럼 살다보면 예기치 않게 좋은 결과를 얻는 경우가 있는데, 이러한 일은 행운에 불과할 뿐 반복적으로 발생하지는 않는다. 우리 사회에 만연한 복권열풍처럼 행운은 어쩌다 일어나는 일에 불과하다. 간혹 주변의 누군가가 어쩌다 3등이라도 당첨되면 다음번에는 꼭 1등에 당첨될 것 같은 생각에 사로잡혀 매주 복권을 구입하고 갈수록 구입 금액도 늘어간다. 열심히 일하는 것보다 이처럼 가만히 앉아서 일확천금을 노리거나 성공을 꿈꾸는 것이 바로 수주대토가 아니고 무엇인가. 아무 것도 하지 않고 가만히 앉아서 헛된 욕망을 꿈꾸는 것보다 차라리 길에 떨어진 동전을 줍는 것이 빠를 것 같다.(그렇다고 정말 길바닥만 쳐다보며 돈을 주우려고 하는 사람은 없겠지만 말이다.)

우연한 기회에 주식투자를 해서 돈을 벌었다고 하여 계속 수익을 내는 것이 아닌 것처럼, 어쩌다 작은 성공을 거두었다고 해서 어떤 사업이든 성공하는 것은 아니다. 과거에 부자였던 시절을 회상하면서 현재를 인식하지 못하는 경우나, 돈만 찾아 헤매다 모든 것을 잃는 경우도 역시 수주대토와 같은 어리석음에 지나지 않는다. 누군가가 "돈으로 시계는 살 수 있지만 시간은 살 수 없고, 돈으로 사람은 살 수 있지만 사람의 마음은 살 수 없고, 돈으로 호화로운 집은 살 수 있지만 행복한 가정은 살 수 없고, 돈으로 책은 살 수 있지만 지혜는 살 수 없고, 돈으로 지위는 살 수 있지만 존경은 살 수 없다."라고 한 말은 거짓이 아니다. 그럼에도 불구하고, 돈이나 물질에 집착해 참된 인생을 살지 못하는 사람들이 많다. '토끼'를 기다리다 세월만 보내고 따스한 햇살이 주는 여유로움도 없이 인생을 허비하지 말고, 현실을 직시하고 변화에 대처할 수 있는 능력을 키워야 한다.

훌륭한 지도자를 꿈꾸는 청춘이라면 옛것을 익히되 옛것에 매몰되어서는 안 되고, 변화와 시세를 관찰할 수 있는 지혜가 필요하다. 늘 한 자리에 머물러 변하지 못하는 사람은 시대 변화를 인식하지 못하게 되고, 새로운 해결책이나 방향을 제시할 수 없다. 젊은 사람들이 기성세대의 오류를 지적할 때 흔히 사용하는 구시대적 발상이 바로 이런 경우. 자신이 아는 한 가지 방식에 매몰되어 시대가 변하는지 사회가 달라졌는지 생각조차 하지 못하는 것이다. 어떤 집단이 고령화되면 그 집단은 퇴보할 수밖에 없다. 과거의 방식만 고집하고 새로운 문물과 변화에 능동적으로 대처하지 못하기 때문이다.

청춘은 다시 오지 않는다. 그리고 '우연'이 반복되는 일은 세상에 없다. 우연을 기다리며 다시 오지 않는 시간을 허비하는 것은 어리석다 못해 바보 같은 행위다. 청춘이 지닌 장점을 잘 활용하여 자신의 꿈을 위해 달리자. 청춘은 변화에 민감하고 변화를 주도하는 세대다. 그런 청춘이 나무 그루터기 옆에 쪼그리고 앉아서 죽어나자빠질 토끼를 기다리는 농부처럼 게으름에 빠져 아무 것도 하지 않고 산다면 얼마나 허망한가. 무위도식하거나 융통성 없이 지난 과거만을 회고하며 산다면, 성공은커녕 자기 몸 하나 보존하기 어려울 것이다.

청춘이라면 융통성 있고 유연한 생각을 가지도록 노력해야 할 것이다. 벽을 마주대하고 있는 것처럼 꽉 막힌 사람이 발전할 가능성은 매의 희박하다. 물 흐르듯이 자연스럽게 흘러가는 지혜를 배우고 부드러운 자세를 견지해야 한다. 죽은 나무는 쉽게 부러지지만, 살아 있는 나무는 부러지지 않고 휘어진다. 나무의 지혜를 배우자. 유연한 정신을 가지고 자신이 살아 있음을 증명해야 한다.

청춘인 당신, 어디서 무엇을 기다리고 있나. 행여나 우연을 기다리거나 행운을 꿈꾸는 것은 아닌가. 아집과 고지식함에 사로잡혀 자기 방식만 고집하는 것은 아닌가. 그루터기에 앉아 쉬어갈 수 있는 여유는 갖되, 그루터기에 토끼가 걸려 잡히기를 기다리지는 말라. 헛된 꿈을 꾸거나 망상에 사로잡혀 나태한 토끼잡이를 하기에 당신은 너무나 젊고 아름답고 소중하므로.

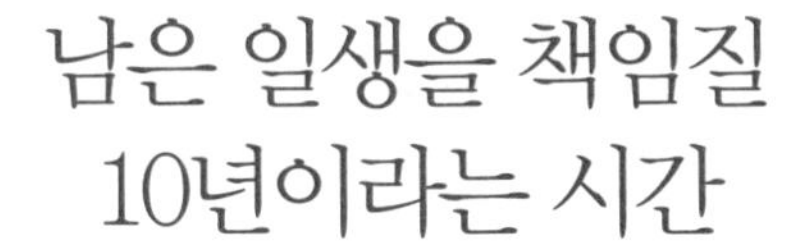

洛 陽 紙 貴

물이름 락 별 양 종이 지 귀할 귀

낙양지귀를 직역하면 "낙양의 종이 값이 오르다"라는 뜻. 어떠한 저서가 좋은 반응을 얻어서 '베스트셀러'가 되었을 때 그것을 베끼느라고(인쇄) 종이의 수요가 증가하여 값이 폭등한 것을 두고 한 말로, 문장이 좋은 것을 칭찬할 때 주로 사용하는 고사다. 이는 『진서晉書』「문원전文苑傳」에 나오는 말인데 대강을 요약하면 다음과 같다.

좌사左思의 자는 태충太沖으로 제나라 임치 사람이었다. 그는 용모가 볼

품없고 말도 어눌하여 사람들과 어울리기를 싫어하고 혼자서 한가롭게 보내기 일쑤였다. 이렇게 1년을 보내면서 '제도부齊都賦'라는 글을 완성했다. 이어서 삼국시대 도읍을 노래한 '삼도부三都賦'를 10년 만에 완성하게 되었다. 그렇지만 자신의 작품이 반고나 장형의 작품에 미치지 못한다고 생각하여 당시 석학이었던 황보밀皇甫謐을 찾아가 글을 보여주고 서문을 부탁했다. 황보밀은 글이 매우 좋다고 평가한 다음 서문을 써주었다. 이어서 당시 유명한 사람들이 줄을 이어 서문을 써주며 칭찬을 아끼지 않았다. 마침내 사공 벼슬에 있던 장화張華가 이 글을 읽고 다음과 같이 말했다.

"이 작품은 정말로 반고나 장형의 작품에 비교할 만하다. 독자로 하여금 다 읽은 뒤에도 여운이 남게 하고 오래 지나도 더욱 새롭게 느껴진다."

이 말이 세상에 퍼지자 귀족들이 서로 베껴 쓰기 시작했고, 그로 인해 낙양의 종이가 귀하게 되었다고 한다.

반고班固는 중국 후한 시대의 역사학자로 『한서漢書』를 저술했으며, 사마천과 마찬가지로 아버지의 뒤를 계승하여 걸작을 남겼던 인물이다. 『한서』는 사마천이 저술한 『사기』의 기록을 토대로 무제 이전의 역사에서 왕망의 멸망까지, 약 230년간의 역사를 기록하고 있다. 『사기』가 통사의 성격을 갖는데 비하여, 『한서』는 최초의 단대사斷代史이며 최고의 걸작으로 손꼽힌다. 장형張衡은 한나라의 천문학자요 문학가였다. 또한 그림도 잘 그려 당시에 6대 명화가로 칭송을 받았다.

당시 반고는 '양도부兩都賦'를 지었고, 장형은 '이경부二京賦'라는 시를 지어 유명했다. 그러한 이들의 작품과 비교해도 손색이 없다는 말은 빠르게 세간에 알려져 좌사의 작품은 유명해지기 시작했고, 지식인들은 좌사의 작품을 베끼기 위해 혈안이 되어 그로 인해 종이 값이 뛰었던 것.

요즘에도 베스트셀러라고 하는 책이 많다. 그렇지만 잘 팔린다고 모두 낙양지귀라고 할 수는 없다. 좌사의 글처럼 작품성이 있고 잘 팔릴 때 낙양지귀라는 표현이 어울릴 것이기 때문이다. 좌사가 '삼도부'라는 작품을 완성하기까지는 무려 10년이라는 시간이 걸렸다. 물론 10년이라는 시간을 쏟아부었다고 해서 모두 좋은 작품이 되지는 않을 것이다. 타고난 재능과 그만한 노력이 합치되어야 비로소 좋은 작품이 탄생하는 것이지, 무조건 시간만 투자한다고 해서 되는 것은 아니기 때문이다.

10년이면 강산도 변한다는 말이 있듯이, 결코 짧은 시간이 아니다. 간혹 어떤 분야의 전문가가 되기 위해서는 적어도 10년은 투자해야 한다고 말하기도 한다. 말콤 글래드웰은 『아웃라이어』에서 성공한 사람들에 대한 유형을 분류하고 있는데, '1만 시간의 법칙'을 언급하고 있다. 그의 분석에 의하면, 천재를 제외하고는 대부분 자신의 분야에서 최소한 1만 시간을 투자한 아웃라이어가 성취를 이루었다고 한다. 젊은 시절 1만 시간을 투자했을 때 그 결과로 성공이라는 열매를 거두게 되었다는 말이다. 하루에 세 시간씩 10년을 투자하면 1만 950시간이다! 그러니까 적어도 하루에 세 시간을 투자해야, 10년이 지난 뒤에 전문가라는 소리를 들을 수 있고, 성공할 수 있는 토대가 된다는 것.

말이 쉽지, 10년 동안 하루도 쉬지 않고 해야 하는 일이다. 그런데, 반대로 생각하면 만약 그렇게 시간을 투자하고도 성공하지 못하거나 아무런 성과가 없다면 그것이 오히려 이상한 일이 아니고 무엇이겠는가. 이쯤에서 스스로 질문을 던져 보자. "나는 과연 내가 원하는 분야에 얼마나 많은 시간을 투자했는가?"

성공하는 사람들은 한 분야에 '미쳐야' 한다. 미치지 않고는 성공할 수 없다. 미치기 위해서는 그만큼의 시간을 투자해야 한다. 시간을 투자하지 않고 성공하기를 바라거나 전문가가 될 수 있다고 생각하는 것 자체가 허황된 꿈이다. 실제 스스로 많은 시간을 투자했다고 생각하는 사람들이 있지만, 엄밀하게 따져보면 많은 시간을 투자하지 않고 '느낌'만으로 그렇게 여기는 사람들도 많다.

시간이란 정말 오묘한 것이다. 그것을 활용하는 사람에 따라서 다양한 모습을 하기 때문이다. 일생의 삼분의 일 이상을 잠으로 보내는 사람에게 시간은 게으름의 수단일 뿐이고, 잠자는 것조차 아깝게 여기며 사는 사람에게는 희망의 등불이 되기도 한다. 먹고 마시며 노는 사람들에게 시간은 쏜살같이 달려가는 화살이고, 가치 있고 의미 있는 일에 시간을 사용하는 사람에게는 황금보다 귀하다. 시간은 누구에게나 똑같이 주어진 것이라고 생각할 수도 있지만, 누구나 똑같이 시간을 활용하는 것은 아니다. 그래서 시간은 마술사처럼 오묘한 것이다.

청춘의 한 시간은 늙어서 열 시간과 같고, 젊은 날의 하루는 노인의 열흘과 같다. 한 시간을 들여 열 시간의 효과를 본다면 얼마나 경제적이고 효과적인가! 그런데 이러한 사실을 알고도 실천하지 못하는 사람들이 태반이다. 특히, 청춘에는 이러한 깨달음에 일찍 도달하지 못한다. 남보다 먼저 깨닫는 사람이 남보다 먼저 성공하고, 남보다 먼저 실행에 옮기는 사람이 한걸음 먼저 나가게 된다는 사실을 젊어서는 잘 모른다.

낙양의 종이 값은 10년 만에 올랐다. 자신의 존재 가치를 인정받고 남에게 알려질 때까지 10년이라는 시간이 필요했다. 지루하고 긴 시간이지만, 이 시간을 견디지 못하면 한 분야의 전문가도 될 수 없고 성공할 수도 없다. 1만 시간의 정성과 노력이 모여 한 곳을 향할 때 비로소 성취하고자 하는 것을 이룰 수 있고, 그것으로 인해 남은 미래가 결정된다. 비록 10년 만에 도달했지만, 그것은 남은 50, 60년의 앞날을 열어줄 중요한 시간임을 잊지 말아야 한다. 당신은 지금 몇 시간째 노력중인가.

금구계이

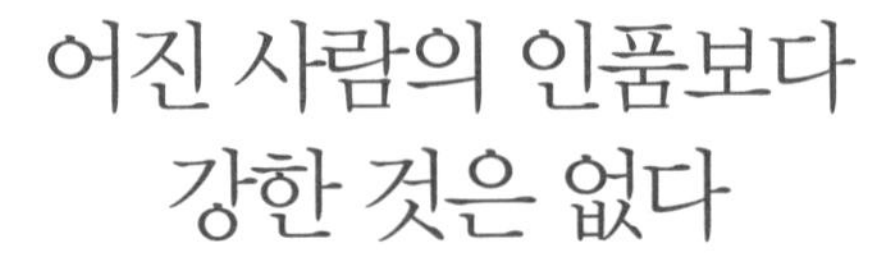

어진 사람의 인품보다
강한 것은 없다

金 鉤 桂 餌

쇠 금　갈고리 구　계수나무 계　먹이 이

금구계이는 "황금 낚싯바늘과 계피가루를 친 미끼"라는 의미. 쓸데없이 형식에만 치우치는 것을 말한다. 『태평어람太平御覽』 권 834 「궐자闕子」에 실린 이야기로 본래는 노인호조(魯人好釣, 노나라 사람이 낚시를 좋아하다)라는 제목으로 실려 있다.(『태평어람』은 중국 송나라 때 태종의 명으로 이방李昉 등이 지은 백과사서百科辭書이며, 궐자는 전국시대 종횡가縱橫家의 사람이다.)

노나라에 낚시를 좋아하는 사람이 있었는데, 계피로 미끼를 만들고 황금을 두드려 낚싯바늘을 만들었다. 그리고 그곳에 은과 푸른 옥으로 장식을 하고, 비취색으로 낚싯줄을 만들어 드리웠다. 자리 좋은 곳을 골라 낚싯대를 드리우고 고기가 잡히기를 기다렸지만 고기는 거의 잡히지 않았다. 옛말에 이르기를 "낚시하는 일은 도구를 아름답게 장식하는 데 있지 않고, 일이 급한 경우는 말로 논쟁하는 데 있지 않다."라고 하였다.

계피를 미끼로 사용한다? 이 자리에서 처음 알게된 사람들이 많을 것이다. 계피란 한약재나 차 혹은 음식의 재료로 많이 사용되는 것으로 알았는데 고기를 잡는 미끼라니. 언뜻 이해가 가지 않지만 다른 미끼에다 계피가루를 묻혀 사용하는 것을 말하는 것 같다. 계피가루는 가장 오래된 향신료의 하나로, 달고 매우며 음식에 넣으면 단맛을 더욱 증대시킨다.

낚시를 하는 사람이 정작 힘써야 할 것은 고기를 잡는 일이지, 도구를 장식하는 데 있는 것은 아니다. 다시 말해, 금구계이는 어떤 일을 하는 데 있어서 쓸데없는 형식에 얽매여 본래의 목적을 망각한 것을 말한다. 살면서 이런 경우는 매우 많아서, 대부분 경험이 있을 것이다. 청소년 시절에 멋진 옷이나 가방, 신발 등에 신경을 쓰거나 좋은 필기도구를 사려고 하는 것도 금구계이에 해당하고, 종교인들이 목회활동을 위한다며 화려하고 거대한 여배당을 짓는 경우나 사찰을 크고 웅장하게 짓는 경우도 여기에 해당한다.

연필이 좋다고 공부를 잘하는 것이 아니라는 말처럼, 학생의 근본 목적은 공부를 열심히 하는 데 있는 것이지 좋은 연필을 가지는 것에 있지 않다. 목회자 역시 포교를 하기 위한 공간이 필요한 것이지 화려하고 좋은 건물이 반드시 필요한 것은 아니다. 이러한 것에 마음을 쓴다면 이는 모두 지나친 형식에 얽매이는 일일 뿐. 종교가 가진 본래의 목적을 달성하기 위한 노력보다 겉으로 표현되는 형식에 치중하기 때문이다.

주말에 등산로 입구에 가보면 대부분의 사람들이 최고급 등산복과 등산용품으로 무장을 하고 산으로 향하는 모습을 쉽게 볼 수 있다.(어쩌다 청바지에 운동화 차림의 사람이 눈에 띄면 모두의 관심의 대상이 되는 듯한 느낌을 받을 수 있다!) 우리나라 사람들은 뒷동산에 오르면서도 에베레스트를 등반하는 옷차림으로 간다는 우스갯말도 있지 않은가. 물론 등산을 편하고 쉽게 하기 위해서나 안전을 위해서는 좋은 장비와 복장이 필요하기도 하겠지만, 등산용품을 구입하는데 드는 비용이나 효과를 생각한다면 등산의 근본 목적은 망각하고 외형에 지나치게 치중한다는 생각을 지울 수 없다.

학생들이 제출한 리포트를 보면 참 재밌는 경우가 많다. 양을 부풀리기 위해 글자 크기를 크게 키운 학생도 있고, 겉표지를 화려하게 장식해서 채점자의 눈을 현혹시키려는 학생도 많다. 어떤 학생은 성의 없이 달랑 한 장짜리 과제를 제출하기도 한다. 이런 경우 가장 좋은 점수를 받는 것은 당연히 내용도 좋고 형식도 잘 갖춘 학생의 리포트일 것이다. 그런데 만약 겉표지는 화려하고 멋지게 만들었지만 내용물은 달랑 한 장짜리 리포트인 학생과 겉표지는 대충 만들었지만 내용이 성실하게 채워진 학생이 있다면 두 사람 가운데 누구에게 더 좋은 점수가 주어질까. 형식도 중요하지만 내용이 뒷받침 되지 않는 형식은 사실상 속빈강정에 불과하다.

누구나 같은 값이면 다홍치마同價紅裳라는 마음을 가지고 있을 수 있다. 골프를 치는 사람들은 좋은 골프채를 갖기 원하고, 스케이트를 타는 사람들은 좋은 스케이트를 갖기 원한다. 좋은 도구를 갖는 것은 물론 나쁜 일이 아니지만, 본래의 목적을 망각하고 도구에만 신경을 쓰는 것이 바람직한 모습일 수는 없다.

삶에 목표가 있다면 거기에 도달하는 방법도 필요한 법. 그런데 방법에 지나치게 치중하다보면 목표를 잃고 방황하거나 달성해야 할 목표를 이루지 못하게 되는 경우를 종종 보게 된다. 아무리 좋은 도구라 할지라도 그것을 다룰 능력이 되지 않으면 무용지물이다. 좋은 도구와 그것을 다루는 능숙한 솜씨가 결합될 때 최상의 효과를 거둘 수 있는 것처럼, 자신이 성공하지 못하는 이유를 외적인 것에서 찾지 말아야 할 것이다.

목수는 연장을 탓하지 않고 농부는 밭을 원망하지 않는다. 비록 연장이 좋지 않아도 자신의 노력으로 일정 수준 극복할 수 있을 것이고, 밭이 나빠도 다른 노력을 통해 단점을 보완하여 좋은 밭으로 일굴 수 있기 때문이다.

청춘이 꾸미고 장식해야 할 것은 외모도 아니고 형식도 아니다.

진정으로 꾸미고 장식해야 할 것은 자신의 내면과 넓고 깊은 마음. 공자가 인자무적仁者無敵이라고 한 것처럼, 어진 인품을 가진 사람은 그 누구도 대적할 수 없기 때문이다. 화려하게 드러난 겉모습은 일시적인 호감을 줄 수 있지만 지속적인 만족감을 주지는 못한다. 그렇지만 좋은 인품을 가진 사람은 담담하면서도 은은하게 향기가 퍼져 필시 사람들에게 좋은 평가를 받는다. 형식과 내용이 잘 어우러진 상태를 최고라고 여긴다면, 그 다음은 바로 형식보다 내용에 충실한 사람일 것이다.

지금 당신이 가진 낚싯바늘은 무엇이며 계피가루를 친 미끼는 무엇인가? 그것으로 훌륭한 인생을 낚고 큰 고기를 잡을 수 있다고 생각하는가? 그대가 노련한 숙련공이 되었을 때, 그때에 낚싯바늘을 화려하게 장식해도 늦지 않을 것이다. 지금은, 마음이 먼저다.

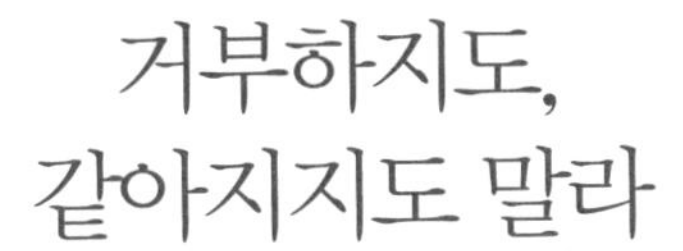

和 而 不 同

화할 화　말이을 이　아닐 부　같을 동

화이부동은 "조화롭지만 같지는 않다"라는 뜻으로, 군자는 조화를 추구하되, 동일성을 추구하지 않는다는 의미. 이 고사는 『논어』 「자로子路」 편에 나오는 말로 다음과 같다.

> 子曰 君子 和而不同자왈 군자 화이부동,
>
> 小人 同而不和소인 동이불화
>
> 공자가 말하기를 "군자는 조화를 추구하되 동일성을 추구하지 않으며, 소인은 동일성을 추구하되 조화를 추구하지 않는다."라고 하였다.

성리학의 대가인 주자朱子는 이 구절에 대해서 화和는 어그러짐이 없는 마음을 말하고, 동同은 아첨하고 부화뇌동한다는 뜻으로 해석했다. 조화로움을 추구하는 것은 주변과 어울리는 것을 말하므로 어그러지는 것이 없다는 뜻이 될 수 있고, 동일함을 추구하는 것은 동질의식을 느끼려고 하는 것이므로 아부하고 비교한다고 해석할 수 있다. 즉, 화는 다양성을 인정한 것이고, 동은 획일성을 강조한 것.

『춘추좌씨전春秋左氏傳』 소공조에 다음과 같은 이야기가 나온다.

제후齊侯가 사냥에서 돌아올 때 안자(晏子, 晏嬰)는 천대에서 기다리고 있다가 말을 달려 이르렀다. 제후가 말했다.

"오직 양구거만이 나와 더불어 화답和하는군."

그러자 안자가 대답했다.

"양구거는 부화뇌동同한 것인데 어찌 화답한 것이라고 할 수 있겠습니까?"

제후가 말했다.

"화와 동이 다른가?"

안자가 말했다.

"다릅니다. 화는 마치 국을 끓이는 것과 같습니다. (중략) 임금이 옳은 경우에도 간혹 잘못된 점이 있습니다. 그럴 때 신하는 잘못된 것을 말씀드려 옳은 것을 완성하도록 해야 합니다. 임금께서 잘못된 경우에도 간혹 좋은 점이 있으면 신하는 그릇된 점을 제거하도록 해야 합니다. (중략)

그런데 지금 양구거는 그렇게 하지 않고 있습니다. 임금께서 옳다고 하면 양구거도 옳다고 하고, 임금께서 잘못되었다고 하면 양구거도 잘못되었다고 합니다. 만약 국을 만들 때 물에 물을 타면 누가 그것을 먹을 수 있겠습니까? 만약 거문고와 가야금의 소리가 한결같다면 누가 그것을 듣겠습니까? 부화뇌동해서는 안 되는 이유가 이와 같습니다."

세상에 존재하는 인간은 다 다르다. 단 한 사람도 똑같은 인간이 없다. 게다가 서로 종교도, 정치적 입장도, 사는 지역도, 마음도 다르다. 모두 다른 것 투성이다. 그렇기 때문에 같게 만들려고 하는 것 자체가 불가능한 일이고 그렇게 될 수도 없다. 자기와 뜻이 비슷한 사람은 많아도, 완전히 같은 사람은 없다. 그러한데, 자신과 같지 않다고 배척하거나 적대적으로 대한다면 누구와 함께 살아갈 수 있을까. 자신과 마음이 같은 사람들하고만 어울려 살 수도 없는 것이 세상인데, 서로 다른 존재임을 인정하지 못한다면 외딴 섬이나 산 속에서 야인처럼 혼자 살아야 할 것이다. 서로 다르지만 자신의 정체성을 유지하며 조화를 이루는 것이 바로 군자요, 항상 획일적인 성향을 가지고 자신과 같지 않으면 배척하고 멀리하는 것을 소인이라고 하는 것이다.

합창이나 교향곡을 들으면 역시 조화로움만이 최상의 음악이 된다는 사실을 알게 된다. 서로 자기 목소리를 내면서도 조화를 이룰 때 합창은 가장 아름다운 화음을 이룬다. 만약 어떤 사람이 자신의 목소리를 크게 내고자 해서 정상적인 소리보다 큰소리를 지른다면 합창은 조화가 깨지고 소음으로 전락하고 말 것이다. 교향곡을 연주할 때도 모든 악기는 소리를 낼 때와 내지 않을 때, 크게 소리를 낼 때와 작게 소리를 낼 때가 구분되어 있다. 이러한 역할을 무시하고 제멋대로 크게 연주한다면 어김없이 조화로움은 깨지고 말 것이다.

인간 세상에도 바이올린처럼 아름다운 소리를 내는 사람도 있고, 첼로와 같이 묵직하고 장중한 소리를 내는 사람도 있으며, 피아노처럼 다양한 소리를 내는 사람도 있다. 그러한 사람들이 각자의 정체성을 잃지 않고 조화를 이루며 다름을 인정하는 세상이 진정으로 아름다운 세상이 아니고 무엇이겠나.

그런데 세상에는 조화를 깨뜨리고 혼란을 야기하는 소인들이 생각보다 많다. 자기 생각에 동의하지 않으면 틀렸다고 말하고, 잘못된 집단의식으로 소수의 의견을 무시하는 사람도 있다. 명품 가방을 들고 다녀야 비로소 다른 사람과 동질의식을 느끼는 사람도 부지기수다. 이들은 조화로움이나 자기 정체성보다, 동질의식을 통해 편을 가르는 행위를 하며 힘을 과시한다.

청춘은 자기만의 색깔이 있어야 한다. 공장에서 찍어내는 물건처럼 동일한 모양과 기능을 가진 존재가 아니므로 자기만의 생각과 주체성이 있어야 하며 동시에 다른 사람의 가치를 인정할 줄 아는 자세도 지녀야 한다. 옳은 것을 보면 옳다고 말하고 그른 것을 보면 그르다고 말할 수 있는 정의감, 불의를 보면 참지 못하는 용기, 자기 업무에 대해서는 어떠한 경우에도 완수하는 책임감, 삶을 가볍게 여기지 않고 진지하게 살아가는 성실함, 어렵고 힘든 사람을 만나면 함께 아파하는 측은지심, 나보다 남을 먼저 생각할 줄 아는 배려심, 나쁜 것은 감춰주고 좋은 것을 드러내는 너그러움을 갖춘다면 이러한 청춘이 군자가 아니고, 누가 군자란 말인가.

출발선이 같다고 나란히 달리는 것은 아니듯, 같은 것처럼 보인다고 다 같은 것은 아니다. 주관도 없이 다른 사람에게 의지하며 부화뇌동하는 청춘에게 박수칠 사람이 얼마나 될까. 우주에 존재하는 모든 것이 다르다는 사실을 인정할 줄 아는 지혜가 있을 때 스스로 넓고 깊게 될 것이다.

파증불고

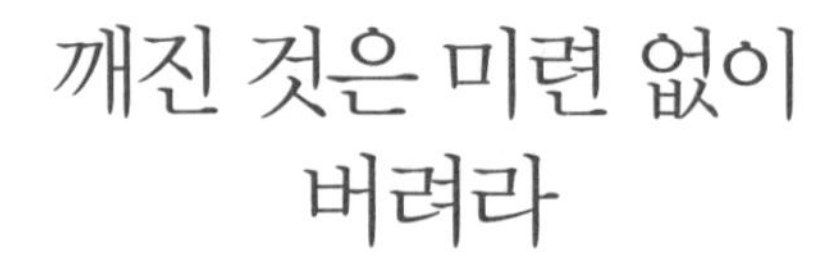

깨진 것은 미련 없이 버려라

破 甑 不 顧

깨뜨릴 파　시루 증　아니 불　돌아볼 고

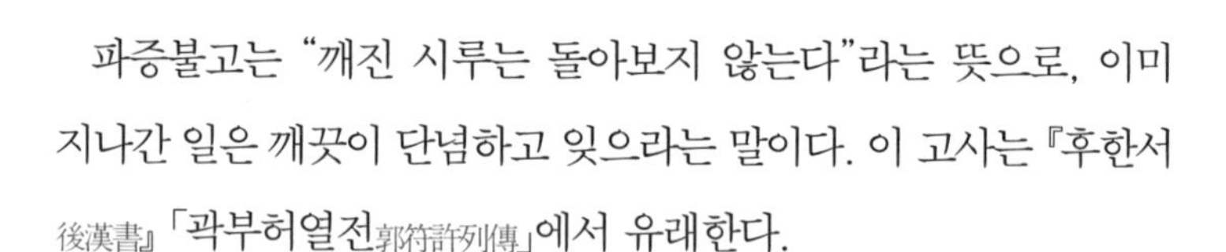

파증불고는 "깨진 시루는 돌아보지 않는다"라는 뜻으로, 이미 지나간 일은 깨끗이 단념하고 잊으라는 말이다. 이 고사는 『후한서後漢書』「곽부허열전郭符許列傳」에서 유래한다.

후한後漢 때 맹민孟敏이라는 사람이 있었는데, 자字가 숙달叔達이다. 어느 날 시루를 등에 짊어지고 가다가 땅에 떨어뜨렸는데 뒤도 돌아보지 않고 걸어갔다. 임종林宗이 보고 그 까닭을 묻자 다음과 같이 대답했다.

"이미 시루가 깨져 버렸는데 돌아본들 무슨 도움이 되겠습니까?"

임종은 그를 비범한 사람으로 여기고 학문을 하도록 권했다. 맹민은 학문에 전념한 지 10년 만에 이름을 알리게 되었고 나중에 삼공의 벼슬까지 올랐다.

중국 후한 시대에 학문과 덕으로 많은 사람들에게 추앙받던 곽태郭泰의 자가 임종이다. 그는 불과 42세의 젊은 나이로 세상을 떠났는데, 그에게서 배운 제자가 수천 명에 달했다고 하니 실로 대단한 인물이었던 것 같다. 임종은 항상 언행이 신중하여 난세에서도 존경을 받았고, 외척과 환관들이 전횡하던 때에도 재앙을 모면할 수 있었다. 어려서 가난했을 때 어머니가 하급 관직에라도 나가라고 하자 "대장부가 어찌 그런 천한 일을 하겠습니까?"라고 말하며 사양했다고 한다. 그가 세상을 떠났을 때는 전국에서 1천여 명이 넘는 선비들이 장례에 참석했다고 한다. 당시 최고의 인품과 학문을 갖춘 임종의 눈에 비범한 인물로 보였다면 맹민은 틀림없이 비범한 인물이었을 것이다. 여기서 유래한 파증불고는 지나간 일이나 돌이킬 수 없는 일에 대해서는 깨끗하게 단념하고 잊으라는 뜻으로 사용된다.

동진東晉 시대의 왕가王嘉가 지은 『습유기拾遺記』라는 책에 강태공의 이야기가 전해진다. 강태공은 처음에 마씨馬氏 부인과 혼인했으나, 독서에만 열중하고 집안을 돌보지 않았다. 그러자 마씨는 강태공 곁을 떠났다. 그 후 강태공이 제나라 제후에 오르자 마씨는 그에게 다시 결합하자고 요구한다. 이 말을 듣고 강태공은 물을 한 그릇을 떠서 땅에 붓고 마씨에게 그 물을 다시 그릇에 담아 보라고 했다. 아무리 애써도 물을 그릇에 담지 못했고 오직 진흙밖에 담을 수 없었다. 그러자 강태공이 "당신은 떠났다가 다시 결합할 수 있으리라 생각했겠지만 엎어진 물은 다시 담기 어렵소."라고 말했다고 한다.

깨진 시루를 다시 붙여서 사용할 수도 없고, 엎질러진 물을 다시 담을 수 없다는 것은 어린아이도 알 수 있는 분명한 사실이지만, 정작 그런 상황에 닥치면 당황하며 정신을 차리지 못하는 것이 대부분. 깨진 물건이 아깝기도 하고, 갑작스런 일에 당황스럽기도 하겠지만 돌이킬 수 없는 상황이라면 신속하게 정리하고 새로운 방법을 찾거나 길을 떠나는 것이 좋다.

우리나라 양궁의 대들보였던 김수녕 선수는 귀신처럼 활을 잘 쏜다는 의미에서 '신궁'으로 불린다. 그렇지만 이 신궁 소녀도 1988년에 열린 제24회 서울올림픽 당시에는 첫발에 6점을 쏴서 주위를 긴장하게 만들었다. 고등학교 1학년 때 국가대표가 될 만큼 뛰어난 실력을 갖추었고, 이미 세계대회에서 신기록을 세운 터였지만, 올림픽 첫발은 어이없게 빗나가고 말았다. 그렇지만 그 다음부터 다섯 발 연속 10점을 쏘면서 개인전 우승을 차지했다! 누가 봐도 신궁다운 솜씨였다. 경기를 마친 후 기자가 "어떻게 흔들리지 않고 금메달까지 따셨나요?"라고 질문하자 그녀는 "시위를 떠난 화살에는 미련을 두지 않습니다."라고 말했다고 한다. 당시 그녀는 만 17세에 불과했고, 고등학교 2학년 소녀였다. 그런데 차분하면서도 당당한 그녀의 말은 오랜 세월 삶의 지혜를 다져온 사람처럼 자연스럽게 흘러나오고 있었다. 만약 그녀가 첫발에 대한 아픔을 간직하고 경기에 임했다면 나머지 화살도 명중하기 어려웠을 것이다. 평온한 마음으로 앞을 향해 뚜벅뚜벅 한 걸음씩 걸어가는 성자처럼 그녀는 돌이킬 수 없는 순간을 가슴에 담지 않았다.

시위를 떠난 화살이 다시 돌아올 수 없는 것처럼, 이미 저질러진 일은 돌이킬 수 없다. 한 번 내뱉은 말을 다시 주워 담을 수 없는 것과 마찬가지다. 후회 없는 인생이 어디 있겠는가마는, 회복할 수 없는 일은 빨리 잊어버리는 것이 최상의 선택일 수 있다. 역사에 가정이 없듯이, 인생에도 가정은 없다. "지난번에 이렇게 했으면 어땠을까?" "조금만 더 열심히 했으면 좋았을 텐데……." 등 우리가 살면서 쉽게 내뱉는 말들은 지난 일을 잊지 못하며 되뇌는 푸념에 지나지 않는다. 놓친 고기가 커 보이는 것처럼, 우리는 지난 과거를 항상 장밋빛으로 포장하기 일쑤다. 왜냐하면 가장 좋은 결과만을 예상하며 상상하기 때문이다. 현재에 충실하지 않으면 결국 그 시절로 다시 돌아간다 해도, 아마 대부분의 사람들은 실패를 부르는 행동을 똑같이 반복할 확률이 높다. 그러니 회복할 수 있는 것이 아니라면 지금 자신이 처한 상황에서 최선을 다하는 것이 가장 바람직한 일이다.

주식이나 도박에 빠진 사람들이 '깡통'이 되는 것은 본전 생각에 빠져 헤어나지 못하기 때문이다. 누군들 손해보고 싶으랴. 본전에 대한 미련을 버리지 못하면 가진 나머지까지 몽땅 잃고 빈털터리가 될 것은 불을 보듯 뻔할 터. 그래서 빠르고 현명한 선택이 필요하다. 어떤 조사에 따르면 사람은 하루에도 약 150번 정도 선택의 기로에 놓인다고 한다. 그 가운데 서른 번 정도만을 선택하기 전에 신중하게 고민하고, 겨우 다섯 번 정도 옳은 선택을 했다고 스스로 생각한다하니, 후회 없는 선택이 얼마나 어려운 일인지 알 수 있다.

청춘은 후회할 시간도 없다. 과거에 얽매여 현실을 망각할 시간은 더욱이 없다. 자신의 잘못을 반성하고 돌이킬 시간은 반드시 필요한 일이지만, 돌이킬 수 없을 만큼 깨진 것은 미련 없이 버려야 한다. 깨진 것을 다시 주워 담으려고 한다면 그만큼의 시간과 공력을 들여야 하고, 설령 그렇게 해서 어느 정도 회복이 되어도 그것은 결코 깨지기 전의 원래 상태로 돌아갈 수 없다. 차라리 새로운 시작을 하는 것이 더 빠르고 현명한 선택일 수 있다. 주식에서 손절매가 필요한 것처럼, 삶에서도 돌이킬 수 없는 일과의 결연한 단절이 필요한 때가 있다.

타면자건

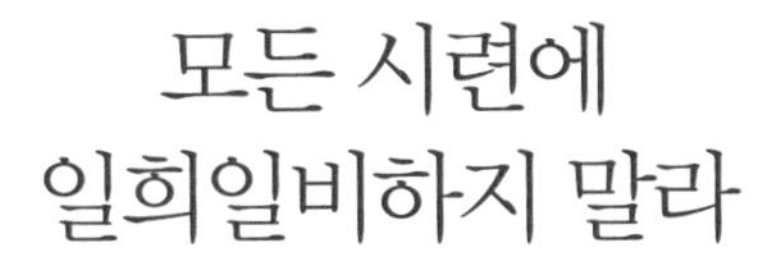

모든 시련에 일희일비하지 말라

唾 面 自 乾

침타 얼굴면 스스로자 마를건

타면자건은 "얼굴에 있는 침을 저절로 마르게 둔다"라는 뜻이다. 남이 내 얼굴에 침을 뱉으면 그것이 저절로 마를 때까지 기다리라는 처세에 대한 고사. 이이야기는 『십팔사략十八史略』「당서唐書」에서 유래한다.

중국에서 유일하게 여자 황제였던 당나라 측천무후則天武后 시절 누사덕屢師德이라는 유능한 신하가 있었다. 누사덕의 성품은 온화하고 너그러워 다른 사람이 아무리 무례하게 대한다고 해도 그저 묵묵하게 대응

할 뿐 크게 상관하지 않았다. 하루는 동생이 관리로 부임해 가게 되었다. 동생이 누사덕을 방문해 인사를 드리게 되었을 때 누사덕이 아우에게 물었다.

"우리 형제가 함께 출세하고 황제의 총애를 받는 것은 좋은 일이나, 그만큼 남의 시샘도 크다고 보면 틀림이 없을 것이다. 그러한 시샘을 면하기 위해 어떻게 처신해야 한다고 생각하느냐?"

"비록 누가 제 얼굴에 침을 뱉더라도 결코 화내지 않고 잠자코 닦겠습니다."

"내가 염려하는 바가 바로 그것이다. 만약 어떤 사람이 네게 침을 뱉는다면 그것은 네게 뭔가 크게 화가 났기 때문일 것이니, 바로 그 자리에서 침을 닦아 버린다면 상대의 기분을 더욱 상하게 할 것이다. 침 같은 것은 닦지 않아도 그냥 두면 저절로 마르게 되니 그럴 경우에는 웃으며 그냥 마르도록 놔두는 것이 제일이다."

타면자건은 비굴하게 참는 처세술을 가르치고자 하는 것이 아니라, 출세할수록 더욱 남을 배려하고 자신을 낮추어야 함을 의미하는 고사다. 대부분의 사람들은 출세하면 이와 같은 간단한 이치를 망각하고 우쭐대거나 과시하려는 경향이 강하다. 과시하는 사람은 스스로 화를 자초하는 것과 같다. 비록 그 사람의 능력이 탁월해서 출세하는 것이라 할지라도, 시기와 질투가 곳곳에서 일어나고 심지어 없는 일을 만들어 모함을 하는 사람도 반드시 생겨나기 때문이다. 겸손하게 자신을 낮추는 것이야말로 스스로를 높이는 일이다. 겸손한 사람에게 악한 마음을 품는 사람은 없다.

누사덕과 동시대에 적인걸狄仁杰이라는 인물이 있었는데, 누사덕은 측천무후에게 적인걸을 재상으로 추천했다. 적인걸은 그야말로 천리마와 같은 걸출한 인물이었지만, 누사덕이 자신을 재상으로 추천한 사실을 모른 채 평소 누사덕을 무시하고 경멸하는 일도 있었고 여러 번 그를 변방으로 보낼 것을 청하기도 했다. 적인걸의 말을 들은 무후는 다음과 같이 물었다.

"누사덕은 현명한 사람인가?"

"장군으로 변방을 지킬 수는 있지만 현명한 사람인지는 잘 모르겠습니다."

"그는 인재를 알아보는 사람인가?"

"제가 전부터 그와 동료였지만 그런 말은 듣지 못했습니다."

"짐이 경을 알게 된 것은 누사덕이 추천했기 때문이오. 그렇다면 그는 사람을 알아보는 사람이라 할 수 있을 것이오."

적인걸이 진땀을 흘리며 물러나와 말했다.

"내가 누사덕의 성대한 은덕을 입었구나. 나는 그를 넘볼 수가 없겠다."

누사덕은 천리마를 알아보는 백락과 같은 사람이었다. 그렇지만 적인걸은 자신의 능력이 출중하여 재상이 된 것으로 생각했을 뿐, 누사덕이 자신을 추천한 줄은 알지 못한 채 그를 모욕하고 가볍게 대했던 것이다. 보통 사람들은 자신이 추천한 사람이 높은 자리에 오르면 자신이 그를 추천했다는 사실을 강조하고 드러낸다. 추천한 대가를 바라는 것인지, 아니면 그로 인해 막강한 권력을 갖고자 하는 것인지는 몰라도 대부분의 사람들이 그런 경향을 보인다. 그렇지만 누사덕은 자신이 추천한 사람에게 모욕을 당해도 참고 견디며 아무 말도 하지 않았던 인물이었으니, 인품의 깊이를 알 수 있을 것이다.

유방과 함께 중국 천하를 통일했던 한신이 건달의 가랑이 사이로 기어갔다는 이야기는 너무나도 유명한 일화. 한신은 이러한 모욕을 참고 마침내 성공하게 되는데, 타면자건도 이와 같은 교훈을 가르쳐주는 고사다. 한 순간의 굴욕을 참지 못하면 어느 곳에서도 성공할 수 없다. 사소한 일에도 발끈 화를 내는 사람이라면, 큰일에 처해서는 말할 필요도 없을 것이기 때문이다.

『명심보감』에 "한때의 분함을 참으면 백일의 근심을 면할 수 있다忍一時之忿 免百日之憂"라는 말이 있다. 화를 참아낼 수 있는 사람이라면 곤경에 처했을 때도 잘 극복할 수 있을 것이고, 그런 사람은 자신을 낮출 줄 아는 사람이기에 재앙을 면할 수 있다는 뜻이다.

청춘은 절제하지 못하는 혈기로 인해 자존심이 상하면 물불가리지 않고 달려드는 경향이 있다. 이후에 벌어질 상황을 미처 생각하지 못하고 일단 무너진 자존심을 회복하는 데에만 힘을 쓴다. 하지만 그렇게 한다고 해서 무너진 자존심이 회복되는 것도 아니고 엎어진 물이 다시 원상태로 돌아가는 것도 아니다. 『논어』에 "화가 나면 어렵게 될 일을 생각하라."는 말이 있다. 화를 참지 못하면 반드시 어려움에 처하게 될 것을 경계하라는 뜻. 한 순간의 화를 참아낼 수 있는 사람이라야 큰일을 도모할 수 있기 때문이다.

자기 얼굴에 침을 뱉는데, 이를 참을 수 있는 사람이 얼마나 될까. 이런저런 모욕은 참을지 몰라도 얼굴에 침을 뱉는데 참아낼 수 있는 사람이 과연 존재할까 싶다. 이 정도의 인내심을 가진 사람이라면 반드시 성공할 것이다! 그래서 참을 인忍자 세 번이면 살인도 면한다고 하는가 보다. 인내심은 사람이 살아가는 데 있어서 매우 중요한 덕목이다.

다른 사람이 내 얼굴에 뱉은 침이 마를 때까지 기다리는 인내심도 필요하지만, 남에게 침을 뱉기 전에 자신을 돌아보는 사람이 되어야 하는 것도 그 못지않게 중요하다. 한때의 수치를 참으면 큰일을 도모할 그릇이 된다. 살면서 수없이 다가오는 모함과 음모, 시기와 질투에 대해 모두 대응하고 살 수는 없을 것이다. 스스로 겸손하게 낮추면서 인내하는 방법만이 도리어 자신을 보호할 수 있다. 젊을 때 승승장구할수록 겸손히 머리를 숙이고 어떠한 순간에라도 인내할 수 있는 힘을 기르는 것이 중요한 이유다.

순망치한

나의 입술이 되어줄 이 누구인가

脣 亡 齒 寒

입술 순 망할 망 이 치 찰 한

순망치한은 "입술이 없으면 이가 시리다"라는 뜻으로, 한쪽이 망하면 다른 한쪽도 온전하기 어렵다는 말. 이 고사는 『춘추좌씨전』에서 유래하는데 요약하면 다음과 같다.

춘추 오패五霸의 하나인 진晉나라 헌공獻公이 괵虢나라와 우虞나라를 공격하기로 했다. 먼저 괵을 침공하기로 결심했는데, 이를 위해서는 우를 통과하는 것이 유리했다. 헌공이 우나라 임금에게 길을 빌려주면 그 대가로 많은 보물을 주겠다고 제의하자 우임금은 이 제안을 수락하려고 했다. 그러자 중신이었던 궁지기宮之奇가 간언했다.

"전하, 괵과 우는 한 몸이나 다름없기 때문에 괵이 망하면 우도 망할 것입니다. 옛 속담에도 '덧방나무와 수레는 서로 의지하고, 입술이 없으면 이가 시리다' 라는 말이 있는데, 이것은 곧 괵과 우를 두고 한 말입니다. 우와 그렇게 가까운 괵을 침공하려고 하는 진에게 길을 빌려준다는 것은 말이 되지 않습니다."

그러나 보물에 눈이 뒤집힌 우나라 임금은 결국 진에게 길을 빌려주고 말았다. 그러자 궁지기는 화가 미칠 것을 두려워하여 가족을 모두 이끌고 우로 떠나버렸다. 그 해 12월, 괵을 정벌하고 돌아가던 진나라 군사는 궁지기의 예언대로 우를 공략하고 우임금을 포로로 잡아갔다.

오패는 춘추시대 때에 천하를 제패했던 커다란 다섯 개의 나라를 말한다.(제齊나라 환공桓公, 진나라 문공文公, 초楚나라 장왕楚莊王, 진나라 목공穆公, 송宋나라 양공宋襄公을 말하는데, 진나라 목공과 송나라 양공 대신 오왕嗚王 합려闔閭와 월왕越王 구천勾踐을 넣는 학자도 있다.) 이 고사의 주인공인 진나라 헌공은 문공의 아버지로 패자의 기틀을 닦은 인물. 여희麗姬라는 여인에게 빠져 아들을 멀리하고, 그로 인해 문공은 19년이나 다른 나라를 떠돌다 예순둘에야 왕이 되었다. 그리고 왕위에 오른 지 10년도 못되어 세상을 떠나고 말았으니, 권불십년權不十年이 아니고 무엇이겠는가.

요즘에는 좀처럼 볼 수 없지만, 불과 몇십 년 전만 하더라도 수레를 끌고 다니는 일이 많아서 좁은 시골길을 걷다 보면 자주 마주

치곤 했다. 그래서 수레바퀴가 어떻게 생겼는지 누구나 알 수 있었고 덧방나무가 무엇인지는 몰라도 그림으로 보여주면 "아! 이거구나."라고 쉽게 알아보았다. 수레바퀴는 둥근 통과 바퀴살로 되어 있다. 평소에는 바퀴만 있으면 굴러가지만, 무거운 짐을 실은 수레는 덧방나무를 옆에 덧대어야 무게를 지탱하고 갈 수 있다. 덧방나무는 사각형으로 만들어 수레 양쪽 가장자리에 덧대는 것이므로 수레와 함께 서로 의지하고 지탱할 수 있게 되는 구조. 따라서 수레에 덧방나무가 없으면 무게를 지탱할 수 없고, 덧방나무는 수레에 의지해야 존재 의미가 있는 것.

사람에게 있어서 입술과 이의 관계도 마찬가지. 입술이 없으면 당연히 이가 시릴 수밖에 없다. 이를 막아줄 최소한의 방어선이 없기 때문이다. 따라서 이와 입술은 매우 가까운 사이로 하나가 없으면 나머지 하나도 지탱하기 어렵다. 입술만 있으면 음식을 먹을 수 없고, 이만 있으면 외부에 노출되어 시리다. 평소에는 존재가치를 잘 알기 어렵지만 항상 옆에서 서로 의지하고 지탱하는 역할을 하는 것이 수레바퀴와 덧방나무, 입술과 이의 관계다.

그렇다면, 사람에게 있어서 내 입술과 같은 존재는 누구일까? 기업을 예로 들자면, 기업이 수레라면 기업가는 수레바퀴와 같고 임직원은 덧방나무와 같은 존재다. 기업이 원만하게 운영되기 위해서는 훌륭한 기업가만 있어서도 안 되고, 임직원만 있어도 안 된다. 전체가 서로 의지하고 있기 때문에 항상 보완하고 동반자로서의 의식을 지녀야 한다.

사람도 혼자 살아갈 수 없다. 그러니 내 곁에서 항상 서로 의지하고 반드시 함께 공존해야 할 사람이 누구인지 알아야 한다. 특히, 나를 지탱해 줄 입술의 역할을 하는 이가 누구인지 알아야 한다. 자칫 잘못하면 우와 괵처럼 자신도 모르는 사이에 다른 사람에게 내 입술을 공격하도록 돕거나, 입술의 존재를 무시하다가 결국 자신이 추락하게 될 것이기 때문이다.

A라는 친구의 추천으로 한 회사에 입사하게 된 B라는 사람이 있었다. 그 회사에는 다행히 또 다른 C라는 친구도 오래전부터 근무하고 있었으니, 친구 사이였던 세 사람이 함께 한 회사에서 근무를 하게 된 것. A는 두 친구보다 직급이 높았기 때문에 두 사람의 바람막이가 되어주고 있었다. 그런데 어느 날, 직급이 가장 높았던 A가 회사를 그만두고 떠나게 되었고, C라는 친구도 얼마 지나지 않아 회사를 그만두었다. 결국 가장 나중에 들어온 B만이 세 친구 중 홀로 회사에 남게 되었다. 두 친구의 도움으로 회사생활을 잘 할 수 있었던 B는 스스로 잘 견뎌내었지만, 다른 사람의 모함으로 회사를 그만두고 말았다.

사실 퇴사하기 전까지 B는 자신을 추천해준 A와 조금 사이가 멀어진 상태였다. 다른 사람이 A를 험담하고 욕할 때 B도 함께 덩달아 부화뇌동하거나 어떤 경우는 자신이 앞장서서 친구를 욕하기도 했던 것이다. 그것이 자신의 생존방식이라고 생각했기 때문이었다. C에 대해서도 마찬가지였다. B는 A와 C의 도움 없이도 승승장구할 수 있을 거라고 생각했지만, 결과는 그렇지 못했다. 주변에 있는 모든 사람들이 세 사람의 관계가 친구 사이라는 것을 명확하게 알고 있었기 때문에 세 명을 한 덩어리로 보는 것은 당연한 일. B는 그것을 알고 있었으면서도 두 친구의 그늘에서 벗어나 혼자 성공할 수 있으리라 착각한 것이었다. 자신을 추천하고 주변의 어려운 상황으로부터 보호해주었던 A와 C의 존재를 무시하고 혼자 설 수 있으리라 생각했던 B는 결국 다른 사람들의 모함에 빠져 회사에서 쫓겨나고 말았다.

B는 두 친구가 자신의 '입술'이라는 사실을 알지 못했다. 어쩌면 알면서도 인정하고 싶지 않았던 것이고, 스스로 입술이고 동시에 이가 되고 싶었던 것인지도 모른다. 그렇지만 혼자 그럴 수 있는 사람은 없다.

자신의 입술이 되어 보호해 줄 사람이 누구인지도 모른다면 어떻게 세상을 살아갈까. 직장에서도 내 입술이 있고, 나 역시나 남의 입술이 될 수 있음을 잊지 말아야 한다. 살아가면서 가장 큰 입술은 바로 '가족'일 것이다. 부모와 형제, 가까운 친척이 바로 나의 입술이기 때문에 어떠한 경우에도 나의 바람막이가 되어 줄 존재다. 그들을 조금 서운하다고 멀리하거나 소원하게 대한다면 결국 나만 외롭게 될 것이고 추위에 떨게 될 것이다. 그 다음으로 큰 입술은 바로 '친구'이다. 자신의 입술이 되어 줄 친구가 누구인지, 입술과 이의 관계에 있는 친구가 누구인지 인식하지 못하면 결국 입술 없이 혼자 추위에 떨어야 할 것이다.

'스승'도 나의 입술이다. 좋은 스승을 만나면 절대 놓지 말고 꼭 붙들고 평생을 따라다녀야 한다. 좋은 스승이 없다면 인생의 등불이 없는 것과 같다. 학교에서 나에게 가르침을 주는 선생만이 스승은 아니다. 인생의 스승은 얼마든지 있을 수 있다. 나에게 입술이 되고 나침반이 되어줄 스승을 찾는 것도 중요한 일이다. 후배가 입술이 될 수도 있고, 배우자나 자녀가 입술이 될 수도 있다. 지금 당장은 아닐지라도 그들은 내 입술이 되기에 충분한 존재들이기 때문이다. 주변을 돌아보며 내 입술이 누군지 생각해보고, 그들의 존재를 마음에 새겨 보라. 그들이 내 곁에 없을 때 얼마나 외롭고 춥게 될지 생각한다면, 삶이 조금은 달라질 것이다.

백구과극

白 駒 過 隙

흰백 망아지구 지날과 틈극

백구과극은 "흰 말이 달리는 것을 문틈으로 본다"는 뜻. 인생과 세월의 덧없고 짧음을 한탄하는 말이다. 이 고사는 『장자莊子』「지북유知北遊」 편에서 유래하는데, 『사기』「유후세가留侯世家」에도 비슷한 이야기를 찾아 볼 수 있다.

> 사람이 천지 사이에서 살아가는 것은 마치 흰 말이 문틈을 지나가는 것처럼 갑작스럽게 지나가는 것이다. (장자)

사람이 한 세상을 살아가는 것은 마치 흰 말이 문틈을 지나가는 것과 같은데 어찌 이와 같이 스스로 괴로워하는가? (사기)

아담한 한옥 방에 앉아서 바깥 경치를 내다보는 한가로운 모습을 상상해보자. 조금 열린 문틈 사이로 바깥 경치를 보고 있는데, 이때 하얀 말이 빠르게 달려 문 앞을 지나간다면 어떨까? 정말 눈 깜빡할 사이에 지나가서, 무엇이 지나갔는지조차 알 수 없을 것이다. 이것이 바로 백구과극이고 인생도 이처럼 빨리 지나가기 때문에 허무하기도 하고 무상하기도 한 것이라는 말이다.

이백李白의 「춘야연도리원서春夜宴桃李園序」라는 글에는 "부평초 같은 인생 꿈같은데 즐길 날이 얼마나 되겠는가. 옛사람이 촛불 켜고 밤새 놀았던 것은 진실로 까닭이 있구나."라는 구절이 있다. 이는 화사한 복사꽃이 핀 아름다운 봄 경치를 마주하고 가까운 친척들과 즐기는 모습을 그린 글. 이백은 덧없는 인생이기에 즐거움을 만끽하며 살라고 했지만, 그것이 곧 방탕하거나 무절제한 삶을 살라는 의미는 결코 아니다! 즐거운 시간조차 즐겁게 보내지 못하는 마음을 안타깝게 여기며 화사한 경치에 도취해 잠시라도 시름과 고민을 내려놓기 바라는 마음에서 한 말이다. 만물이 소생하는 봄 경치는 그야말로 아름다움의 극치가 아니겠는가.

아등바등 힘들게 사는 것보다 짧은 인생 즐겁게 살아보고 싶은 마음이야 누군들 없겠나. 물론 즐거움이란 제멋대로 즐기는 것만을 말하는 건 결코 아니다. 자신이 좋아하는 일을 하거나 마음의 여유가 있을 때에 진정으로 즐거울 수 있는 법. 돈이 많다고 삶이 즐거운 것도 아니고, 친구들과 매일 질펀하게 즐기며 술을 마신다고 즐거움이 극에 달하는 것도 아니다. 오히려 지나치게 술을 마시고 나면 후유증 때문에 괴롭고 나태하기 쉽다. 순간적인 즐거움은 즐거움이라고 말하기 어렵다.

보통 사람들은 먹고 살기 위해 분주한 나머지 마음의 여유도 없고, 무엇을 위해 살고 있는지 잘 알지 못한다고 말한다. 부유한 사람들은 그들 나름대로 가진 것을 잃지 않기 위해 살다보니 역시 여유가 없는 삶을 살기 매일반이다. 게다가 대부분의 사람들은 하루하루 시계추처럼 반복되는 일상에 지쳐 모든 것이 무의미하다고 생각할지도 모른다. 자신도 모르는 사이에 점점 에너지가 고갈되고 삶의 동력이 무엇인지조차 망각하게 되는 것이다. 그럴 때는 잠시 모든 것을 멈추고 사색의 시간을 가져보는 것이 좋다.

우리는 평소 사색이라는 것을 잊고 사는 경우가 많다. 깊은 생각을 통해서 내가 사는 이유가 무엇인지, 진정으로 바라는 것이 어떤 모습인지, 내 괴로움의 원인이 무엇인지를 생각하며 삶을 반추할 시간을 가지는 것은 스스로에게 대단히 큰 도움이 된다.

어린아이들조차 돈을 최고의 행복 조건이라고 생각하는 요즘 세태를 감안한다면 돈이 행복의 조건일 수는 있지만, 그렇다고 돈이 행복을 좌우하지는 않는다. 진정한 삶의 의미가 돈에 의해서만 주어지 것이라면 모든 부자는 행복해야 하지만, 부자라고 해서 결코 행복하지만은 않다는 사실은 누구나 알고 있지 않은가. 돈이 없다는 것은 불행한 것이 아니라 불편한 것일 뿐이다. 너무 빤하고 고루한 이야기인가? 그렇지만, 좁은 집에서 살고 좋은 것을 먹지 못한다는 점이 행복의 장애 요인은 결코 아니라는 말을 하고 싶다. 그보다는 삶의 진정한 의미가 무엇인지 먼저 깊이 고민해야 한다. 백구과극처럼 짧은 인생을 아무렇게나 막 살기에는 너무 허무하지 않겠나.

어렸을 때는 호기심이 많아도 나이 때문에 할 수 있는 일이 적어서 빨리 어른이 되고 싶어 한다. 그런 사람들도 정작 어른이 되고 나이 들수록 남은 시간이 짧다고 여기며 하루하루가 너무 빠르게 지나간다고 생각한다. 시간은 언제나 똑같이 흘러가지만 받아들이는 사람의 마음에 따라 다르다. 달리는 말처럼 빠르게 지나가는 시간을 소중하게 보내기 위해서는 무엇인가 의미 있는 일을 찾아야 하지만, 다람쥐 쳇바퀴 돌듯 반복되는 일상에서 의미를 발견하기란 결코 말처럼 쉬운 일이 아니다.

먹고 살기도 힘든데, 의미를 찾아 시간을 보내는 것이 오히려 아깝다고 여기는 사람도 있을지 모르겠다. 그렇지만 인간이 사는 세상에서는 아무리 하찮은 것이라도 의미를 찾을 수 있다. 팔다리 없이 두 개의 발가락만 가지고 태어난 행복전도사 '닉 부이치치'는 세상 사람들에게 웃음과 행복을 전파하는 것을 삶의 의미라고 생각한다. 누가 그를 불쌍하다고 말할 수 있겠는가. 그보다 더 행복한 사람은 없어 보일만큼 부이치치는 삶의 의미가 무엇인지 누구보다 충분히 알고 있는 사람이다. 불우한 이웃을 위해 남몰래 기부하고 있는 수많은 이름 없는 천사들과 문맹 퇴치를 위해 혼신의 힘을 다해 살아가는 후진국의 선구자들은 나눔을 통해 자신의 삶을 의미 있게 만들고 있다. 돈과 시간이 남아서 그렇게 사는 것이 아님을 우리는 알고 있다. 이들처럼 거창한 이름을 붙이지 않아도 삶은 의미로 가득 차있다. 다만 의미를 발견하려는 노력조차 하지 않거나, 현실에 찌들어 자신의 삶을 아름답게 장식하지 못할 뿐이다.

짧은 인생 의미 있게 살아야 하지 않겠는가. 바쁘고 시간이 없다는 핑계를 대는 사람이나 돈이 없어서 아무 것도 할 수 없다고 미루는 사람들은 시간이 흘러 여유가 생긴다고 하여도 역시 아무 것도 하지 않을 것이다. 지금 당신이 있는 곳에서, 그리고 당신의 능력 범위 안에서 무엇이 의미 있는 일인지 발견하는 것이 중요한 이유가 바로 여기에 있다.

똑같은 일이라도 의미를 부여한 것과 그렇지 않은 것은 다르게 다가오기 마련이다. 청춘은 더욱이 의미로 가득 찬 시간이다! 다른 사람에게 의미 있는 일이 아니라, 스스로에게 의미가 되는 일을 찾아야 한다. 삶은 내가 만들어가는 도자기와도 같아서, 반죽을 잘하고 모양을 만들어 가는 것은 순전히 내 몫이다. 내 마음에 예쁜 화병을 만들고자 하면 예쁜 화병이 만들어질 것이고, 고고한 자태를 뽐내는 장식용 도자기를 만들고자 하면 역시 그렇게 될 것이다. 반죽을 하는 것도 나 자신이고, 물레를 돌리는 것도 그릇을 만드는 것도 모두 자신이다. 그리고 이러한 모든 행위는 내 안의 '의미 찾기'로부터 시작된다.

작고 사소한 것이 모여 인생의 의미를 만들어 준다. 지금 의미를 찾지 않으면 시간은 쏜살같이 달려서 어느 새 주름진 얼굴에 검버섯이 피어날 때쯤에 불현듯 아쉬움과 후회로 남을지 모른다. 그때 가서 후회한들 무엇이 남을까, 무슨 소용이 있을까. 만일 지금 당장 의미 있는 일을 찾을 수 없다면, 의미 없는 일을 제거해 나가는 것도 한 방법일 수 있다. 시간과 정력과 돈을 낭비하고 있으면서 큰 의미를 찾지 못한다면, 그것이야말로 버려야 할 것들이란 뜻이다. 화살보다 빠른 인생, 문틈 사이로 지나가는 말보다 빠른 인생을 무엇으로 의미 있게 만들 것인가는 모두 당신 손에 달렸다.

九 牛 一 毛

아홉 구　소 우　한 일　털 모

구우일모는 "아홉 마리의 소 가운데서 뽑아낸 하나의 털"이라는 뜻으로, 없는 것이나 마찬가지로 하찮다는 의미. 이 고사는 『한서漢書』 「보임안서報任安書」에서 유래하는데, 『사기』를 저술한 사마천과 관련된 이야기다.

한무제漢武帝는 진시황보다 훨씬 넓은 영토를 통일하여 국력을 확장했지만 북쪽 오랑캐인 흉노만은 통일시키지 못하고 골칫덩어리로 남아 있었다. 흉노를 정벌하지도 못했을 뿐만 아니라, 오히려 침공을 당하기 일

쓰였기 때문이다. 그래서 한무제는 이릉李陵 장군을 보내 흉노를 정벌하게 했다.

불과 5천 명의 병사를 이끌고 전쟁에 나갔던 이릉은 8만 명의 기병을 맞아 처음에는 잘 싸웠지만 중과부적으로 패배하여 항복하고 말았다. 한무제는 이릉이 전사한 줄 알았는데 흉노에게 항복하여 좋은 대접을 받고 있다는 사실을 알고 그의 일족을 참형하도록 명령했다.

아무도 이릉을 변호하지 않고 오히려 역적으로 몰아붙이고 있었는데, 유독 사마천만이 이릉을 위해 불가피한 상황이었음을 설명했다. 한무제는 진노하여 사마천을 하옥시키고 궁형(宮刑, 생식기를 자르는 형벌)을 내리고 말았다. 세상 사람들은 이것을 '이릉의 화' 라고 한다.

세상에서 가장 치욕스런 형벌을 받은 사마천은 자살하고 싶었지만 아버지 사마담司馬談의 유언을 떠올리며 눈물을 머금고 참을 수밖에 없었다. 사마담은 아들 사마천에게 자신이 계획해오던 중국 상고 이래 한나라까지의 역사를 기록한 통서를 저술하라는 유언을 남겼기 때문이다. 사마천은 당시의 치욕을 친구인 임안任安에게 보내는 편지 보임안서報任安書에서 다음과 같이 말했다.

"내가 법에 따라 죽임을 당한다고 해도 그것은 마치 아홉 마리의 소 가운데 터럭 하나 없어지는 것과 같을 것이네. 나와 같은 존재는 땅강아지나 개미 같은 미물과 무엇이 다르겠는가?"

중국에는 고대부터 오형伍刑이라는 다섯 가지 큰 형벌이 있었다. 이마에 먹물로 죄목을 새기는 묵형墨刑, 코를 베는 의형劓刑, 발뒤꿈

치를 베는 비형剕刑, 생식기를 자르는 궁형宮刑, 사형을 시키는 대벽大辟이 바로 그것이다.

당시에는 궁형을 받으면 치욕스럽게 여겨 스스로 목숨을 끊는 일이 일반적이었다고 한다. 비록 생명을 유지할 수는 있지만 남자의 기능을 상실한 치욕감을 말해 무엇하랴. 그렇지만 사마천은 아버지의 유언에 따라 『사기』를 집필하던 중이었으므로 죽을 수도 없는 운명이었다. 결국 사마천은 죽을힘을 다해 치욕을 참아가며 자신의 임무를 충실히 해냈다. 불후의 명저 『사기』는 이렇게 탄생했다.

그렇다면 소 한 마리의 털 개수는 어떻게 될까? 아무리 할 일이 없다고 해도 소의 털을 헤아리는 사람은 없을 것 같지만, 어느 방송에 나왔다고 하는데, 대략 1억 6천만 개 정도 된다고 한다! 그러니까 구우일모는 14억 4천만 개 가운데 하나의 털에 지나지 않는다는 계산이 나온다. 2013년 기준 대한민국 인구는 5천만 명을 넘어섰고, 세계 인구는 70억을 넘었다. 이런 수치로 본다면 한 개인은 구우일모보다 더 보잘 것 없는지도 모른다.

한 학급에서 1등을 하면 공부를 잘한다고 할 수 있지만, 한 학년 전체에서 본다면 그렇지 않을 수 있고, 전국에 있는 학생들과 비교해 본다면 더욱이 그렇다. 그렇다면 학급에서 1등이라고 해서 자만할 수도 없을 것이다. 좀 더 확대해서, 세계에 있는 동년생과 비교한다면 더 작아지는 것은 말할 것도 없다.

이쯤해서 좀 더 높은 위치에서 바라보자. 비행기를 타고 하늘을 날면서 아래를 바라보면 사람들이 잘 보이지도 않고 설령 보인다고 해도 개미보다 작게 보인다. 누가 잘 생겼고 못생겼는지, 누가 공부를 잘하고 못하는지, 누가 부자인지 가난한지도 알 수 없다. 다시 말해, 커다란 틀에서 본다면 한 개인은 하찮은 존재에 불과하다는 말이다.

그런데 재밌는 사실은, 공부를 잘한다고 해서 꼭 성공하는 것도 아니고 못한다고 해서 실패한 인생도 아니라는 점이다. 학창시절에 꽤나 공부를 잘 했던 친구가 시골에서 농사를 지으며 살고 있을 수도 있고, 공부를 못하던 친구가 사업에 성공해서 부자가 된 경우도 있다. 이 두 사람을 비교해서 누가 성공했고 누가 실패했다고 말할 수 없다. 사회적 편견 때문에 공부를 잘 했던 사람은 좋은 직장에 다니고 공부를 못했던 사람은 막노동이나 할 것 같지만 사실은 전혀 다르다는 말이다. 세상에 던져진 청춘에게 성공과 실패를 논하기란, 아직 이르다.

모든 청춘의 출발은, 그래서 구우일모다. 헤아릴 수없이 너무도 많은 사람 가운데 한 사람에 불과하기 때문에 구우일모이기도 하지만, 성공과 실패를 판단할 수 없다는 점이 유사하기 때문에 구우일모와 같은 존재에 불과하다는 뜻이다.

사마천은 비록 자신을 구우일모에 비유했지만 『사기』라는 명저를 남겼다. 아무리 하찮은 사람이라고 할지라도 이 세상 어느 곳에도 존재하지 않는 유일한 존재이며, 그 자체로 존재 의미가 있다.

청춘은 누구나 구우일모에 지나지 않지만, 누구나 사마천과 같은 훌륭한 업적을 남길 수 있다. 그러니 모든 청춘은 구우일모다!

문제는 청춘이 사마천과 같은 치욕을 참고 견디는 인내심과 더불어 그만큼의 노력을 기울였느냐에 달려 있다. 누구나 출발은 비슷하지만 인생의 종착지점에서 마주하는 결과는 매우 다를 것이기 때문이다. 좋은 부모를 만나 남보다 좋은 조건에서 출발할 수도 있다. 그러나 그런 청춘이 얼마나 되겠으며, 그런 청춘이라고 모두 부러워할만한 삶을 사는 것도, 결과가 좋은 것도 아닐 것이다. 그들을 부러워할 이유는 없다. 스스로를 개척하는 청춘이야말로 진정한 청춘이기 때문이다.

구우일모라고 다 같은 구우일모는 아니다. 어떤 이에게는 하나의 털이 손오공의 여의봉과 같이 큰 무기가 될 수도 있고, 또 어떤 이에게는 그저 하찮은 터럭으로 끝나는 경우도 있을 것이기 때문이다.

청춘을 헛되이 보내면 노년이 되어서 수확할 것도 없는, 외롭고 적막한 들판에 서서 스치는 바람이나 맞이하는 인생이 될 것이다. 조금 먼저 깨닫고 조금 먼저 시작하도록 생각을 전환해야 한다. 오늘만 놀고 내일부터 시작하겠다는 말은 저기, 태평양 바다에나 던져버리고 지금 당장 시작하겠다는 마음으로 살아야 한다. 굳이 사마천과 같은 엄청난 자극을 받지 않아도, 스스로 하려고 하는 의지와 노력만 있다면 누구나 충분히 할 수 있다!

억만금을 주고도 살 수 없는 청춘이 있는데 무엇이 두려우랴. 청춘은 아직 끝나지 않았고, 갈 길은 아직 많이 남았으며, 당신이라는 '털'이 무엇이 될지는 당신만이 알 수 있기 때문이다.

3부

옛사람을 벗 삼으니
절로 알게 되는 지혜

· 독서 讀書 ·

불교이주

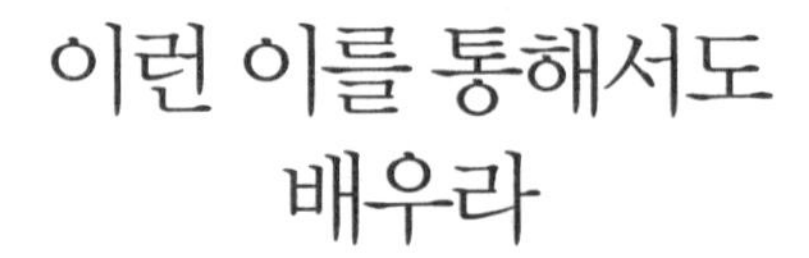

이런 이를 통해서도 배우라

不 教 而 誅

아닐 불　가르칠 교　말이을 이　벨 주

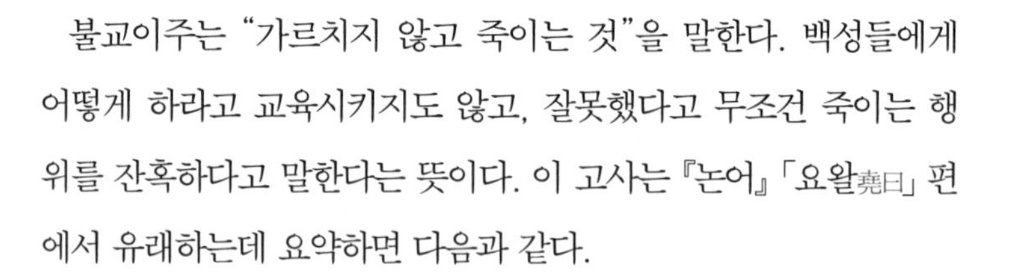

불교이주는 "가르치지 않고 죽이는 것"을 말한다. 백성들에게 어떻게 하라고 교육시키지도 않고, 잘못했다고 무조건 죽이는 행위를 잔혹하다고 말한다는 뜻이다. 이 고사는 『논어』「요왈堯曰」 편에서 유래하는데 요약하면 다음과 같다.

자장子張이 공자에게 물었다.

"어떠해야 정사에 종사할 수 있습니까?"

"다섯 가지의 미덕을 존중하며, 네 가지의 사악한 것을 물리치면 정사에 종사할 수 있을 것이다."

"무엇을 다섯 가지 미덕이라고 합니까?"

"군자는 은혜로우면서도 낭비하지 않고, 수고로워도 원망하지 않으며, 원하기는 하면서도 탐내지는 않고, 태연하면서도 교만하지 않으며, 위엄이 있으면서도 사납지 않은 것이다."

"무엇을 은혜로우면서도 낭비하지 않는다고 합니까?"

"백성들이 이롭게 여기는 것으로 이롭게 해준다면 이것이 바로 은혜로우면서도 낭비하지 않는다는 것이 아니겠느냐? 수고로울 만한 것을 골라서 수고롭게 한다면 또 누가 원망하겠는가? 인仁을 하고자 해서 인을 얻는다면 또 무엇을 탐내겠는가? 군자는 사람이 많거나 적은 것에 관계없이 권세가 높고 낮은 것에 관계없이 감히 업신여기지 않으니 또한 태연하면서도 교만하지 않는 것이 아니겠는가? 군자는 자신의 의관을 바르게 하며, 바라보는 태도를 존엄하게 하여, 근엄한 모습 때문에 사람들이 쳐다보기만 해도 두려워하게 되니 이 또한 위엄이 있으면서도 사납지 않은 것이 아니겠는가?"

"무엇을 네 가지 사악한 것이라고 합니까?"

공자가 말했다.

"가르치지 않고서 죽이는 것을 잔학한 짓이라고 하고, 미리 주의를 주지 않고 성과를 보는 것을 난폭하다고 하고, 명령은 태만하게 내리고 기일을 지키도록 하는 것을 해치는 짓이라고 하며, 균등하게 사람들에게 줄 때에도 출납을 인색하게 하는 것을 벼슬아치와 같다고 한다."

공자와 제자 자장의 대화는 '정치'에 대한 이야기다. 정치를 잘 하기 위해서는 다섯 가지 좋은 점을 존중하고, 네 가지 사악한 것을 물리치면 된다고 말한 것이지만, 일반 직장이나 사회에서도 적용될 수 있는 말이라 다뤄 보기로 한다.

공자는 누구나 아는 세계4대 성인 중 한 분. 그런데 언젠가부터 공자의 말을 인용하면 고리타분한 사람으로 치부되거나, 시대에 뒤떨어지는 인간으로 취급받곤 한다. 공자의 말을 모아놓은 『논어』를 한 번이라도 읽고 그런 소리를 하면 그나마 이해할 수 있겠지만, 다른 사람의 말만 듣고 그런 평가를 내리는 것은 옳지 않다!(하기야 『논어』를 읽은 사람이라면 처음부터 그런 말을 하지도 않을 것이다.)

공자는 자신의 이상을 펼칠 수 있는 가장 빠른 방법이 정치라고 생각했다. 그래서 군주들을 만나 자신의 이상을 설명하고 백성을 편안하게 할 것을 요구했다. 공자의 이상은 도덕정치, 즉 덕치주의에 있었다. 윗사람이 덕망을 갖추고 있으면 아랫사람은 저절로 배우게 되고 굳이 말로 가르치지 않아도 된다고 생각한 것이다. 따라서 최고의 권력자인 군주가 덕망을 갖추는 것이야말로 도덕정치의 급선무였던 것.

자장은 공자의 제자로 성은 전손顓孫이요, 이름은 사師. 자장에 대한 이야기는 『논어』에 여러 번 언급되고 있지만 몇 가지 예를 들어 그의 인품을 엿보자.

어느 날, 자공이 공자에게 물었다.

"사師와 상商은 누가 더 뛰어납니까?"

"자장은 지나치고, 자하는 미치지 못한다."

"그렇다면 자장이 더 뛰어납니까?"

"지나친 것은 미치지 못하는 것과 같다過猶不及"

사는 자장을 말하고, 상은 자하를 말한다. 자공의 질문에 공자가 과유불급過猶不及이라고 말한 고사가 바로 여기서 유래한다. 자장은 재주가 높고 뜻이 넓었지만 구차하게 어려운 일을 하기를 좋아했다. 항상 중도中道에서 지나쳤다. 그래서 공자는 자장을 '편벽便辟되다'고 평가했는데, 그것은 바로 용모와 행동거지만 익숙하고 성실함이 부족함을 말한 것이다. 한 번은 자장이 정치에 대해서 공자에게 묻자 "거처함에 게으름이 없고, 행하기를 충忠으로 해야 한다." 라고 말해 준 적이 있다. 제자의 특징에 맞게 가르침을 주는 공자의 교육관을 생각한다면, 아마도 자장이 게을러서 진실한 마음으로 백성을 사랑하지 못하고 마음을 다하지 않았기 때문에 이런 말을 한 것으로 보인다.('눈높이 교육'이란 이런 것인가!)

좋은 것을 실천하고 따르는 것도 중요하지만, 나쁜 것을 하지 않는 것도 매우 중요한 일이다. 공자가 말하는 네 가지의 나쁜 것 가

운데 첫 번째가 바로, 가르치지 않고 사람을 죽이는 것. 사람을 괴롭히는 방법 가운데 하나가 바로 어떻게 하라고 알려주지도 않고 잘못한다고 질책하는 것이다. 이런 일은 직장 혹은 어느 곳에서나 있을 수 있다.(특히 괴팍하거나 못된 상사를 만나면 십중팔구 이런 황당한 그물에 걸리기 쉽다!) 사람을 길들이는 방법이기도 하고, 부하직원을 예쁘게 보지 않아서이기도 할 것이다. 그렇지만 이 방법은 옳지 않다.

두 번째는, 미리 주의를 주지 않고 성과를 보려고 하는 것. 어떤 일이든 주의해야 할 점을 미리 숙지해야 하는데, 이것이 일의 성패를 좌우하는 경우가 많기 때문이다. 그런데 윗사람이 일의 성공에만 관심을 가지고 있으면서 주의할 점을 알려주지 않는다면 성공은 맛보기 힘들 것이다.

세 번째는, 명령은 태만하게 내리고 기일을 지키도록 하는 것. 자신이 할 일은 하지 않고 빨리 하지 않는다고 재촉하는 사람을 만나면 절로 험악한 소리가 나올 것이다. 갑작스런 일이 발생할 경우는 누구나 승복할 수 있을 테지만, 그렇지도 않으면서 다른 사람에게만 재촉하는 것은 자신의 태만을 남에게 떠넘기는 일이다.

네 번째는, 균등하게 사람들에게 줄 때에도 출납을 인색하게 하는 것. 공자는 이것을 벼슬아치에 비유했는데, 자기 것이 아니면서 인색한 경우에 해당하는 말이다. 기왕 줄 것이라면 신속하고 빠르게 주는 것이 사람들을 격려하는 방법임을 알지 못한다면 똑같이 주고서도 원성을 사게 된다.

이상과 같은 네 가지는 반드시 사라져야 할 문화다. 비단, 정치의 세계에서만이 아니라 인간이 살아가는 모든 곳에서 없어져야 할 것들이다. 그렇기 때문에 직장 내에서도 이런 사람이 되어서는 결코 안 된다. 특히 윗자리로 올라갈수록 네 가지 사악한 행위를 하지 않도록 깊이 새겨야 한다. 자기 업무는 태만히 하면서 부하직원만 닦달하는 상사가 되지 말고, 신입사원에게 친절하게 알려주지도 않고 무능하다고 핀잔을 줘서도 안 되며, 주의사항을 알려주지 않고 성과를 올리라고 해서도 안 될 것이다. 선배가 잘못한 것을 후배에게 전하지 말고, 상사의 못된 점을 하급자에게 전해서도 안 된다. 어찌 보면 너무나 당연한 것이 당연하지 않은 세상이 되어버렸다. 이럴수록, 청춘이여. 더욱 단단히 배우고 실천해야 진일보할 수 있다.

백유읍장

아프냐? 나도 아프다

伯 俞 泣 杖

맏 백 대답할 유 울 읍 지팡이 장

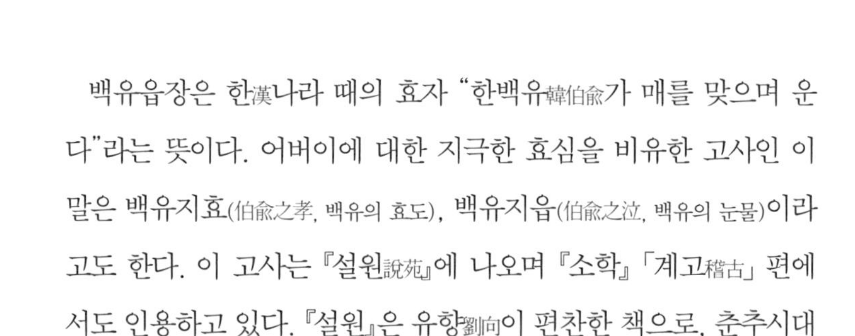

백유읍장은 한漢나라 때의 효자 "한백유韓伯兪가 매를 맞으며 운다"라는 뜻이다. 어버이에 대한 지극한 효심을 비유한 고사인 이 말은 백유지효(伯兪之孝, 백유의 효도), 백유지읍(伯兪之泣, 백유의 눈물)이라고도 한다. 이 고사는 『설원說苑』에 나오며 『소학』「계고稽古」편에서도 인용하고 있다. 『설원』은 유향劉向이 편찬한 책으로, 춘추시대부터 한나라 때까지의 이야기를 모았다.

백유가 잘못을 저질러 어느 날 어머니에게 매를 맞으며 울었다. 어머니가 말했다.

"예전에는 매를 맞아도 울지 않더니 오늘은 왜 우는 것이냐?"

백유가 대답했다

"제가 잘못을 저질러 매를 맞을 때마다 항상 아팠습니다. 그런데 오늘은 어머니의 힘이 저를 아프도록 때리지 못하시기에 울었습니다."

한 번쯤 들어본 적이 있는 내용의 고사일 것이다. 백유가 눈물을 흘린 이유는 어머니의 기력이 쇠했기 때문만은 아닐 것이다. 자식의 잘못에 대해 애정을 가지고 대하는 어머니의 모습에 눈물을 흘렸을 것이고, 자신의 잘못을 뉘우치는 반성의 의미도 담겨있을 것이다. 부모를 생각하는 자식의 효심을 대표하는 고사다.

요즘에는 자식에게 회초리를 들고 사랑의 매를 때리며 훈계하는 부모를 찾기 힘든 시대가 되었다. 그러다보니 자식들도 회초리를 드는 부모를 이해하지 못하게 되고 말았다. 과거에는 엄격한 가정교육이 자식을 바르게 인도하는 방법이라고 했는데, 지금은 한두 명의 자녀만 낳기 때문에 엄격한 자식교육이 어려운 시대인가 보다. 각 가정마다 처한 상황이 다르고 부모의 교육관이 다르기 때문에 엄격한 교육이 정답인지, 무조건 사랑을 베푸는 것이 좋은 교육인지, 정답을 말하기는 어렵다.

부모에 대한 효도는 인륜의 근본이며, 모든 행실의 근원이라고 한다. 맹자가 인간의 도리를 다섯 가지로 축약해서 오륜伍倫이라고 하였는데, 오륜의 가장 앞에 부자유친父子有親을 둔 이유가 바로 여기에 있다. 부모와 자식 사이에는 서로 친하게 지내고 사랑하는 마음이 있어야 한다는 뜻이다. 그런데 대체로 사람들은 부모의 의무에 대해서는 말하지 않고, 자식의 의무인 효도에 대해서만 강조한다. 부모는 자식에게 끊임없이 사랑을 베풀지만 자식은 그렇지 못하기 때문일 것이다.

부모가 자식을 사랑하는 마음은 동서고금을 막론하고 모두 같다. 자식이 훌륭하게 되기를 바라는 마음으로 밤새워 기도하기도 하고, 자식이 잘못되기를 바라지 않기 때문에 남몰래 눈물을 흘리기도 한다. 그런데 자식이 부모의 사랑을 생각하며 눈물을 흘리는 일은 드물고, 오히려 꾸중하는 부모를 원망하거나 서운한 마음을 갖는 경우가 대부분이다. 왜 그럴까?

대한민국 임시정부의 주석이었던 김구 선생도 어머니 때문에 눈물을 흘린 적이 있었다고 한다. 일제에 의해 감옥소에 갇힌 날부터 하루도 거르지 않고 어머니는 자식을 위해 사식을 넣어 주었다. 그런데 처음에는 잘 몰랐지만 시간이 지나면서 이상한 점을 발견했다. 밥의 색깔이 매번 다르다는 것을 알게 된 것이다. 어느 날은 하얀 쌀밥이 들어오고, 어느 날은 보리밥이 들어오고, 또 어떤 날은 잡곡이 섞인 밥이 들어오기도 했다. 김구 선생은 생각에 잠겼다.

"거 참 이상하군. 왜 매일 들어오는 밥이 다를까. 어머니가 내 입맛을 생각해서 이리도 신경을 써 주시는 것일까."

조금 이상하긴 했지만 이유를 알 수 없었던 김구 선생은 어머니의 정성을 생각해서 늘 맛있게 먹었다. 그러다 마침내 한참이 지난 뒤에야 이유를 알게 되었다!

밥이 매일 다르게 들어온 것은 어머니가 이 집 저 집을 돌아다니며 쌀을 구걸한 것이기 때문이었다. 어려운 살림에 자신의 몸은 생각하지 않고 감옥소에서 고생하는 자식을 위해 매일 구걸을 했던 것이다. 이 사실을 알게 된 김구 선생은 흐르는 눈물을 감추지 못하고 한없이 울었다고 한다. 자식을 위해 고생한 어머니를 생각해서 눈물을 흘렸고, 불효를 했다는 마음에 눈물을 흘렸을 것이다. 김구 선생의 어머니가 어떤 생각을 했을지 말하지 않아도 알 수 있을 것 같다. 자식이 감옥소에 있다면, 세상의 모든 어머니는 김구 선생의 어머니와 같은 행동을 했을 것이기 때문이다.

부모는 자식에게 어떤 존재일까. 부모가 되어야 비로소 그 마음을 이해할 수 있다고 한다면, 인간은 어쩌면 영원히 부모의 마음을 이해하지 못할지도 모르겠다. 자신이 부모가 되었을 때는 이미 자기 자식에게 사랑을 베푸는 데에 빠져 부모에 대해서는 생각하지 못할 것이기 때문이다. 그렇지만 아무리 세상이 변하고 인심이 각박해졌다고 해도 여전히 세상에는 부모에게 효도하는 자식이 많다. 부모가 생각하는 마음에는 미치지 못하겠지만, 생각이 깊지 못해 더 좋은 방법을 알지는 못하지만, 대부분의 자식도 부모를 지극히 사랑하는 마음을 가지고 있(을 것이)다.

그래서 그런지 몰라도, 효에 대한 고사는 너무 많아 모두 열거하기 힘들 정도다! 우리나라는 물론 동아시아 유교 문화권의 국가들은 오래 전부터 효를 강조해 왔으며, 그것이 자연스런 인간의 도리라고 생각했기 때문이다. 까마귀가 어미를 위해 먹이를 물어다 준다는 반포지효反哺之孝, 자식이 효도하려고 해도 부모가 돌아가시고 계시지 않는다는 풍수지탄風樹之歎, 왕연이 부모를 위해 추운 겨울날 잉어를 구했다는 왕연지효王延之孝, 맹종이 죽순을 구해 부모님을 봉양했다는 맹종지효孟宗之孝 등 수많은 고사가 회자되어 내려오지 않는가.

공자는 "부모의 연세는 반드시 알고 있어야 한다. 한편으로는 기쁘고 한편으로는 두렵기 때문이다."라고 했다. 오래 사시는 것이 기쁜 일이지만, 돌아가실 날이 가까워지기 때문에 두렵기도 하다는 말이다.

내가 내 자식에게 사랑을 베푸는 것처럼, 부모도 내게 그런 사랑을 베풀었다. 그래서 우리가 지금 살고 있는 것이다. 그 마음을 조금만 미루어 헤아린다면, 부모에 대한 효는 구태여 강조하지 않아도 될 것이다. 회초리를 드는 부모의 마음이 어떠한지를 안다면 아무리 내 몸이 아프다 해도 부모의 마음보다 아프지 않을 것이다. 종아리에 피멍이 들도록 아픔을 느낀들 가슴에 멍드는 부모의 아픔만 하랴. 세상의 모든 부모는 모든 자식들에게 다 부모다.

철없던 시절 부모를 원망하거나 가슴을 아프게 했다면 한 해 한

해 기력이 쇠해지는 부모의 모습을 생각하며 자신을 돌아보라. 내 가슴이 아픈 것보다, 수백 배 더 아팠을 부모를 생각하며. 옛 사람들이 부모의 은혜는 하늘보다 높고 바다보다 깊다고 한 말이 거짓이 아니었음을 깨닫게 될 것이다.

당랑포선

뒤를 돌아보라

螳 螂 捕 蟬

사마귀 당　사마귀 랑　잡을 포　매미 선

당랑포선은 "사마귀가 매미를 잡는다"는 뜻으로, 사마귀가 저 죽을 줄은 모르고 매미를 노리는 형국을 말한다. 눈앞의 이익만을 탐하다가 위험을 맞는다는 말로 사용되며, 자신에게 닥쳐올 재난은 모르고 눈앞의 이익에만 급급한 어리석은 사람을 비웃는 말이다. 전한前漢 때 유향劉向이 지은 『설원』「정간正諫」 편에 나오는 이야기로, 당랑규선螳螂窺蟬이라고도 한다. 또한 『장자莊子』「산목山木」 편에는 당랑박선螳螂搏蟬의 고사가 보이고, 『한시외전韓詩外傳』에는 당랑재후螳螂在後라는 고사가 있는데, 내용은 조금씩 다르지만 모두 같은 의미. 『설원』에 나오는 이야기는 다음과 같다.

오나라 왕이 형荊나라를 정벌하려고 준비하면서 신하들에게 이렇게 말했다.

"감히 간언을 하는 자가 있다면 죽일 것이다."

신하들 가운데 조금 나이 어린 이가 간언을 하고 싶었지만, 감히 말을 못하게 되자 탄환을 가슴에 품고 후원을 거닐면서 옷에 이슬이 흠뻑 젖도록 사흘 아침을 서성거렸다. 이것을 본 오왕이 말했다.

"그대는 무슨 이유로 옷을 적시며 이렇게 고생하는가?"

신하가 대답했다.

"이 정원에 나무가 있는데, 그 위에 매미가 있습니다. 매미는 높은 곳에 살면서 슬피 울며 이슬을 먹고 있는데, 사마귀가 뒤에서 자신을 잡아먹으려고 하는 것도 알지 못하고 있습니다. 그런데 그 사마귀는 몸을 나무에 숨기고 매미를 잡으려는 생각에 빠져 꾀꼬리가 곁에 있다는 것을 알지 못했습니다. 하지만 그 꾀꼬리도 목을 길게 빼고 사마귀를 잡아먹으려고 하는 바람에 탄환이 아래서 자신을 노리고 있는 줄을 알지 못합니다. 매미, 사마귀, 꾀꼬리 이 셋은 모두 눈앞의 이익을 얻으려고 힘쓸 뿐 그 뒤에 우환이 있다는 사실을 돌아보지 못한 것입니다."

오왕이 말했다.

"좋은 말이구나."

그리고는 전쟁 준비를 멈추게 했다.

이 이야기는 정치, 군사, 외교 등에 많이 인용되는 고사로 국가를 통치하는 자들이 전략을 세울 때 여러 방면의 요소를 잘 고려해서 살펴야 한다는 말로 사용된다. 살면서 이러한 경우는 매우 빈번히, 그리고 자주 일어나지만 정작 사마귀처럼 앞만 보고 살아가는 사람이 상당히 많다.

만약 어떤 사람이 당신에게 돈을 주면서, 두 가지 방법 가운데 하나를 선택하라고 한다면 당신은 어느 쪽을 택하겠는가? 하나는 현금 1억 원을 즉시 받는 방법이고, 다른 한 방법은 10원부터 시작해서 매일 배로 늘려가며 30일간 받는 방법이다. 계산하지 않고 바로 대답하라고 한다면 대부분의 사람들이 1억 원을 즉시 받는 방법을 선택할 것이다. 10원은 작은 돈이라고 생각해 이틀째 겨우 20원, 20일째도 524만 2880원 밖에 되지 않기 때문입니다. 그러니 대부분이 직관적으로 당장 현금 1억 원을 받으려고 할 것이다. 당장 내 수중에 1억을 쥐는 것이 30일 뒤에 얼마를 쥐게 될지 모르는 돈보다 현실적이기 때문이다. 그런데 곱절로 늘어나는 돈은 실로 엄청난 숫자로 불어난다! 10원밖에 안 되는 적은 돈으로 시작했지만 30일째 되는 날 53억 6870만 9120원에 이른다!(매일 배로 불어나는 돈이 53억이 넘는 엄청난 돈이 될 것이라는 사실은 좀처럼 계산하기 쉽지 않지만, 복리의 마법을 아는 사람은 그나마 정답에 가까운 선택을 할 것이다.)

젊은 사람들에게 목전의 이익에 급급해 하는 경향이 너무 강하게 뿌리 내리고 말았다. 물론, 이 문제는 어느 한 개인의 책임이라기보다 국가를 운영하는 사람들과 기성세대가 만들어낸 작품이며,

그것이 유전적 DNA를 통해 후손에게도 전승되었고, 급기야 국가 총체적 문제로까지 드러나게 되었다. 모두가 이익만 갈망하고 진정한 삶의 가치와 의미를 생각하지 않는 사회에서 공존공생의 미래는 생각할 수 없다. 상생과 조화를 추구하던 우리의 고유한 가치가 사라지고 경쟁과 이기심으로 가득 찬 '동물의 세계'를 살게 된 것이다. 눈앞에 놓인 떡이 커 보이고 맛있어 보일지 모르지만, 한 걸음 물러서 본다면 달리 보일 수 있다. 인생은 멀고도 긴 여정이기에 당장의 이익만으로 배부를 수 없다.

지난 2010년, 애리조나 주립대학교 졸업식에서 오바마 미 대통령은 "실체보다는 외형을, 항구적 의미보다는 눈앞의 이익을 소중히 여기는 통념을 깨라."고 사회 초년생들에게 말했다. 미국의 대학 졸업생들에게 하는 말이 아니라, 마치 우리나라 졸업생들에게 하는 말 같이 들려서 가슴이 뜨끔하지 않을 수 없었다. 대학을 졸업하고 사회에 진출하는 사람들은 고액연봉을 받을 수 있는 회사에 취업하기 위해 엄청난 노력을 기울인다. 고액연봉을 받는다면 당장은 기뻐할지 모르지만, 시간이 지나면 그것은 정말 중요한 문제가 아니라는 사실을 알게 된다. 고액연봉을 주면서 편안하게 일을 시키는 회사는 없다. 또한 삶에서 돈이나 권력과 같은 외형적인 것이 아니라, 더 가치 있고 의미 있는 일들이 많다는 것을 알게 되기 때문이다. 젊은 날에는 그러한 가치를 잘 알지 못할 수 있다. 때문에 고액연봉과 같은 화려한 외형에 치우치고, 목전의 이익에 유혹 당한다.

한 사람이 이익을 추구하면 반드시 주변에는 그로 인해 피해를 보는 사람이 생긴다. 그리고 피해를 본 사람은 이익을 추구한 사람을 원망하게 된다. 그 결과가 오늘날 '갑'과 '을'의 전쟁으로 나타나고 있다. 갑은 을에게 군림하며 모든 이익을 독점했지만, 결과적으로 을이 없으면 존재할 수 없다는 사실조차 망각하고 있다. 갑의 횡포에 맞서 싸우던 을이 처음에는 동정을 얻지만, 싸움이 길어지면 나중에는 갑과 을, 모두 불신을 얻는다. 한 걸음씩 양보하며 공존의 방법을 찾아야 하는데 그렇지 못하기 때문이다. 이것도 역시 눈앞의 이익에만 급급해서 생긴 일.

전 지구적인 불황의 시대를 맞이해서 앞으로는 더욱 치열한 경쟁 시대가 될 것으로 많은 사람들이 예측하고 있다. 이럴 때일수록 눈앞의 이익에만 급급하게 될 수 있음을 명심해야 한다. 반대로 그럴수록, 자신이 저지른 잘못이 없는지 뒤를 돌아볼 줄 아는 지혜도 필요하고 끊임없는 자기 성찰을 통해서 삶의 진정한 가치를 생각할 줄 알아야 한다. 자신의 능력과 적성을 찾아 삶을 재정비하는 유연함이 필요하다. 지금 당장은 힘들고 어려운 시기가 될 수 있을지라도 먼 미래를 계획하며 차분하게 진행한다면 좋은 결과를 얻을 것이라는 믿음으로.

율곡 선생은 사람이 어떤 일에 뜻을 두고도 성취하지 못하는 것은 의지가 약하기 때문이라고 했다. 지금 바로 자신의 의지가 얼마나 굳건한지 한번 살펴보라. 불행이 앞에 놓여 있다고 생각한다면 한 걸음도 전진할 수 없다. 현재 어려움은 불행이 아니라 자신을 더욱 강하게 만들기 위한 시련의 과정이라고 생각을 전환할 수 있어야 한다. 그동안 생각 없이 지내왔던 구태의연한 모습을 과감하게 떨치고 자신의 마음 깊이 숨겨져 있던 열정과 능력을 깨우자.

경주마는 눈 가장자리에 가리개를 한다. 앞만 보고 달리도록 만든 것이다. 그렇지만 인간은 경주마가 아니다. 때로는 옆도 뒤도 돌아볼 줄 알아야 한다. 앞만 보면 시야가 점점 좁아지고 결국 예상치 못한 화를 당할 수 있다.

당장 눈앞에 이익이 있더라도 그것이 초래할 결과를 예측하고 주변도 살필 줄 알아야 한다. 앞만 보고 달려가면 볼 수 있는 곳이 한정되어, 반드시 문제가 발생하기 때문이다. 물론, 때로는 힘차게 열정적으로 전진하는 것도 중요하지만 한편으론 전후좌우를 돌아보는 지혜가 필요하다. 지금이 그러한 시기다. 뒤를 돌아보라. 무엇을 보지 못하고 지나쳤는가.

경단급심

두레박줄이 짧으면
우물물을 길을 수 없다

綆 短 汲 深

두레박줄 경　짧을 단　물 길을 급　깊을 심

경단급심은 "두레박줄이 짧으면 깊은 우물물을 길을 수 없다"는 뜻으로, 지혜를 넓혀야 큰일을 할 수 있다는 말. 이 고사는 『장자』의 「지락」편에서 유래한다.

안연顔淵이 동쪽의 제齊나라로 가게 되자 공자가 근심스러운 표정을 지었다. 자공이 자리를 내려와 여쭈었다. "제가 감히 여쭙겠습니다. 안회가 동쪽의 제나라로 가는데 선생님께서 근심스러운 표정을 짓는 것은 무슨 까닭입니까?"

공자가 대답했다. "참 좋은 질문이구나. 옛날에 관자管子가 한 말 가운데, 내가 매우 좋아하는 말이 있다. '주머니가 작으면 큰 것을 담을 수 없고, 두레박줄이 짧으면 깊은 물을 길을 수 없다' 라는 말이다. 이 말은 운명에는 정해진 것이 있고 형체에는 알맞은 것이 있어서 마음대로 덜거나 더할 수 없다는 뜻이다. 나는 안회가 제나라 군주에게 요堯, 순舜, 황제黃帝의 도를 말하고 거듭해서 수인燧人, 신농神農의 말까지 한다면 제나라 군주는 장차 자기 마음속에서 찾으려 하지만 얻지 못할 것이고, 얻지 못하면 의혹에 가득 찰 것이며, 의혹에 가득 차면 곧 안회를 죽일 것 같아 걱정이다."

공자가 인용한 관자의 말에서 경단급심이 유래했다. 깊은 우물에 있는 물을 길으려면 두레박줄이 길어야 하듯이 큰일을 이루기 위해서는 능력이나 지혜를 키워야 한다는 뜻. 짧은 두레박줄로 깊은 우물의 물을 길을 수 없는 것은 자명하며, 능력이 부족하면 큰 일을 감당할 수 없는 것도 당연한 일.

안연은 공자의 제자 가운데 가장 뛰어난 제자였지만, 젊은 나이에 세상을 떠나고 말았다. 공자는 안연이 죽자 아들이 죽었을 때보다 더 슬프게 울었다고 한다. 요, 순은 가장 이상적인 군주로 여겨지는 인물이고, 황제는 중국 최초의 임금으로 알려져 있다. 요는 덕으로 백성들을 교화시켜 '무위無爲의 정치'를 하였으며, 덕치주의에 성공한 이상적인 군주로 평가된다. 요의 치적에 관한 내용은 『서경』의 「요전」에서 찾을 수 있는데, 역법曆法을 바로잡아 중국 역

법의 기초를 닦았으며 후에는 순舜을 등용하여 재상으로 임명하고 치수 사업과 정사를 맡게 했다. 그는 특히 "천명은 불변하는 것이 아니며 오직 덕이 있는 사람을 돕는다"라고 하여, 자신의 아들인 단주丹朱에게 왕위를 물려주지 않고 어질고 덕망 있는 순에게 전하였을 만큼 인재 등용에 신중한 태도를 취한 인물.

순舜 역시 중국 고대 성군聖君의 하나로, 삼황오제三皇伍帝의 한 사람이다.(유우씨有虞氏라고도 하며 우순虞舜이라고도 한다.) 요로부터 제위를 선양받아 선정을 베풀었으며, 효성이 지극하여 아버지가 후처에게 빠져 이복동생인 상象을 아끼며 항상 자신을 해치려고 온갖 방법을 썼으나 묵묵히 농사짓고 고기를 잡으며 가족을 봉양하고 효제의 덕을 다하였고 이에 결국 아버지와 동생이 감화 받아 잘못을 고쳤다고 한다. 이러한 덕으로 말미암아 역산歷山에서 밭을 갈 때에는 이웃 사람들이 밭두렁을 양보하고 뇌택雷澤에서 고기를 낚을 때에는 자리를 양보하여 그가 사는 곳에는 항상 사람들이 모여들었다고 한다.

황제는 중국 고대 신화전설상의 제왕으로, 전설상의 인물이기 때문에 연대와 사적 모두 확실한 것은 아니다. 다만 그가 국가를 건설한 것이나 문물제도를 많이 발명하였다는 점에서 중국 민족에 문명을 전해준 개조로 숭앙되며 오늘날 중국 민족은 모두 황제의 자손이라고 칭하기도 한다. 황제는 많은 신화를 남겼는데, 도가道家에서는 '황로黃老'라고 병칭하여 그를 도가사상의 시조라고 높였으며, 전국시대 추연鄒衍과 같은 학자도 그를 가리켜 세상이 생긴 이래 최초의 왕이라 했다.(특히 한대漢代 이후 신선술과 도교의 시조로 숭배되었는데, 『황제내경黃帝內經』 『음부경陰符經』 등이 모두 황제가 지은 것이라고 한다. 또한 『산해경』과 『사기』 등에 그의 치세가 나타나는데, 글자를 만들고 도량형을 정하였으며 음률과 의약품, 화폐를 만든 것으로 기록되어 있다.)

수인씨는 복희씨伏羲氏, 신농씨神農氏와 함께 삼황三皇의 한 사람으로 화식火食을 발명하였다고 전해진다. 수燧는 불을 얻는 도구로, 수인씨가 나무를 마찰하여 불을 얻어 음식물을 요리하는 방법을 가르쳐 주었다고 한다. 복희씨도 고대 전설상의 인물로 『사기』에는 "복희는 뱀의 몸에 사람의 머리를 하고 성덕이 있다"라고 기록하고 있다. 또한 복희는 거문고를 만들어 노래를 작곡하였으며, 혼인 제도를 제정하였다고 한다.(복희는 삼황오제의 수위에 위치하여 중국 최고의 제왕으로 치는 경우가 많다.)

복희, 신농, 황제, 요, 순과 같은 인물들은 전설적인 인물들이지만 이들의 공통점은 중국 문명과 동아시아 문명에 매우 큰 영향을 미쳤고, 인류를 위해 이상적인 정치를 했다는 점이다. 공자는 안연이 이러한 인물들의 이야기를 춘추시대 당시 권력욕에 사로잡힌 군주들에게 한다는 것은 죽음을 자초하는 일이라고 생각한 것. 지혜가 짧은 사람들에게 너무 고원한 이야기를 하면 수용할 수도 없고 오히려 화를 자초하기 때문이다.

『논어』에 "군자불기君子不器"라는 말이 나온다. 군자는 하나의 용도에 필요한 그릇과 같은 존재가 되어서는 안 된다는 말이다. 많은 지식과 경험을 토대로 지혜를 넓히면 모든 것을 포용할 수 있게 되어 작은 그릇으로 한정되지 않는다. 여기, 삽을 가지고 땅을 파는 두 사람이 있다. 한 사람은 넓이 1미터 깊이 5미터로 땅을 파고, 다른 한 사람은 넓이 5미터 깊이 5미터로 땅을 판다고 하면 누가 더 빨리 팔 수 있을까? 쉽게 생각하면 전자의 사람이 더 빠를 것 같지만 조금만 생각하면 그렇지 않다는 것을 알 수 있다. 1미터의 넓이로 땅을 파는 사람은 처음에는 빠르겠지만 깊이 팔수록 몸도 땅속으로 들어가야 한다. 결국 5미터 넓이로 파는 사람이 더 빠르다. 땅을 깊게 파려면 넓게 파야한다는 사실을 기억하자.

사람의 지혜도 마찬가지. 한 가지 지혜를 가진 사람과 다섯 가지 지혜를 가진 사람은 놓인 처지가 같더라도 문제를 풀어가고 해결하는 방법도 천양지차로 다르다. 다른 사람의 지혜가 나보다 뛰어나다고 감탄하거나 의기소침하지 말고 스스로의 지혜를 기르도록 노력하는 것이 바람직하다는 의미다. 문제는 지혜를 어떻게 쌓고 기를 것인가에 달려있다. 독서를 통하는 방법이나 많은 경험을 쌓는 것도 좋고, 좋은 스승을 만나 배우는 것도 한 방법이다. 작은 것 하나라도 놓치지 않는 습관이 지혜를 넓혀줄 것이다. 줄을 잘 서 요행에 업혀 따라 올라갈 생각은 버리고, 스스로 밤낮으로 꼰 지혜의 줄을 잡고 성공의 우물에서 물을 길어 올려야 할 것이다.

실천 없는 이론은 공허하다

郭 氏 之 墟

성곽 곽　각시 씨　어조사 지　옛터 허

곽씨지허는 "곽씨의 옛 터"라는 뜻으로, 한나라 유향劉向이 편집했다는 고사집 『신서新序』의 「잡사雜事」편에 나오는 이야기.

제齊나라 환공이 언젠가 야외로 유람을 나갔다가 들판에 있는 옛 성터 유적을 보고 촌부에게 물었다.

"이 폐허는 어떻게 된 것인가?"

"이곳은 곽국의 폐허입니다."

"곽국이 폐허로 변한 이유가 무엇인가?"

"곽국은 선을 좋아하고 악을 미워했기 때문에 망했습니다."

촌부의 답변에 환공은 의아하게 생각하며 다시 물었다.

"선을 좋아하고 악을 미워한 것은 잘한 일인데, 그것 때문에 망하다니 도대체 무슨 말이냐?"

촌부가 대답했다.

"선을 좋아했지만 그것을 실천하지 못하고, 악을 미워했지만 그것을 제거하지 못해서 곽국은 멸망하고 폐허만 남게 된 것입니다."

선을 좋아하는 것이나 악을 미워하는 것은 누구나 할 수 있는 일이다. 입으로는 선을 좋아한다고 하면서 실제 행동은 선하지 않거나, 악을 싫어하면서 자신에게 있는 악함을 제거하지 못한다면, 그것은 진실로 선을 좋아하고 악을 미워하는 것이 아니니 곽씨의 나라가 멸망한 것은 당연한 결과일 것.

고상한 말을 잘하는 사람이 있다면 행동도 고상하게 하는지 살펴봐야 하며, 아울러 자신의 모습을 잘 살피는 것도 잊지 말아야 한다. 이론이 고상하다고 해서 행동도 고상한 것은 아니기 때문이다. 이론가와 실천가는 어떤 의미에서 다를 수 있다. 동양에서는 이론과 실천이 일치되었을 때 진정한 지식이라고 말한다. 곽씨지허는 바로 이론과 실천의 괴리감에 대해 경고하는 고사다.

"젊은 사람들은 집안에 들어가서는 효도하고, 집 밖을 나와서는 공손하고, 삼가고 믿음 있게 하며, 널리 사람을 사랑하되 어진 사람과 더욱 친하게 해야 한다. 이것을 행하고 남는 힘이 있거든 글을 배워야 한다." 공자의 말씀이다. 이론적인 학문보다 실천에 더 중점을 두고 있는 말일 것이다. 효도가 무엇인지 공손함이 무엇인지 아무리 말로 한다고 해도 그것이 곧 효가 되고 공손함이 되지는 않는다. 사람을 사랑하는 일 역시나 어떻게 해야 진정한 사랑인지 안다고 하더라도, 이를 몸소 실천하는 것은 결코 쉬운 일이 아니다. 스스로 알고 있는 지식이나 이론을 '행동'으로 옮기는 것만이 공허하지 않을 가장 좋은 방법이다.

칸트에 관한 유명한 일화가 있다. 매일 시계같이 움직였다는 칸트에게 사랑하는 여인이 있었다. 물론 상대방 여성도 칸트를 매우 사랑했지만, 그가 청혼을 하지 않자 그녀가 먼저 사랑을 고백하고 청혼을 했다. 칸트는 이렇게 말했다고 한다.

"조금만 기다려 주세요. 사랑에 대한 정의가 무엇인지 아직 결론을 내리지 못했습니다. 생각할 시간을 주세요."

그 길로 칸트는 도서관으로 달려가서 책을 늘어놓고 사랑에 대해 열심히 연구하기 시작했다. "사랑이 무엇일까?" "결혼은 왜 해야 하는 것인가?" 등에 대해서 책을 보며 연구했던 것. 그리고 몇 년이 지난 뒤 칸트는 마침내 사랑에 대한 답을 찾았고 결혼을 결심하게 되어 기쁜 마음으로 그녀의 집을 방문했지만 오랜 시간 지루하게 기다리던 여인은 이미 다른 사람과 결혼하여 두 아이의 엄마가 되어 있었다.(이 이야기가 사실인지 확인하지 못했지만, 오래 전에 어떤 책에서 읽었던 기억이 난다.)

칸트의 학문 연구에 대한 열정은 충분히 박수를 보낼 만한 것이다. 그렇지만 사랑이 이론만으로 되는 것이 아님에도 불구하고 칸트는 지나치게 이론적 연구에 매달려 사랑하는 사람을 잃고 말았다. 이론도 중요하지만 그것을 실천으로 옮겼을 때 진정한 이론의 의미를 갖게 된다. 탁월한 철학자였지만, 칸트에게도 실천력은 없었던 것일까?

사람들은 가끔 이론에 강하고 실천에 약한 사람을 두고 "입만 살아가지고"라는 말을 하곤 한다. 입으로 세상을 살 수 있다면, 안 될 일이 어디 있고 못할 일이 어디 있겠는가. 이론은 지식과 논리로부터 나오는 것이므로 지식이 충만한 사람은 이론에 강하고 남보다 논리적인 사람 역시 이론에 강점이 있다. 여기에 실천력만 더해진다면 금상첨화일 것은 명백하다. 그렇지만 이렇게 완벽한 사람은 거의 없다. 대부분 이론에 강한 사람은 실천력이 떨어지고, 실천에 강한 사람은 이론이 부족한 경우가 많다. 이론은 실천을 전제로 하고, 실천은 이론이 바탕되었을 때 가장 조화롭고 신뢰가 축적될 수 있을 것이다.

실천 없는 이론은 공허하다는 사실을 깊이 새겨야 할 것이다. 세계4대 성인이 성인으로 추앙받는 이유는 바로 자신의 이론을 몸으로 실천했다는 사실에 있다. 만약 그들이 이론가에 그쳤다면 아무도 주목하지 않았을 수도 있다. 어떠한 어려움도 그들의 실천을 가로막을 수 없었고, 어떠한 이론도 실천보다 힘을 가질 수 없다.

성공하는 사람들의 특징 가운데 하나는 다른 사람들로부터 신뢰를 얻는다는 데 있다. 신뢰는 말로 얻어지지 않는다. 자신이 한 말을 스스로 지킬 때 신뢰가 쌓이고, 이렇게 쌓인 신뢰는 어떠한 일을 해도 나에 대한 믿음을 흔들리지 않게 만든다. 이론보다 실천이 주는 힘이 더욱 막강하기 때문이다.

얼마 전 한 농구선수가 담배를 피우는 학생들을 훈계하다 입건되는 사건이 있었다. 중학생 세 명과 고등학생 두 명은 욕을 하며 대들었고, 그 과정에서 농구선수는 학생들의 머리를 한 차례 때렸던 것이다. 다섯 명 가운데 세 학생의 학부모는 훈계해주어서 고맙다고 했지만, 나머지 두 학생의 학부모는 농구선수를 처벌해달라고 요구했고, 결국 이 농구선수는 입건되었던 것.

분명히 처벌을 원하는 학부모들도 잘못하는 청소년을 훈계하고 가르쳐야 한다고 배웠을 것이다. 그러나 정작 자기 자식들에게 이런 문제가 발생하자 자신이 배운 것과는 달리 행동했다. 대부분의 국민들이 농구선수에게 마땅히 할 일을 했다고 성원을 보냈지만, 결과론적으로 어떤 누구도 학생들의 잘못된 행동을 바로잡으려고 나서지 못한다는 사실을 다시 한 번 확인시킨 사건이 되고 말았다. 그렇다면 앞으로는 잘못된 것을 보고 지나치는 것이 지극히 올바른 행동이라고 가르쳐야 하는 것 아닌가.

이제는 기성세대의 잘못을 논하는 단계를 뛰어넘어 자신을 돌아보는 시간도 갖도록 해야 할 것이다. 내가 아는 이론과 내가 실천

할 수 있는 것이 얼마나 일치하고 괴리되어 있는지, 나는 왜 입으로는 강하면서 실천에는 약한 모습을 보이는지, 실천하지 않고 입으로만 사는 사람들을 비난하면서 나는 왜 그렇게 행하지 못하는지 등을 생각하며 내 잘못에 대해 돌이켜보고 고칠 수 있게 힘써야 한다. 아무리 뛰어난 이론과 논리를 가진 사람이라도 실천하지 않으면 그의 이론은 쓸모없는 것이 되고 만다. 이론이 부족해도 올바른 실천이 앞서는 사람이라면, 어디에서 무슨 일을 하더라도 모두에게 환영받는 존재가 될 것이기 때문이다.

과이불개

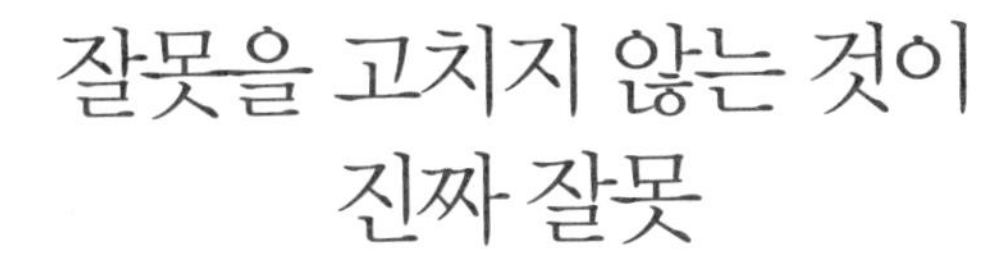

잘못을 고치지 않는 것이 진짜 잘못

過 而 不 改

허물과 말이을이 아닐불 고칠개

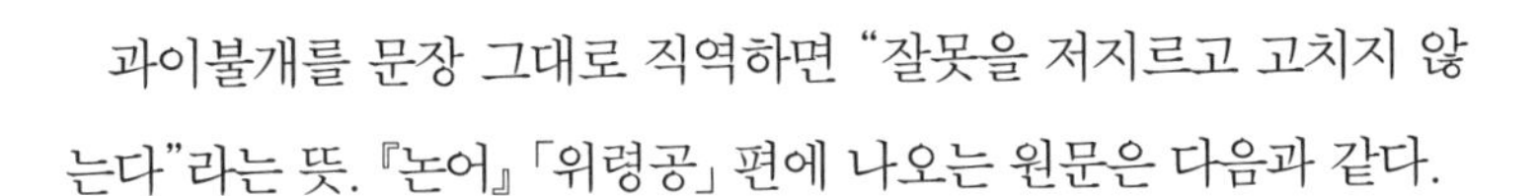

과이불개를 문장 그대로 직역하면 "잘못을 저지르고 고치지 않는다"라는 뜻. 『논어』「위령공」편에 나오는 원문은 다음과 같다.

子曰 자왈	공자가 말했다.
過而不改 과이불개	잘못을 저지르고 고치지 않는 것,
是謂過矣 시위과의	이것을 잘못이라고 한다.

공자는 『논어』 곳곳에서 "허물이 있으면 고치기를 주저하지 말

아야 한다" "나는 자신의 허물을 보고서 안으로 스스로 책망하는 사람을 아직 보지 못했다"라고 언급하고 있다. 공자와 같은 성인이 자신의 허물을 진심으로 뉘우치고 반성하는 사람을 보지 못했다고 한다면, 이것은 매우 심각한 문제다. 보통 사람들은 자신의 잘못에 대해서 진심으로 반성하는 경우가 드물다는 말이고 그동안 반성한다고 말했던 수많은 사람들도 대부분 거짓이었을 것이라 생각하면 끔찍하지 않은가. 잘못을 진심으로 반성하지 않는다는 것은 잘못이 무엇인지 통렬하게 알지 못하기 때문에 발생하는 결과물. 그저 다른 사람이 잘못이라고 하니까 그런가보다 하거나, 당장에 처한 위기를 넘기고자 잘못이라고 인정하고 뒤로 돌아서서는 잘못이라고 생각하지 않는 경우가 많다. 그러다보니 실제 잘못을 알고도 고치는 일은 기대난망期待難望일 뿐이다.

공자의 제자인 자하는 '소인은 허물이 있으면 반드시 꾸민다.'라고 했으며, 자공은 '군자의 허물은 일식이나 월식과 같다. 허물이 있으면 사람들이 모두 그것을 보고, 허물을 고치면 사람들이 그를 우러러본다.'라고 했다. 윗자리로 올라갈수록 작은 허물도 쉽게 눈에 띄기 때문에 높은 지위에 올라가는 사람은 각별히 조심해야 한다. 일식이나 월식은 누구나 쉽게 육안으로도 알 수 있는 자연현상이지만, 만약 하늘에서 일어나는 일이 아니라면 땅에 있는 우리는 알기 어려울 것이다. 사람도 마찬가지로 지위가 낮거나 알려지지 않은 사람이라면 아무리 허물이 있어도 큰 문제가 되지는 않는다. 그렇지만 집안의 어른이나, 사회의 고위직에 있는 인사라면 얘기가 다르다. 『맹자』에 "자로는 다른 사람들이 자신의 허물을 알려주면 기뻐했고, 우임금은 선한 말을 들으면 절을 했다."라는 내용이 있다. 자신의 허물을 지적하는데 기뻐하는 사람이 얼마나 있으랴마는, 진심으로 지적할 때는 기쁜 자세로 수용해야 할 것이다. 잘못을 저지르고 고칠 수 있다면 허물이 없게 되지만, 잘못을 고치지 않으면 그 허물이 더욱 커져 고치지 못하게 될 것이기 때문이다. 보통 사람들은 완전한 인간도 아니고 성인聖人도 아니기 때문에 언제든 잘못을 저지를 가능성이 있다. 동양의 성인이라고 하는 공자도 자신의 잘못을 이야기하는데, 보통 사람이야 말해 무엇하랴. 중요한 것은 잘못을 알고도 고치려하지 않는 태도에 있다. 자하의 말처럼 군자는 자신의 잘못을 알고 즉시 고치려고 하지만, 소인은 잘못을 알고서도 고치기는커녕 이런저런 핑계를 대며 변명으로 일관하는 경우가 많다.

천주교에서는 신자가 범한 죄에 대하여 사제에게 고백하여 용서를 받는 일을 고해성사라고 한다. 그런데 문제는 고해성사를 한 뒤에도 똑같은 잘못을 저지르는 경우가 있다는 것이다. 공자는 가장 아끼는 제자 안연에 대해 "똑같은 허물을 되풀이 하지 않았다"라고 평가했다. 대부분의 사람들은 같은 잘못을 되풀이 하지만, 안연은 그렇지 않았기 때문에 공자가 칭송한 것이다.

사람은 나이와 지위에 따라 잘못을 용서받기도 하고, 작은 잘못이 허용되기도 한다. 청소년 시절에 거짓말을 하거나 부모를 속이는 일들이 비일비재하게 일어나지만 대부분의 부모들은 알면서 그냥 넘어가는 경우가 허다하다. 그러나 어른이 된 이후에는 이러한 잘못이 용서되지 않는다. 어른이기 때문이다. 어른은 어떠한 일이든 스스로 책임질 수 있다는 것을 의미한다. 선조들은 어른이 되는 나이를 15세 이상으로 생각했다. 그래서 15세가 되면 성년식에 해당하는 관례를 행했다. 남녀 모두 길게 늘어뜨렸던 머리를 올려 상투를 틀거나 쪽을 지고 이름 대신 부를 수 있는 자字를 지어주었다. 머리 모양만 봐도 쉽게 어른이라고 알 수 있지만, 중요한 것은 이 순간부터 어른으로서의 책무를 부여받는다는 점이다. 언행이 모두 어른스러워야 하고 자신의 일에 대해 스스로 책임을 질 수 있어야 하는 것이다. 성년이 되기 전에는 잘못을 저질러도 부모에게 그 책임이 있지만, 어른이 된 이후에는 스스로 책임져야 한다.

요즘은 성년식이라는 관례가 사라지고 없다. 일제에 의해 단발령이 실시된 이후 상투를 틀 수 있는 머리카락이 사라졌기 때문에 관례마저도 사라졌다. 그래서 일까? 군대에 다녀온 청년마저도 자신이 어른임을 알지 못한다. 필요에 따라서 어른이라고 우기기도 하고, 아직 어른이 아니라고 우기기도 하는가 보다. 부모의 품에서 벗어나지 못하고 여전히 경제적으로 부모에게 의존하는 모습을 보인다. 과학이 발전하고, 인간의 지능도 향상되었음에도 어른이 되는 나이는 과거보다 늦어지고 있다.

인생을 살면서 잘못을 저지르고 반성하지 않는 사람들이 참 많다. 그 가운데 으뜸이라면 아마도 정치인일 것이다. 부정부패를 일삼던 정치인들은 잘못이 발각되면 으레 "국민들께 진심으로 죄송하다"고 말하지만, 마치 "이번에도 속아주겠지? 아마 침통한 표정을 지으면 동정표를 줄 거야"라고 말하는 것처럼 보여 심기가 불편하기 그지없다. (그래서 우스갯소리나마 수출 1순위 대상으로 정치인을 꼽는지도 모르겠다.)

잘못을 인정하는 것이야말로 진정한 용기가 필요한 일이다. 그리고 자신의 잘못이 무엇인지 안다면 과감하게 고치는 것 역시 중요하다. 거짓말을 밥 먹듯이 하며 자신의 잘못에 대해 인정하지 않고 꾸며대다, 나중에는 스스로 거짓말이라는 사실조차 망각하고 마는 사람들이 있다. 이런 사람들과 함께 세상을 살아간다면 얼마나 한심스럽고 답답할까.

청춘을 완벽하다고 말하는 사람은 없다. 젊은 시절에는 누구나 실수를 하고 잘못도 저지른다. 그렇지만 이러한 실수와 잘못을 습관처럼 반복하거나 고치려는 의식조차 갖지 않는다면 그 청춘은 늙어서도 볼품없는 인간이 되고 만다. 잘못했다면 고치는 것, 그것만이 잘못을 긍정적으로 승화시키는 단 하나의 방법임을 잊지 말아야 한다.

공석불난

뛰어라,
세상이 너를 알아줄 때까지!

孔 席 不 暖

구멍 공 　자리 석 　아닐 불 　따뜻할 난

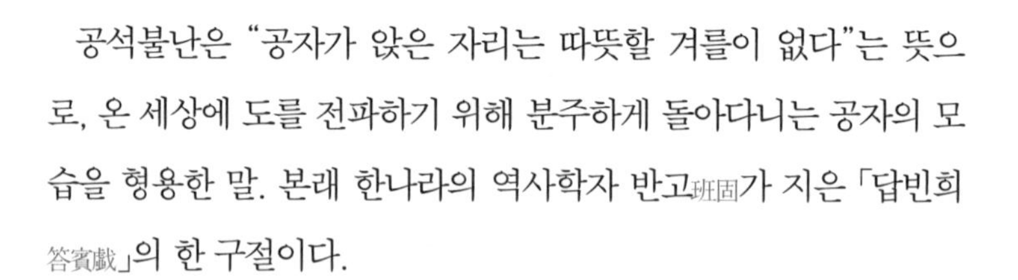

공석불난은 "공자가 앉은 자리는 따뜻할 겨를이 없다"는 뜻으로, 온 세상에 도를 전파하기 위해 분주하게 돌아다니는 공자의 모습을 형용한 말. 본래 한나라의 역사학자 반고班固가 지은 「답빈희答賓戱」의 한 구절이다.

孔席不暖 墨突不黔공석불난 묵돌불검

공자가 앉은 돗자리는 따뜻해질 겨를이 없고

묵자의 굴뚝은 그을음이 끼어 검어질 시간이 없다

이후 『회남자』에도 비슷한 말이 나오고 한유의 「쟁신론爭臣論」과 두보의 시에서도 언급될 정도니, 당시로는 꽤나 인상 깊은 말이었나보다.(공석묵돌(孔席墨突, 공자의 자리와 묵자의 굴뚝), 묵돌부검(墨突不黔, 묵자의 굴뚝은 검어질 겨를이 없다), 석불급난(席不及暖, 자리가 따뜻해질 겨를이 없다, 석불가난席不暇暖 등도 같은 뜻.)

공자와 묵자는 춘추시대 말기의 대표적인 학자로, 세상을 구하고 도를 전파하기 위해 돌아다니며 자신의 학설을 설파한 인물들이다. 잘 알다시피, 공자는 약 13년 동안 제자들과 함께 주유천하周遊天下하며 도덕정치와 인륜질서의 확립을 주장한 인물. 전쟁이 난무하고 질서가 무너진 혼란한 시기에 공자의 이상은 군주들에게는 그야말로 뜬구름 잡는 소리로 들려 쉽게 받아들여지지 않았다. 그렇지만 그는 실망하거나 멈추지 않았다. 다만 그것이 자신의 역할이라 생각하고 충실하게 군주를 만나고 자신의 의견을 피력하며 쓰일 수 있기를 희망했다. 그렇기에 공자가 앉았던 자리는 따뜻하게 데워질 시간이 없었던 것이다.

묵자는 본래 유가에서 학문을 했지만 자신의 독특한 주장을 내세우며 부지런히 돌아다닌 인물이다.(특히 그는 전쟁을 반대하며 공격보다 방어에 치중하였으며, 자연과학 분야에서도 많은 업적을 남겼다.) '묵墨'이라는 글자는 흑黑과 토土가 합해진 것으로, 그가 농사를 짓거나 노동자 계층이라는 것을 알 수 있다. 묵자는 그들의 대변자임을 자처했다. 소외받는 계층, 천민을 위해 불철주야 천하를 돌아다니며 겸애兼愛를 주장했다. 그렇게 천하를 돌아다니는 묵자의 집은 불을 지필 일이 없으니 굴뚝이 그을음으로 까맣게 될 겨를도 없었을 것이다.

흔히 공부는 끈기요, '엉덩이 힘'으로 한다고 말한다. 한창 학문에 전념하며 공부를 할 때는 엉덩이에 종기가 나도록 인내심을 가지고 한 자리에 앉아서 집중해야 하기 때문에 나온 표현이다. 반대로 세상에 나와 일을 할 때는 분주히 오가며 게으름을 피워서는 안 된다. 『중용』에 "성실함은 하늘의 도리요 성실하려고 노력하는 것은 인간의 도리다"라는 말이 있다. 우주의 운행이 한 순간도 멈추지 않고 성실하게 반복되는 것처럼, 인간의 삶도 끊임없이 성실하게 살려고 노력해야 한다는 의미일 것이다.

성공하는 사람들의 특징 가운데 하나는 대부분 성실한 삶을 살고 있다는 점이다. 부지런하고 근면하다는 말은 타인에게 그 어떤 믿음보다도 값진 신뢰의 무기가 된다. 사람이 자신의 능력만 믿고 성실하지 못하거나, 능력도 없고 성실하지도 못하다면 어떻게 세상을 살아갈 수 있겠나! 능력도 있고 부지런한 사람은 더 말할 나위도 없지만, 능력이 부족한 사람은 결국 성실함으로 승부할 수밖에 없다.

그렇다고 무작정 성실한 것만이 능사는 아니다. 자신의 목표와 역할이 무엇인지 명확한 상태에서 성실함이 필요한 것이지, 목표도 역할도 모르는 상태에서는 되레 성실함이 독이 되는 경우도 있기 때문이다. 뱀을 그리고 난 뒤에 뱀의 다리를 그리는 것과 같은 경우蛇足가 바로 그것. 뱀은 다리가 없는데 시간이 남는다고 하여 다리를 그리는 어리석음을 범하지 않도록 목표와 역할을 분명하게 한 다음에 성실함이 더해져야 한다.

성실한 사람은 시간을 아끼고 잘 활용한다. 그렇기 때문에 누구에게나 똑같이 주어진 24시간으로 남보다 더 많은 일을 할 수 있게 되는 것이다. 주자의 「권학문」에는 "소년은 늙기 쉽고 학문은 이루기가 어렵다."라는 말이 있다. 안타깝게도, 시간이 얼마나 소중한 것인지 젊은 시절에는 잘 알지 못한다.(세계 최고의 부자라는 빌 게이츠도 "시간을 금처럼 아껴라" "시간 도둑을 경계하라" "시간 낭비는 인생 최대의 실수다"라는 말을 하지 않았던가.) 성공하거나 부자가 되거나, 혹은 자신이 추구하는 목적을 달성하기 위해서는 한 순간도 멈추지 말고 잘 관리한 시간 속을 열심히 달려야 할 것이다.

젊은 시절에는 할 일도 많지만 그와 반대로 술 마시며 노는 시간도 많다. 자신을 통제하지 못하고 시간을 조절할 줄도 모르고, 자신의 단점이 무엇인지 모르면서 성공할 수 있는 사람은 없다. 나약하고 우유부단한 마음을 버리고 과감한 결단력으로 헛되게 보내는 시간을 최소한으로 줄이도록 하자.

공자와 묵자는 2,500년이 지난 지금도 많은 사람들에게 영향을 미치고 있으며, 공자는 세계4대 성인으로 추앙받는다. 자신의 이상을 실현하기 위해 쉬지 않고 분주히 살았던 모습이 현대인에게도 귀감이 되는 것이다. 오늘날에도 공자나 묵자처럼 자신의 일에 부지런하고 세상을 위해 헌신하는 사람들을 어렵지 않게 볼 수 있다.

공자나 묵자처럼 거창하게 세상을 구제하고 도를 전하는 일이 아니어도 좋다. 각자가 맡은 일에 충실하고 성실하게 사는 것도 세상의 중요한 부분임에 틀림없기 때문이다. 청춘이 아름답기는 하지만, 그 아름다움을 유지하기 위해서는 발에 땀이 나도록 움직이고 뛰어야 한다. 이는 우리에게 주어진 청춘이 영원한 것은 아니기 때문이며, "내가 헛되이 보낸 오늘은 어제 죽은 이들이 그토록 간절히 원했던 내일이다"라는 말이 진실이기 때문이다. 그래야 불혹의 나이가 되었을 때 비로소 자신의 위치를 '다시 돌아보는 여유'라는 것을 가질 수 있을 것이다.

젊은 시절을 어떻게 보낼 것인가는 온전히 자신의 선택의 문제다. 매일 친구들을 만나 즐겁게 보내며 늦은 밤까지 노는 것도 하나의 삶일 것이고, 세상을 위해 분주히 오가며 의미를 찾는 것도 하나의 삶일 것이다. 그렇지만 시간이 갈수록 쌓이는 것은 분명히 다를 것이다. 열심히 놀면서 세월을 보낸 사람에게는 아련한 추억만 쌓이게 될 것이고, 의미를 찾으며 인생을 설계한 사람에게는 지혜와 인맥과 자긍심이 쌓일 것이다. 세상에 이름을 드러내고자 하는 사람들은 참으로 많다. 그러나 가만히 앉아서 입을 벌리고 있다고 이룩할 수 있는 것은 없다.(선거철만 되면 어려운 사람들이 모여 사는 쪽방이나 재래시장을 돌면서 유세하는 정치인들도 이름을 내고자 공석불난의 삶을 사는 사람들이라고 할 수 있을 것이다. 그렇지만 그들이 행하는 공석불난은 당선이라는 목적을 달성하기 위해 일시적으로 행하는 엉터리 공석불난일 뿐이다! 한 순간의 속임수로 세상

사람들을 감동시킬 수는 없다. 그들의 공석불난은 그래서 미천하다.)

자신이 원하는 아름다운 목표를 위해서는 공자나 묵자처럼 한 순간도 멈추지 말고 성실하게 앞으로 나아가도록. 절대로 자신의 불성실함을 감추기 위한 핑계를 만들지 말아야 할 것이다. 감기몸살 때문에 자신의 일을 다 완성하지 못한 사람, 차가 막혀서 늦었다는 사람, 갑자기 집에 일이 생겨서 미안하게 되었다는 사람은 이미 나쁜 습관에 젖어버린 경우가 많다. 물론, 살다보면 정말 피할 수 없는 일도 발생하지만 그런 경우는 어쩌다 한 번 있을 뿐이다. 이런저런 핑계야 헤아릴 수 없이 많지만, 그런 핑계로 시간을 허비하거나 나태해진다면 10년 뒤의 모습은 보지 않아도 충분히 예측할 수 있을 것이다. 현재의 자리에서 게으름의 구덩이에 더 깊이 빠지지 말고 자리를 박차고 일어나자, 다시 땀나도록 뛰자, 세상이 당신을 알아줄 때까지.

개관사정

아직 게임은 시작도 안했다

蓋 棺 事 定

덮을 개　널 관　일 사　정할 정

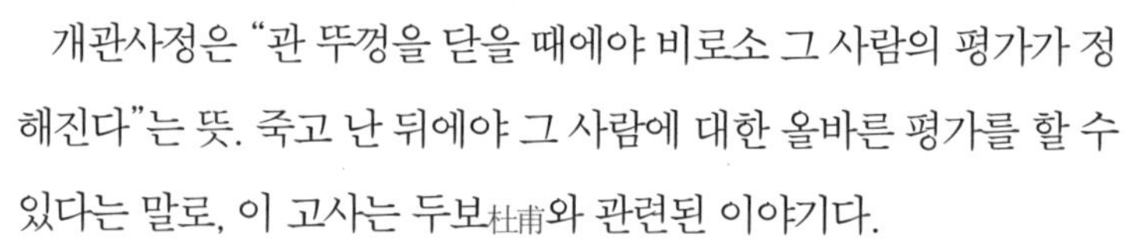

개관사정은 “관 뚜껑을 닫을 때에야 비로소 그 사람의 평가가 정해진다”는 뜻. 죽고 난 뒤에야 그 사람에 대한 올바른 평가를 할 수 있다는 말로, 이 고사는 두보杜甫와 관련된 이야기다.

두보가 사천성四川省의 한 산골에서 가난하게 살고 있을 때다. 마침 그곳에는 친구의 아들인 소계蘇係가 살고 있었는데, 그는 실의에 찬 나날을 보내고 있었다. 두보는 소계에게 한 편의 시를 써서 그를 격려하고자 「군불견 간소계君不見 簡蘇係」라는 시를 지어주었다.

君不見道邊廢棄池군불견도변폐기지	그대는 길가에 버려진 연못을 보지 못했는가.
君不見前者摧折桐군불견전자최절동	그대는 앞서 꺾인 오동나무를 보지 못했는가.
百年死樹中琴瑟백년사수중금슬	백년 되어 죽은 나무가 거문고가 되고.
一斛舊水藏蛟龍일곡구수장교룡	작은 웅덩이에도 큰 용이 숨어 있다네.
丈夫蓋棺事始定장부개관사시정	장부의 일은 관 뚜껑을 덮어야 비로소 결정되는 것.
君今幸未成老翁군금행미성노옹	지금 그대는 다행히 늙지 않았는데.
何恨憔悴在山中하한초췌재산중	어찌 산중에 초췌하게 있는 것을 한탄하는가.
深山窮谷不可處심산궁곡불가처	깊고 깊은 산속은 사람 살 곳이 못 된다네.
霹靂魍魎兼狂風벽력망량겸광풍	벼락과 도깨비와 광풍까지 있기 때문이라네.

이 시를 읽은 소계는 훗날 그곳을 떠나 호남 땅에서 논객이 되었다. 어린 시절에는 빨리 어른이 되고 싶은 사람들이 많다. 이는 단순히 '어린아이라면 의례히 그럴 것'이라고 생각할 수 있겠지만,

좀 다른 방향에서 '비뚤게' 생각해 볼 수도 있다. 무언가 하려고 하는 도전적 자세보다 이미 성취한 것을 누리며 사는 사람이 되고 싶고, 또 한편으로는 모진 풍파를 이겨낼 자신이 없기 때문에 과정을 생략하고 결과만을 누리고 싶은 마음이라고 말이다. 어른들은 젊음이 좋다고 말하지만, 정작 청춘들은 그것이 얼마나 좋은지 알지 못한다. 청춘을 모두 허비한 다음에야 그 가치를 알게 되는 것은 시공을 떠나 모두 비슷한 듯하다.

지금 당장 어렵다고 해도 그것이 절망하거나 좌절할 이유가 될 수는 없다. 젊기 때문에 시련도 오고 도전도 가능한 것이니. 어찌 생각하면 청춘은 '아파할' 시간조차 없을지 모르기 때문에 몇 번의 실패로 인생을 결정하지 말아야 한다. 승패는 병가지상사兵家之常事라고 하지 않던가. 전쟁에서 이기고 지는 일은 일상적인 일일 수 있다. 한 번 졌다고 해서 실망할 것도 없고 한 번 승리했다고 자만해서도 안 된다는 말이다. 빨리 성공하고 안정된 삶을 살고 싶은 마음이야, 말해 무엇하리. 그렇지만 그것만이 능사는 아니기 때문에 이런 이야기를 늘어놓는다. 한 사람의 삶은 결국 인생의 종점에 이르러서야 평가될 수 있을 것이고, 편안한 죽음을 맞이할 수 있을 때 비로소 후회 없는 인생이었다고 할 수 있을 것이다. 그러니 젊은 시절에 너무 빠르게 승부를 보려고 자신을 재촉하지 않아도 된다. 괜한 실수 연발로 아까운 시간을 허비해도 괜찮다는 뜻이 아니다. 젊음은 다시 오지 않지만, 그렇다고 너무 서둘러 성취하려고 하면 어느 것도 제대로 완성시킬 수 없기 때문이다.

복잡한 서울 시내를 걷다보면 하얀 양복을 입은 채 지팡이를 짚고 서 있는 노신사를 어렵지 않게 발견할 수 있다. 패스트푸드 점 앞 마네킹 말이다. 이 마네킹의 실제 모델인 커넬 할랜드 샌더스는 어려운 시간을 딛고 일어선 신화의 대명사.

다섯 살에 아버지를 여의고, 새 아버지에게 구타를 당해 가출했으며, 어렵게 초등학교를 졸업한 뒤 남의 집 일꾼으로 전전했다. 스물아홉 살에 주유소를 차렸다가 실패하고, 서른아홉에 식당을 차렸지만 화재로 알거지가 되고 말았다. 다시 식당을 열어 재기에 성공했지만, 예순네 살에 다시 파산. 이쯤 되면 보통 사람들은 인생을 포기할 만도 하지만, 그는 절망하지 않고 식당을 운영하며 개발한 닭튀김 기술로 프랜차이즈를 만들고자 했다. 그렇지만 노인에게 투자할 사람이 세상 어디 있겠는가. 그는 1천 명이 넘는 투자자들을 만났지만 비웃음만 살 뿐, 아무도 나서는 이가 없었다. 포기하지 않은 그는 마침내 투자자를 만나게 되었고, 그 다음은 우리가 아는 것처럼 켄터키프라이드치킨KFC의 대성공이다.

어려서부터 천재적 재능을 보였던 다산 정약용은 스물일곱 살에 대과에 급제한 후 벼슬길에 올라 정조의 총애를 받았다. 그렇지만 정조가 세상을 떠난 뒤 정권을 장악한 벽파는 남인계 시파를 제거하기 위해 1801년 2월 천주교도들이 청나라 신부 주문모를 끌어들이고 역모를 꾀했다는 죄명을 내세워 신유사옥辛酉邪獄을 일으켰다. 다산도 이로 인해 1818년까지 약 18년간의 유배생활을 하게 되었는데, 아마도 조선시대에 가장 오랜 유배생활을 했을 것으로 보인다. 가장 왕성한 나이라고 할 수 있는 마흔에 유배되어 아무 것도 할 수 없었지만 다산은 좌절하지 않고 독서와 저술에 몰두하여 『목민심서』와 같은 저술을 남겼다. 그의 학문은 대부분 이 시기에 완성되거나 준비된 것이었다.

다산이 세상을 떠난 지 200년이 지났지만 그의 학문은 오늘날 많은 사람들에게 각광을 받고 있다. 만약 다산이 18년의 세월동안 자신의 인생을 비관하거나 실의에 빠져 허송세월을 보냈다면 오늘날 우리가 그를 만날 수 있었을까?

인생은 새옹지마塞翁之馬다. 길흉이 번갈아 오기 때문에 몇 번의 실패와 역경으로 슬퍼할 이유도 없고 몇 번의 성공으로 자만해서도 안 된다. 대기만성이라는 말처럼 때로는 인내하며 기다리는 것도 좋은 방법이다. 미래는 준비된 자에게 손을 내밀듯이, 인내하며 준비하는 자에게 반드시 기회가 오기 마련이다.

아무 것도 하지 않으면서 자신의 미래를 걱정하거나 넋두리로 시간만 보낸다면 어찌 기회가 오겠는가. 어떤 이들은 젊음을 즐긴다는 명목으로 탕진을 하는데, 얼마 지나지 않아 후회로 돌아올 것이 자명하다. 아이러니하게도 인간은 후회할 것을 알면서도 깨닫지 못하는 어리석음을 범하는 경우가 많다.

젊은 시절에 경험하는 모든 것들은 나의 삶에서 스승과 같은 역할을 한다. 좋은 일은 좋은 대로, 나쁜 일은 나쁜 대로 내 삶의 스승이 될 수 있다. 좋은 것을 즐기기만 하고 겸손하지 못하면 결국 나쁜 일로 되돌아 올 것이고, 나쁜 일을 교훈삼지 않으면 같은 일이 닥쳤을 때 그와 똑같은 실수를 할 것이다. 누구에게나 잠시의 어려움은 있을 수 있다. 또한, 때때로 그 어려움이 조금 길어질 수도 있다. 그렇지만 성공과 실패를 떠나서 자포자기自暴自棄하는 사람과 칠전팔기七顚八起의 자세로 임하는 사람의 인생은 다를 수밖에 없다.

온갖 수난과 수모를 겪으며 자신의 길을 꿋꿋하게 걸어온 수많은 선배, 혹은 '멘토'라고 할 만한 사람들의 삶을 돌아보자. 관 뚜껑을 닫기 전에는 아직 인생이 끝난 것이 아님을 명심하자. 고난과 역경은 중차대한 일을 맡기기 위한 하늘의 뜻으로 생각하자. 청춘에게 있어 아직 인생이란 게임은 초반전일 뿐. 결과는 당신에게 달렸다.

4부

세상의 기준이
당신의 기준은 될 수 없다

· 입지 立志 ·

종신지우

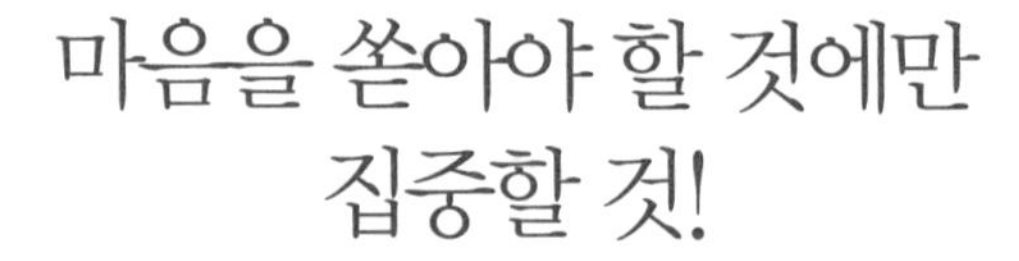

마음을 쏟아야 할 것에만
집중할 것!

終 身 之 憂

마칠 종 　몸 신 　갈 지 　근심 우

종신지우는 "죽을 때까지의 걱정"이라는 뜻. 평생의 근심이 될 만한 일을 걱정하고, 하찮은 일을 가지고 걱정하지는 말라는 의미다. 이 고사는 『맹자』 「이루장구하離婁章句下」 편에서 유래하는데 일부만 인용하면 다음과 같다.

> 군자는 일생 동안의 근심은 있을지언정, 하루아침의 걱정은 없다. 만약 근심하는 바가 있다면 이런 것이 있다. 순임금도 사람이고 나 또한 사람인데, 순임금은 천하에 모범이 되어서 후세에 전해지게 되었고 나

는 여전히 시골 사람을 면하지 못하고 있으니, 이것이 근심할 만한 일이다. 근심한다면 어떻게 할 것인가? 순임금과 같아지려고 할뿐이다. 군자라면 걱정하는 일은 없다. 인이 아니면 하지 않고, 예가 아니면 행하지 않기 때문이다. 만일 하루아침의 걱정이 있을지라도 군자는 걱정하지 않느니라.

『맹자』에는 교훈이 될 만한 글이 많은데 이 부분도 의미심장한 말 가운데 하나다. 보통 사람이 가지는 일조지환一朝之患이란 하루아침에 생겼다가 없어지는 자질구레한 걱정거리를 말한다. 이와 달리 종신지우는 평생을 살면서 이루어야 할 삶의 최종 목표를 근심하는 것이고, 더 나아가 국가와 인류를 위해서 근심하는 것을 말한다. 종신지우를 지닌 사람에게는 일조지환은 큰 의미가 없다. 그럼에도 불구하고 보통 사람들은 일조지환 때문에 고민하고 힘들어 하는데, 이것은 종신지우가 없기 때문에 생기는 현상이다. 죽을 때까지 이루고자 하는 목표가 있다면 일순간의 걱정거리는 절로 사라질 것이다.

공자는 "사람이 먼 데까지 생각하지 못하면 반드시 가까운데 근심이 있다."고 말했다. 삶에 대한 진지한 생각이 없거나 철학이 없는 사람은 항상 의식주에 집착하며 아등바등 살기 때문에 진정한 삶의 의미를 알지 못한다. 이런 사람들은 그저 동물처럼 먹고 사는 일에만 집착한 나머지 좀 더 넓고 큰 세상의 일에 대해서는 도외시한다. 잘 먹고 잘 사는 일은 물론 중요한 일이다. 그렇지만 개인적인 욕망과 부귀를 충족시키기 위해 먹고 사는 일은 진정 잘 먹고 잘 사는 일이 아니다.

대한민국의 정신적 지도자였던 김구 선생의 어머니에 관련된 또 하나의 일화. 김구 선생께서 어머니와 남경에서 지낼 때의 일로, 청년 단원들과 동지들은 김구 선생 어머니의 생신이 다가오는 것을 알고 잔치를 준비하고자 모금을 했다. 이 사실을 눈치 챈 어머니는 청년 단원들과 동지들에게 돈을 직접 자신에게 주면 음식을 장만하겠노라고 말했다. 동지들은 모두 그런 줄 알고 모금한 돈을 모두 어머니께 드렸다. 그런데 어머니는 그 돈으로 음식을 준비하지 않고, 권총 두 자루를 사오셨다. 독립운동을 하는 단원들에게 주기 위한 것이었다. 자신은 쌀독이 비어 제대로 먹지도 못하는 형편임에도 불구하고 나라를 위해 목숨을 바치는 청년 동지들을 잊지 않으신 것이다. 먹고 사는 하루아침의 근심보다 나라의 독립을 한 순간도 잊지 않고 살았다는 것이 바로 종신의 걱정이 아니고 무엇이겠나.

맹자가 말하는 종신지우는 도덕적으로 완성된 인간이 되는 것이었고, 그 대상이 바로 순임금이었다. 흔히 요·순시대로 불리는 태평성세를 이룬 성왕을 본받아서 그처럼 되고자 하는 마음으로 일생을 살아야 한다는 말이다. 그것이 군자요, 선비요, 지식인이 가져야 할 종신지우였던 것.

『사기』에 의하면 "순의 아버지 고수瞽叟는 완고하고, 계모는 어리석었으며, 이복동생 상象은 오만했는데, 이들은 항상 순을 죽이고자 했다. 하지만 순은 자식의 도리도 잃지 않았고 아우에게도 자애롭게 대했다."라고 한다. 한번은 순의 부친인 고수가 순을 죽이고자 작전을 세웠다. 순에게 창고 지붕에 올라가 창고를 수리하도록 하고는 아래에서 불을 질렀는데, 순은 삿갓 두 개를 쓰고 내려와 죽음을 면했다. 그 이후에도 순에게 우물을 파도록 했는데, 순은 미리 옆으로 나올 수 있는 구멍을 만들어 놓았다. 순이 우물에 깊이 들어가자 고수는 상과 함께 흙으로 우물을 메웠지만 순은 미리 만든 구멍을 통해 빠져나올 수 있었다. 순이 이렇게까지 살고자 했던 이유는 무엇일까? 그것은 바로 자신이 죽으면 나머지 가족들이 살인자라는 멍에를 짊어지기 때문이었다. 순은 농사일, 고기잡이, 황하 주변에서 도자기를 굽거나, 날품팔이, 장사 등 닥치는 대로 일을 하여 부모를 봉양하고 동생을 보살폈다.

순의 인품은 매우 훌륭해서 다투는 사람들의 허물을 들추지 않았고, 양보하는 사람을 보면 칭찬하며 본받았다. 자신의 장점으로 남의 단점을 지적하지 않았고, 착한 일을 했다고 남의 나쁜 일을 드러내지 않았으며, 자신의 재능으로 남을 곤란하게 만들지도 않았다. 순은 몸소 실천함으로써 백성들 스스로 감화되어 행실을 바꾸게 했던 인물이었다. 그래서 맹자는 순임금과 같이 되는 것을 죽을 때까지 걱정해야 할 종신지우라고 했던 것이다.

지도자가 되고자 하는 사람은 작은 것에 연연해서는 안 되고, 거시적 안목으로 세상을 바라보며, 평생 동안 안고 갈 근심이 무엇인지 깊이 새겨야 한다. 독수리의 눈을 가진 민족은 흥해도, 벌레의 눈을 가진 민족은 망한다는 말이 있다. 독수리는 30미터 상공에서 땅에 있는 볍씨를 확인할 수 있는 눈을 가지고 있는데 시력으로 환산하면 무려 5.0이라고 한다! 날카로운 눈과 억세고 예리한 발톱과 부리를 가진 독수리는 목표에 대한 집념이 강해서 먹이를 발견하면 번개같이 내려와 끝까지 추격하여 반드시 잡고야 만다. 또한 높은 나무나 벼랑 끝에 집을 짓고 살면서 마치 현실에 안주하지 않는 듯한 모습을 보인다.

멀리 내다보는 안목과 목표에 대한 집념, 현실에 안주하지 않고 큰 날갯짓을 하는 독수리를 생각하며 청춘이 안고 가야 할 종신지우에 대해 고민해 보자. 돈, 권력, 명예. 이것만이 진정한 종신지우일까?

나이가 든다는 것은 또 다른 해석으로는 희망이 사라짐을 의미한다. 설령, 희망이 있다고 하더라도 그것을 실현시킬 시간이 없다. 이때 그들이 후회하는 것은 젊었을 때 좀 더 크고 원대한 꿈을 꾸고 그것을 향해 신나게 달려보는 것이다. 그렇지만 이제 신나게 달릴 힘도 없고 달린다고 해도 얼마 못가 목표도 이루기 전에 삶의 종착지점에 다다른다는 비참한 현실과 마주해야 한다. 그래서 슬프다.

그러나 나이가 든 사람도 결코 멈추지 않는다. 설령 그 목표를 이루기는 어렵지만 그들은 끝까지 도전하고 실패를 경험하는 데 시간을 아끼지 않는다. 나이를 먹은 사람도 꿈을 이루기 위해 멈추지 않는데, 청춘이 무엇이 두려워 자질구레한 근심에 하루하루를 보내며 원대한 꿈을 잊고 사는가! 세상의 모든 걱정은 작은 티끌에 불과하다. 청춘의 진정한 걱정, 즉 종신지우는 원대한 꿈을 갖지 못하고 일생동안 이루어야 할 목표가 없다는 데 있다. 잠시 꿈을 잊고 살았다면 다시 꿈을 꾸라. 그리고 그 꿈이 종신지우가 되도록 하라. 청춘의 꿈이란 그런 것이다.

가계야치

파랑새는 가까이에 있다

家 鷄 野 雉

집 가 　 닭 계 　 들 야 　 꿩 치

가계야치는 "집안의 닭, 들에 있는 꿩"이라는 뜻이다. 가까이 있는 집안의 닭은 하찮게 여기고, 멀리 있는 들판의 꿩만 귀하게 여긴다는 의미. 이 고사는 『태평어람』에 나오는데, 유명한 명필가 왕희지王羲之와 관련 있다.

중국 진나라에 왕희지의 서법과 견줄만하다는 유익庾翼이라는 명필이 있었다. 젊을 때는 왕희지와 명성이 나란했는데, 왕희지에게 배우는 사람은 많았지만 유익에게 배우는 이는 많지 않았다. 형주에 있을 때 지인에게 보낸 편지에서 이에 관한 심정을 토로했다.

"우리 집 아이들이 자기 집안의 닭은 천박하게 여기고 들판의 꿩만 귀중하게 여겨 모두 왕희지의 서법을 배우고 있으니, 이것은 아마 나를 왕희지보다 못하다고 여겨서 그런 것 같네."

가계야치는 '가까운 데 있는 것의 소중함을 알지 못하는 어리석음'을 꼬집고 있다. 귀중한 것은 늘 가까이에 있지만, 너무 가까이 있어서 그 소중함을 모르는 경우가 많다. 본말전도. 사람들은 종종 본말을 전도시키며 사는 경우가 많지 않은가.(내 것보다 남의 것이 좋아 보이고, 내 아이보다 이웃집 아이가 언제나 더 공부를 잘하는 것 같고, 심지어 내 배우자보다 다른 여자들이 더 예쁘게 보이기도 한다!) 이것은 당연한 것이 아니라, 가까운 사람의 아름다움을 잊고 살기 때문에 생기는 '병'이다.

'에티켓'을 지키라고 하면 뭔가 그럴 듯한 표현 같은데, '예의'를 지키라고 하면 왠지 나이든 사람이 사용하는 구닥다리 표현 같다. 따지고 보면 두 단어는 모두 같은 표현인데 왜 그런 인식을 갖게 됐을까. 아마도 서양 것은 좋고 세련되며, 우리 것은 그에 비해 덜 좋게 보이고 구질구질하다는 기본 인식이 저변에 깔린 것이지 않을까. 가계야치는 다양한 분야에서 사용될 수 있는 고사다. 그렇지만 이 자리에서는 우리 삶에서 '사랑의 가치'를 일깨우는 의미로 이야기해보려고 한다.

이제부터 사랑하는 사람을 생각하며 이 글을 읽기를. 사랑의 유효기간은 짧으면 18개월, 길게는 30개월이라고 한다. 그렇지만 엄밀히 따지면, 이 유효기간은 사랑이 식는 경우이기도 하지만, 사실은 안정을 찾아가는 시간이라고 한다. 이러한 사실을 잠시 잊고 사랑이 식었네, 사랑이 변했네 하며 배우자를 들들 볶는 사람도 있고, 밖으로 눈을 돌리는 사람도 있다.(만약, 밖으로 눈을 돌리는 사람이 있으면 '산토끼 잡으려다 집토끼를 잃게 되는' 어리석음을 범하게 될 것이다!) 사랑이 느껴지지 않을 때는 밖으로 눈을 돌리지 말고 잠시 자신을 냉정히 돌아보아야 한다. 자신이 인간인지 동물인지, 어느 쪽에 가까운지 고민을 해보아야 한다. 스스로 진정한 인간이라는 결론에 도달하면, 그때 다시 사랑이라는 파랑새가 보일 것이다.

숫양은 같은 암양에게는 5회 이상 사정하지 하지 않는다고 한다. 그러나 매번 새로운 암컷으로 바꿔주면 열두 번째 암양에게도 거의 같은 횟수의 사정을 하는 것으로 알려졌다. 이러한 현상은 대부분의 포유류에서 나타나는데, 인간도 동물이라고 한다면 마찬가지일 것이다. 수컷이 동일한 암컷과 계속 교미를 하면 결국은 지치게 되지만, 다른 암컷을 만나면 곧바로 힘을 내서 교미를 할 수 있게 되는 것을 쿨리지 효과Coolidge Effect라고 한다. 인간의 경우 쿨리지 효과는 바람을 피거나 혼외정사로 나타나기도 한다. 본능으로만 본다면 인간도 한낱 동물에 지나지 않는다. 그래서 새로운 것에 대해 관심을 보일 수도 있다. 그렇다고는 하지만, 인간이 동물과 같을 수는 없지 않겠는가. 행동은 동물같이 하면서 인간대접을 받으려고 한다면 이는 모순일 것이다. 사랑의 유효기간에 따른다면, 새로운 사랑도 지난 사랑과 마찬가지일 것이다. 얼마 지나지 않아 마치 아이들이 새로운 장남감에 대해 관심을 보이는 것처럼 시들해질 것이 분명하다. 성숙한 어른이라면 적어도 아이와는 달라야 하지 않겠나.

하버드대학교 출신의 교수이자 심리학자이며 작가인 소냐 류보머스키는 자신의 저서 『How to be happy: 행복도 연습이 필요하다』에서 행복을 결정하는 요인으로 유전적 요소 50퍼센트, 의도적 활동 40퍼센트, 환경적 요소가 10퍼센트를 차지한다고 말하고 있다. 인간은 개인마다 서로 다른 지성, 성격, 행동양식을 가지고 있으며 그에 맞는 것을 찾고 개발하는 것이 가장 중요하다는 뜻이다. 남이 하는 것만 따라하고, 남의 것만 좋게 보이는 어리석음은 이제 버려야 한다. 40퍼센트에 해당하는 의도적 활동은 스스로 변화시킬 수 있는 힘이 그만큼 크게 존재한다는 것을 의미한다. 행복은 부단한 노력과 자신의 의도에 따라 얻어질 수 있는 것이지, 가만히 앉아서 주어지는 것이 결코 아니라는 말이다.

내 곁에 있는 파랑새를 잊고 있었다면 다시 찾아야 할 것이다. 삶의 동반자요, 응원군이 항상 가까이에 있음을 망각하지 말고 그들의 소중함을 다시 찾으려고 애써야 한다. 행복을 찾는 일은 어렵고 힘든 것이 아니다. 소중한 것을 소중하게 여길 줄 아는 마음과 작은 실천만 있으면 충분하다. 하루하루 미루고 또 미루면 어떠한 것도 성취할 수 없다. 지금 당장, 내 곁의 파랑새를 찾는 연습을 시작하자. 어려운데 정답이 있는 것이 아니라 평범하고, 내가 시시하다고 생각하는 바로 그곳에 정답이 있다.

스스로 불행하다고 생각하는 원인은 대부분 가까운 곳에서 행복을 찾지 않기 때문에 생긴 것들이다. 왜 자신은 늘 불행하고, 남들은 늘 행복하다고 여길까? 남의 것에 눈을 돌리기 전에 자신이 가진 것이 무엇인지 먼저 살피는 지혜를 발휘해 보자. 다른 사람에게 보물이 있다고 한들, 그것이 내게 무슨 소용이란 말인가! 내 안의 보물을 찾고 내 주변의 보물을 찾아 그 소중함을 다시 생각해볼 때 비로소 모든 것을 새롭게 바로 세울 수 있을 것이다.

스스로 동물이 되고 싶거나 아이가 되고 싶은 사람은 자기 집 닭을 버리고 들에 널린 꿩을 찾아 바보처럼 길을 떠날 것이다. 진정한 어른이라면 가까이 있는 나만의 파랑새를 소중히 여기고 사랑할 줄 아는 현명한 사람이 되어야 한다. 당신이 행복할 수 있는 길은 지금, 바로 여기에 있다. 당신 가까이에 있는 닭이 바로 당신의 행복을 좌우하는 꿩이다. 그러니 밖에서 꿩을 찾으려고 하지 말기를. 파랑새는 언제나 당신 가까이에 있다.

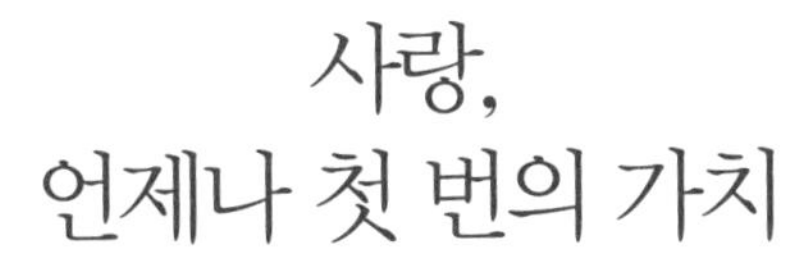

家 徒 四 壁

집가 다만도 넉사 벽벽

가도사벽은 "집안에 있는 것이라고는 네 벽밖에 없다"는 뜻으로, 찢어지게 가난한 사람을 말한다. 이 고사는 『사기』의 「사마상여열전司馬相如列傳」에 나오는데 내용을 요약하면 이렇다.

중국 서한西漢 시대의 문인 사마상여司馬相如가 벼슬을 버리고 고향으로 내려갔지만 집이 가난해서 도저히 먹고 살 방법이 없었다. 그때 평소 알고 지내던 임공臨邛의 현령 왕길王吉이 사마상여를 불러 그곳에 가서 지내게 되었다. 당시 임공에는 부자가 많았는데, 그 가운데 탁왕손卓王孫이라는 부자가 왕길과 사마상여를 초대해 잔치를 베풀었다. 왕길과 사마상여가 연이어 거문고를 연주했는데, 이 모습을 지켜보고 있던 탁왕손의 딸인 탁문군이 그만 사마상여에게 반하고 말았다. 그런데 이 일은 왕길과 사마상여가 미리 사전에 공모하여 탁문군의 환심을 사기 위한 계획 중 하나였다. 사마상여와 탁문군은 첫눈에 반해 사랑에 빠졌다.

아버지 탁왕손의 반대에도 불구하고 두 사람은 야반도주하여 성도에 있는 사마상여의 집으로 갔다. 도착해보니 너무나 가난했던 사마상여의 집에는 아무것도 없고 집은 말 그대로 네 벽만 세워져 있을 뿐이었다. 그렇지만 탁문군은 실망하지 않고 함께 술집을 차려 먹고 살았다. 두 사람은 가난했지만 사랑하는 마음 하나로 서로 믿고 의지하며 살았다. 그렇게 지내다 당시 황제였던 무제가 사마상여의 글을 좋아하여 벼슬을 주었고 탁왕손도 비로소 사위를 인정하게 되었다.

대체 얼마나 가난했으면 집이 네 개의 벽뿐이라고 말할 수 있을까? 그럼에도 불구하고 첫눈에 반한 여자를 데리고 도망갈 생각을 한 남자도 대단하고, 그런 남자를 따라서 자신의 일생을 맡긴 여자도 참으로 대단하다. 어디서 그런 용기가 났을지는 모르겠지만 사랑의 힘이란 위대한 것임에 틀림없다! 상황이 저 지경인데 앞뒤 따지지 않고 사랑만으로 살 사람이 과연 얼마나 될까?

요즘 텔레비전 드라마는 천편일률적인 내용으로 가득 찬 '막장'이 대부분이다. 평범한 사람에게는 현실가능성 없어 보이는 실타래처럼 꼬인 가족관계도 그렇고, 현실에서는 좀처럼 보기 힘든 으리으리한 집과 권력의 암투 속에서 이기적으로 살아가는 금수만도 못한 인간의 모습은 구역질까지 나게 한다. 게다가 그런 드라마 속 세상에서는 사랑이라는 숭고한 가치도 돈으로 사고파는 물건으로 둔갑한 지 오래다. 너무 쉽게 사랑하고 헤어지는 것은 말할 것도 없고, 사랑을 거래하는 작태를 소재로 하는 드라마는 인간의 본질을 외면한 것처럼 보여 마음이 편치 않다. '보통' 사람들의 '평범한' 이야기는 왜 드라마의 소재가 되지 못하는 것인가? 자극적이고 일상에서 일어날 것 같지도 않는 막장 소재가 사람들의 관심을 끌고 시청률을 높이기 때문일까?

내로라하는 재벌2세와 아름다운 배우가 만나 화려하게 출발했다가 어느 날 파경을 맞이하는 것을 심심치 않게 볼 수 있는 세상이다. 이들의 결혼이 진정한 사랑에 의한 것이라면 아마 쉽게 파경에 이르지는 않았을 거라고 생각한다. 한쪽은 사랑보다 아름다운 껍데기를 선택했고, 다른 한쪽은 돈을 선택했다면 위기에 처했을 때 그들을 지켜줄 끈이 없었을 것이다. 근본적인 것은 사랑이고, 재물이나 외모는 말단인데 근본과 말단을 뒤바꾸면 결과는 참담하게 될 것이 분명하다는 것을 모르고 저지른 결과다.

연애와 결혼을 분리해서 "연애 따로 결혼 따로"라고 말하는 청춘들이 있다. 그들에게 연애는 본능에 충실한 행위일 뿐이고, 결혼은 현실적 거래다. 그래서 감히 말하는데, 결혼을 현실이라고 말하는 청춘은 비겁한 사람들이다. 청춘들이 그런 비겁한 마음으로 산다면 세상은 너무나 슬픈 늑대들의 싸움터가 될 것이다. 자신의 배를 채울 먹이만 찾아서 헤매는 늑대처럼 돈과 명예를 담보해줄 사람을 찾아 결혼한다고 과연 행복할까.(라고 말한다면 너무 '꼰대' 같을까.)

사랑은 자신의 모든 것을 내걸 수 있는 진실하고 아름다운 것이어야 한다. 설령 가진 것이 없을지라도 구애받을 이유는 없다. 사랑하는 사람을 위해서는 무엇이든 할 각오를 할 수 있을 때 그것이 진정한 사랑이라고 할 수 있기 때문이다. 만약 사랑하는 사람이 있음에도 자신의 삶에 최선을 다하지 않는 사람이 있다면, 그것은 사랑이 아닐 것이다. 단칸방에 살면 어떻고 월세에서 시작하면 어떤가.

한창 불같은 사랑을 시작한 청춘들은 때와 장소를 가리지 않고 사랑을 표현한다. 남의 눈을 의식할 필요도 없고, 구질구질한 조건은 더욱 생각하지 않는다. 그 순간은, 오직 사랑 하나만으로 충분하기 때문이다. 그런데 시간이 지나면서 사랑도 변하고 상대의 조건이 눈에 들어오기 시작한다. 그렇게 고민이 무럭무럭 싹튼다. 이럴 때는 물론 충분히 시간을 갖고 고민해야 하겠지만, 그 고민의 결과가 자신의 행복을 좌우한다는 사실도 잊지 말아야 한다. 부모의 반대, 좋은 조건을 가진 사람과 결혼하는 주변 친구들과의 비교, 미래에 대한 불안감 등이 앞선다면 고민의 결과야 불 보듯 뻔하지 않겠나. 그런 사람은 온전한 사랑을 할 수 없다고 감히 말하겠다. 속물근성을 가진 사람에게 사랑은 사치품에 지나지 않기 때문이다.

타인에게 보이기 위해서 화려한 자동차를 몰고, 명품 가방을 들고 다니는 사람은 배우자도 그런 장식품으로 보고 있을 것이다. 이런 사람에게 자신의 미래를 맡기거나 부장품이 되고자 하는 사람을 굳이 말리고 싶은 생각은 물론 없다. 그렇지만 진정한 행복이나 사랑을 바라는 사람이라면 배우자를 장식품으로 생각해서는 안 된다.

1979년에 〈맨발의 청춘〉이라는 영화가 세상에 나와 많은 사람들에게 각인되었다. 이후 드라마와 노래 제목으로도 사용되었다. '맨발'이라는 말은 청춘의 상황을 가장 잘 드러낸 표현이었다.

맨발은 아무 것도 없는 사람을 뜻하기도 하지만, 맨발이기에 꽃신을 신을 수도 있고 멋진 구두를 신을 수도 있다. 맨발은 무한한 가능성을 지닌 단어다. 지금 당장은 맨발이지만 그들에게는 미래를 예측할 수 없는 꿈이 있다. 그렇기 때문에 꿈을 실현하기 위해 질주하고 온몸을 던지는 사람과는, 비록 그가 맨발일지라도 사랑을 시작해도 좋을 거라고 말해주고 싶다. 그가 현재 아무 것도 없는 빈털터리라도 말이다.

현실은 자신이 가진 젊음과 용기가 좌우한다. 사랑을 버리고 돈을 선택한 결과가 얼마나 헛된 것인지 직접 경험하지 않은 사람은 모른다. 그렇지만 누구나 그런 선택을 하는 것은 아니다. 돈을 버리고 사랑을 선택하는 용기 있는 청춘도 물론 많다. 비겁한 선택을 하고 평생을 후회하지 말고 진정한 사랑의 도피를 할 수 있는 용기를 발휘하는 사람도 많다. 사랑이 무엇보다 맨 처음이어야 함을 아는 사람도 마찬가지로, 많다. 참 따뜻하고 대단한 사람들이다. 근사한 청춘들이다.

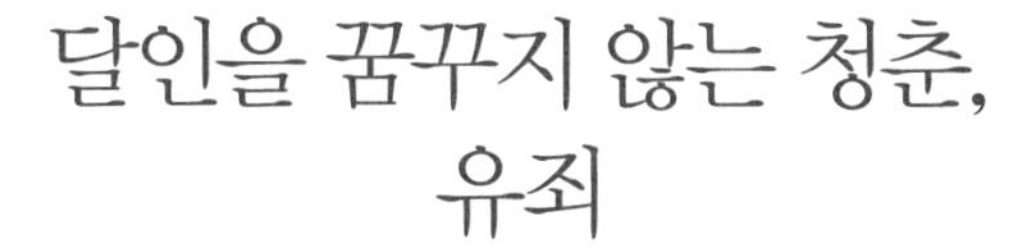

庖 丁 解 牛

부엌 포 고무래 정 풀 해 소 우

포정해우는 "포정이 소를 해체한다"라는 뜻으로, 기술이 매우 뛰어난 것을 말할 때 사용하는 고사다. 이 고사는 『장자』 「양생주養生主」 편에서 유래하는데, 포정은 요리를 잘하는 사람의 이름이고, 해우는 소를 잡아 살코기와 뼈를 구분하는 것을 의미한다.

포정이 문혜군을 위하여 소를 잡았다. 그런데 그 손이 닿는 곳이나 어깨로 받치는 것이나 발로 밟는 것이나 무릎으로 굽히는 모양이나 칼질하는 모습이 음률에 맞지 않음이 없었다. 마치 상림의 춤에 합치되고 경수의 장단에도 맞는 것 같았다. 문혜군이 이를 보고 말했다.

"아! 대단하구나. 기술이 어찌 이런 경지까지 이르렀는가?"

포정이 칼을 놓고 말했다.

"제가 좋게 여기는 것은 도道입니다. 그것은 기술보다 뛰어난 것입니다. 제가 처음 소를 잡을 때는 눈에 보이는 것이 모두 소뿐이었습니다. 3년이 지난 뒤에는 소의 전체 모습이 보이지 않았습니다. 지금은 제가 마음으로 소를 볼 뿐 눈으로 보지 않습니다. 감각을 멈추고 마음이 가는 대로 움직일 뿐입니다. (중략) 훌륭한 포정은 1년에 한 번 칼을 바꾸는데 그것은 살을 베기 때문입니다. 보통의 포정은 한 달에 한 번 칼을 바꾸는데 그것은 뼈에 칼이 부딪히기 때문입니다. 지금 저의 칼은 19년이나 사용했고 수천마리의 소를 잡았지만 칼날은 마치 방금 숫돌에 간 것 같습니다. 저 뼈마디에는 틈이 있고 칼날에는 두께가 없습니다. 두께가 없는 것을 틈으로 집어넣으니 넓어서 칼날을 움직이는 데도 여유가 있습니다. 이 때문에 19년이나 사용했지만 칼날은 마치 방금 숫돌에 간 것 같습니다."

문혜군이 말했다.

"훌륭하구나. 내가 포정의 말을 듣고 양생의 도를 터득했구나."

장자는 정말 재밌는 사람이다. 자유롭고 호방한 성격과 풍부한 상상력이 없다면 이런 이야기를 만들 수 없을 것이기 때문이다. 그래서 『장자』에 나오는 우화는 매우 흥미롭고 이야기가 넘쳐 읽기에 지루하지 않다.

포정이 칼로 소를 잡는 방법은 논리적으로 가능한 이야기지만 실제는 불가능한 이야기다. 틈이 있는 곳에 두께가 없는 칼날을 집어넣으면 자유자재로 움직일 수 있고 칼날이 상하지 않게 되어 오래 쓸 수 있는 것은 사실이지만, 뼈와 살 사이에 있는 틈보다 가늘고 날카로운 칼이 어디 있을 수 있겠는가. 그런데 장자의 이야기에 모순이 있음을 지적하는 것은 장자가 말하고자 하는 뜻과 거리가 멀다. 귀신같은 재주를 자랑하고자 하는 것이 아니기 때문이다. 이 고사는 훌륭한 기술에 관한 이야기로 보일 수 있지만, 실은 도道에 대한 이야기를 하고 있다. 기술이란 반복해서 익히면 어느 정도의 경지에 이를 수 있지만, 도의 경지에 오르는 것은 쉬운 일이 아니라는 뜻이다.

'생활의 달인'이라는 TV 프로그램을 보면 최고의 기술을 터득한 사람들이 출연하는데, 대부분 오랜 시간 한 분야에서 최선을 다하며 연구하고 문제점을 파악한 다음 다시 도전해서 최고의 경지에 오른 사람들을 다루고 있다. 끊임없는 반복과 끈질긴 인내심으로 기술을 터득했지만, 그들이 도를 터득했는지는 알 수 없다. 그렇지만 적어도 자기 분야에서 최고의 자리에 오를 때까지 부지런하고 성실하게 살아온 것만은 분명하다. 달인이 되기까지 얼마나 많은 노력과 시간이 필요했을지 짐작도 가지 않지만, 그런 사람은 많지 않다는 것만은 분명히 알고 있다. 그래서 달인은 보통 사람이 아니다.

평범하게 사는 것도 하나의 삶이고, 남과 다른 삶을 사는 것도 하나의 삶이다. 무엇을 선택하든 그것은 모두 자신의 몫이지만 적당히 사는 사람이 성공하는 일은 매우 드물다. 물론 그렇게 산다고 해서 의미가 없다는 것은 아니다. 모나지 않고 둥글둥글하게 사는 것과 적당히 사는 것은 분명 다르다는 말을 하고 싶은 것이다. 어떠한 경우에도 최선을 다하지 않고 겨우 면피만 하는 삶이라면, 환영받지 못하고 즐거운 삶도 될 수 없다. 행복을 원하거나 남보다 좋은 삶을 살고자 한다면 적당히 사는 것은 금물이다.

자신에게 주어진 분야에서 최선을 다하는 삶을 살기 위해 달인의 세계로 들어가 보자. 달인이 되기까지 얼마나 많은 피와 땀을 흘리고 얼마나 많은 시간이 소요될지 알 수 없지만 최고가 되는 순간까지 멈추지 말고 지속해 보는 것이다. 어느 분야든 최고가 된다는 것은 결코, 쉬운 일이 아니다. 남보다 많은 시간과 노력을 투자하고, 수많은 시행착오를 극복한 사람만이 최고의 달인이라는 칭송을 들을 자격을 가진다. 작심삼일처럼 중도에 포기하는 사람도 많고, 실패를 이겨내지 못하고 좌절하는 사람도 많다. 반복 그리고 또 반복, 실패 그리고 또 실패를 반복하면서 최고가 되는 것이다.

산의 정상에 오르기까지 얼마나 많은 바위와 비탈길을 걸어야 할까. 돌부리에 걸려 넘어지고 깨져도 다시 일어서서 정상을 향하는 여정은 인간의 삶과 매우 닮았다. 힘겹게 올라 마침내 도달한 정상에서 누리는 행복과 여유는 끈질긴 고통을 감내한 사람들에게 주어진 선물이다. 땀에 젖은 모습도, 힘들었던 시간도 어느새 사라지고 상쾌하게 부는 바람에 몸을 맡기고 가슴을 펼치며 정상에 오른 사람만이 느끼는 환희를 만끽한다. 그리고 그의 얼굴에서는 최고의 경지에 오른 사람만이 갖는 여유와 겸손함이 잔잔하게 보인다.

청춘은 지금 어떠한 달인을 꿈꾸고 있는가? 날다람쥐처럼 여러 가지 재능은 있지만 어느 것 하나 잘하는 것이 없는 스펙 쌓기의 달인은 아닌가? 벌써부터 달인이 되기보다는 평범한 길을 선택하려는 것은 아닌가? 인생은 스스로 정복하려는 자의 것이다. 그 세계로 걸어 들어가라. 당신은 분명 남과 다른 사람이 될 것이다.

죽두목설

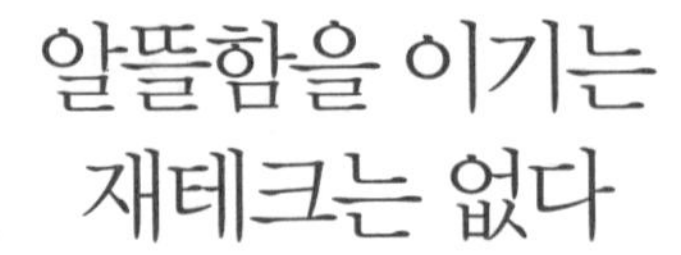

竹 頭 木 屑

대죽　머리두　나무목　가루설

죽두목설은 "대나무 조각과 나무 가루"라는 뜻이다. 쓸모없다고 생각한 것도 소홀히 하지 않으면 나중에 요긴하게 쓰인다는 말로, 알뜰함을 의미한다. 이 고사는 『진서晉書』「도간전陶侃傳」에서 유래한다.

진晉나라에 도간陶侃이라는 사람이 있었는데, 그는 바로 도연명의 증조부로 벼슬을 하면서도 매우 검소하게 살았다. 젊었을 때 연못을 관리하는 일을 맡았는데 절인고기를 몇 마리 가져와서 어머니에게 드렸다. 그러자 어머니는 먹지 않고 그를 꾸짖으며 말했다.

"네가 나라의 소유물을 집에 가져오다니 내 마음이 매우 슬프구나."

훗날, 도간은 광주자사廣州刺使를 지내게 되었는데 일이 없을 때도 매일 벽돌을 옮기며 한가하게 놀며 보내지 않았다고 하고, 무슨 일을 하든 항상 절약하는 습관이 몸에 배어 있었다. 한번은 배를 만들게 되었는데 배를 만들 때 남은 나무 가루와 대나무 조각을 버리지 말고 모두 모아두도록 명령했다. 아무도 도간을 이해하지 못했다.

새해가 된 어느 날, 모임이 있었다. 눈이 쌓인 후 날이 개자 청사가 온통 진흙탕이 되고 말았다. 이에 도간이 준비해 둔 나무 가루를 땅에 뿌렸다. 그리고 환온桓溫이 촉蜀 땅을 정벌할 때는 도간이 저축해두었던 대나무 조각으로 못을 만들어 배를 제조하는데 사용했다. 도간은 일을 처리하는 방식이 모두 이와 같이 치밀했다.

대나무 조각이나 나무 가루는 사실 별 쓸모가 없는 물건이기 때문에 특별한 경우가 아니라면 사용할 곳도 없다. 그런데도 버리지 않고 적절한 용도에 사용한 것은 검소한 것은 물론이거니와 지혜롭다고밖에 이야기하지 않을 수 없다.

한때 소비가 미덕이라는 말이 유행하던 시대가 있었다. 그렇지만 지나친 과소비나 쓸모없는 낭비는 어느 때라도 바람직한 것은 아니다. 소비할수록 인간의 욕망은 더 커지게 되는데, 나중에는 습관으로 굳어지기 때문이다.(어쩌면 다른 곳에서 채우지 못한 헛헛함을 소비로 채우는 것일지 모르겠다.)

청춘은 아직 경제적으로 여유롭지 않기 때문에 소비가 미덕이라는 말을 맹신하면 매우 곤란하다. 이들은 가야할 길이 멀고 준비해야 할 것이 많다. 자신이 소비하고 싶은 것들을 무조건 구입하거나 분수에 맞지 않는 것들을 소유하고자 하는 것은 미래를 암울하게 만드는 장애물일 뿐이다. 아직도 많은 사람들이 절약을 미덕으로 생각하며 저축을 생활화하고 있다.

조선시대의 유명한 재상이었던 황희와 이원익은 청렴함의 대명사로 검소하게 생활했던 인물로 유명하다. 이들은 집에 비가 새도 아랑곳하지 않고 백성들에게 부끄럽지 않은 정승으로 깨끗한 마음을 지니고 살았다.

황희는 조정에서 퇴청한 뒤 갑자기 임금이 부르자 한 벌밖에 없던 옷을 빨아서 입고갈 옷이 없게 되자 홑이불을 꿰매어 입고 조정에 나갔다고 한다.

이원익은 추운 겨울날 다 떨어진 여름옷을 입고 추위에 벌벌 떨면서 조정회의에 참석했다고 한다. 임금이 부들부들 떨고 있는 이원익을 보고 까닭을 물어도 아무 말도 하지 않았는데, 회의가 끝나고 돌아서 가는 뒷모습을 보고 선조는 그 이유를 알게 되었다. 다른 신하들은 모두 따뜻한 솜옷을 입었는데 이원익만 여름에나 입는 홑바지를 입고 천조각이 헤져 떨어져나간 구멍 사이로 속옷에 바람이 스며들고 있었던 것이다. 광해군 때는 여주에서 귀양살이를 했는데, 정승의 신분에도 불구하고 직접 돗자리를 만들어 팔았다고 한다. 그런데 촌장의 부인이 죽자 직접 장례를 치러 주는 정성을 보이기도 했다. 평소 검소한 생활을 통해 백성들을 돌보고자 하는 마음이 정승의 마음이었을 것이다.

아시아 최고의 부자로 알려진 창장長江 그룹 회장 리자청李嘉誠은 검소하기로 널리 알려진 인물인데, 항상 겸손한 자세로 직원들을 보살피고 회사 구내식당에서 밥을 먹었다고 한다. 대대로 선비 집안에서 성장했고, 아버지로부터 남에게 피해를 주지 말라는 교육을 받고 자랐던 그는 어려서 부친을 잃고 어린 나이에 가장이 되었다.

리자청은 근검절약하는 정신과 겸손한 자세로 사업에 성공해 홍콩 전체 주식의 26퍼센트나 가진 인물이 되었다. 홍콩 사람들은 대부분 그가 만든 건물에서 살고, 그가 소유한 마켓에서 생활용품을 구입한다고 해도 지나친 말이 아니라고 하니, 홍콩은 그의 제국이라 해도 과장이 아닌 듯하다.

비가 내리던 어느 날, 리자청은 차에 타려다가 동전을 떨어뜨렸다. 비가 오는데도 불구하고 차에서 내려 동전을 주우려고 하는 순간 호텔 종업원이 다가와 동전을 주워 주었다. 그러자 리자청은 종업원에게 10달러를 팁으로 주면서 말했습니다.

"당신이 줍지 않았다면 이 동전은 빗물에 씻겨 내려가 낭비될 뻔했습니다. 하지만 내가 당신에게 주는 이 10달러는 낭비되지 않을 겁니다."

동전 한 닢도 소중하게 여기는 리자청은 10년 된 양복을 입고 다니고, 식사할 때는 반찬 네 가지가 전부라고 한다. 그리고 이러한 습관을 60년 동안 지켜오고 있다고 하니, 가히 엄청난 부를 소유할 만한 인품과 자세를 가졌다고 할 수 있다.

젊은 사람들 대부분이 여전히 절약을 실천하며 검소한 생활을 하고 있다. 그러나 대나무 조각을 모아서 사용할 만큼 악착같은 마음으로 사는 사람은 드물 것이다. 그저 자신이 할 수 있는 정도에서 절약하며 평범하게 사는 것이 보통이다.

어느 정도 나이가 들면 차를 구입해서 타거나, 심심찮게 해외여행을 즐기기도 하고, 골프를 치거나 화려한 취미생활을 갖기도 한다. 유명 브랜드 옷을 입고 가방을 들어야 남들에게 무시당하지 않는다고 생각하기도 하고, 매일 밥 한 끼 값에 해당하는 커피를 몇 잔씩 마시며 아무렇지 않게 살아간다. 남들도 누구나 그렇게 살기 때문에 절약해야 한다는 마음을 갖지 못한다.

이러한 생활이나 삶이 나쁘다는 말은 아니다. 대신 자신이 원하는 목표와 꿈을 이루기 위해서는 청춘시절 고통은 감내할 필요가 있다는 말을 하고 싶다.

세상에 알뜰함을 이기는 재테크는 없다. 명품 가방을 들어야 인격이 높아지고, 사람들이 우러러 보는 것은 아니지 않은가. 모으고 모아 오로지 부자가 되기 위한 삶의 목표를 가지라는 말도 물론 아니다. 그렇지만 검소함은 여러 가지 면에서 바람직한 것이다.

자신의 소비생활 패턴을 돌아보고 무엇이 낭비되고 있는지, 쓸모없는 것은 무엇인지, 재활용할 수 있음에도 버리는 것은 없는지, 소유하려는 욕망이 습관처럼 자리 잡은 것은 아닌지 한번쯤 진지하게 생각해야 한다. 청춘은 시간도, 돈도, 마음도 함부로 소비해서는 안 되기 때문이다.

군자피삼단

모서리에 걸려
피 흘리지 않게 조심하라

君 子 避 三 端

임금 군　아들 자　피할 피　석 삼　끝 단

군자피삼단은 "군자에게는 세 가지 피할 것이 있다"라는 말로, 붓끝, 칼끝, 혀끝을 조심하라는 의미. 이 고사는 『한시외전韓詩外傳』에서 유래한다.

새 중에서는 아름다운 깃털과 갈고리 같은 부리를 가진 새를 피하고, 물고기 중에는 입이 크고 아랫배가 살찐 것을 피하고, 사람 가운데서는 말솜씨가 좋고 말수가 많은 사람을 피한다.

그러므로 군자도 세 가지 피할 것이 있는데 문사文士의 붓끝, 무사武士

의 칼끝, 변사辯士의 혀끝이 바로 그것이다.

군자는 덕이 있는 선비를 가리키는 말인데, 매사 신중하고 타인을 배려하는 마음으로 실천하며 살아가는 사람을 말한다. 군자에게는 대적할 사람이 드물다. 그럼에도 불구하고 군자가 피할 정도로 조심해야 할 것이 세 가지나 있다는 것이다.

첫째, 문사의 붓을 조심하라! 이는 문사가 글로 사람을 평가하기 때문이다. 문사의 붓끝에서 한 사람의 인생이 평가되기도 하고, 글로 사람을 죽이기도 한다. 군자의 언행이 붓끝에 달린 셈. 의도적으로 헐뜯기 위한 글이 아니라면 군자는 어떠한 글도 두려워하지 않을 것이지만, 군자가 옳은 행동을 한다고 해서 모두 정당하게 평가받는 것은 아니다.(세상일이 언제나 정의롭게만 흘러가는 것이 아니라는 것은 누구나 알고 있지 않은가!) 따라서 후대에 길이 남을 문사의 붓끝은 항상 조심하고 경계해야 할 일인 것이다.

둘째, 무사의 칼끝을 조심하라! 힘을 과시하거나 용맹함을 내세우는 사람을 조심하라는 의미로 해석할 수 있다. 덕을 갖춘 사람이 힘을 갖춘 사람과 어울리는 일이 별로 없었다. 그렇지만 문文과 무武는 선비도 겸비해야 했던 덕목이었기에 힘을 내세우지 말고 경계하라는 의미로 보인다. 흔히 하는 말로, 남자는 주먹을 조심하라고 한 것이 바로 이러한 의미와 상통한다.

셋째, 변사의 혀끝을 조심하라! 이는 말솜씨로 사람을 현혹시키기 때문에 그의 구설수에 오르면 군자라도 당해낼 재간이 없기 때문이다. 그래서 공자도 말을 교묘하게 잘하고 얼굴빛을 잘 꾸미는 교언영색巧言令色하는 사람들을 어질지 못하다고 하여 경계하라고 했다. 세치 혀에서 나오는 그릇된 말은 정말 무섭다. 예로부터 말에 대한 격언이나 고사가 많은 것도 이러한 이유 때문. 교묘하게 말을 만들거나 허위 사실을 유포하는 사람들은 항상 경계해야 할 대상이다.

'엣지edge'라는 말이 있다. 본래 가장자리, 끝, 모서리를 뜻하는 영어 단어인데 최근에는 '개성 있다' '완벽하다' 등의 의미로도 사용되고 있다. 직선이나 원형에서 튀어나온 부분은 쉽게 눈에 띄기 때문에 옷차림새나 성격이 톡톡 튀거나 개성이 강하면서 빈틈이 없는 것을 가리키는 말로 변형되어 사용되고 있다. 그렇지만 이렇게 긍정적 의미로 사용하는 엣지라는 말은 본래 다치기 쉬운 뾰족한 끝을 나타내는 말이라는 점을 상기할 필요가 있다. 책상 모서리에 부딪치면 멍이 들면 그만이고, 뾰족한 칼끝에 스치면 약간의 피가 나면 그뿐이지만, 날카로운 말이나 위험한 무기에 다치면 그 상처는 쉽게 치유되지도 않고 회복하기도 어렵다.

낭중지추囊中之錐라는 말을 아는가. 주머니 속에 감춰진 송곳이라는 뜻으로, 재능이 뛰어난 사람은 숨어 있어도 저절로 남의 눈에 띄게 된다는 말. 의미는 조금 다르지만 엣지와 낭중지추는 누구든 또는 어느 곳에서든 쉽게 알아볼 수 있다는 공통점이 있다. 눈에 잘 띄는 존재이므로 더욱 신중해야 한다는 뜻이다.

이제 자신의 삶에서 피해야 할 '끝'은 무엇인지 한번 생각해보는 것이 어떤가. 자신이 다른 사람을 여기저기 멍들게 만드는 책상 모서리인지, 아니면 사람들의 혀끝인지를 판단해 보자. 그리고 그 끝이 항상 외부에 있는 것이 아니라 자기 내면에 있거나 자신의 습관에 있는 것은 아닌지도 생각해봐야 할 것이다. 외부에 있는 뾰족한 물건이나 모서리는 눈에 보이니 쉽게 피할 수 있지만, 내면에 잠재된 모서리는 눈에 보이지도 않으니 피하기 어려운 법. 개성도 좋고 통통 튀는 것도 좋지만, '모난 돌이 정 맞는다'는 속담을 가슴에 품고, 신중하자. 앞으로 나아가는 길에 모서리에 걸려 피 흘리지 않으려면 항상 끝을 조심해야 하겠다.

등용문

이제,
용문에 오를 각오가 섰는가!

登 龍 門

오를 등 　용 룡 　문 문

등용문을 직역하면 "용문에 오른다"라는 뜻. 입신출세의 관문을 가리키는 표현으로 사용된다. 이 고사는 『후한서後漢書』 「이응전李應傳」에서 유래하는데, 요약하면 다음과 같다.

후한後漢 말 환제桓帝 때, 환관들이 활개를 치던 시절에 이응이라는 정의로운 사람이 있었다. 그의 자는 원례元禮였으며, 여러 벼슬을 거쳐 승진하다 환관의 미움을 받아 하옥 당하고 말았다. 그러나 유력자의 추천으로 치안을 담당하는 사예교위司隸校尉가 되어 전횡을 하는 환관 세력과 맞서 싸웠고 이로 인해 명성이 높아졌다. 그의 명성이 높아지자 선비 중에 그에게 인정을 받거나 추천을 받는 사람은 '등용문'이라 부르며 명예롭게 여겼다.

황하黃河는 중국에서 장강(양쯔강) 다음으로 긴 강. 청해성의 쿤룬 산맥에서 발원하여 황토 고원을 침식하면서 5천 463킬로미터를 흐르며 발해만渤海灣으로 흘러든다. 황하의 하류 지역을 중원이라 부르는데, 이곳이 바로 황하문명의 발상지이다. 이곳에 용문이라는 지명을 가진 곳이 있는데, 황하 상류 골짜기에 위치하며 급류가 흐르는 지역이다. 이곳은 물살이 거세기 때문에 웬만한 물고기는 거슬러 올라갈 수 없었다. 그래서 용케 용문을 거슬러 올라가면 그 물고기는 용으로 변해서 하늘로 오르게 된다는 전설이 생겨난 것. 이후 등용문이란 돌파하기 어려운 난관을 뚫고 출셋길에 오른다는 말로 사용된다.(조선시대에 과거에 합격하는 것이나, 오늘날 고시에 합격하는 것을 등용문으로 표현하기도 한다.)

흔히 평범한 사람이 출세하거나 성공하면 '용 됐다'고 표현한다. 그만큼 용이란 동양에서는 큰 인물을 가리키거나 군왕을 상징하는 상서로운 동물로 알려져 있으며 기린, 봉황, 거북과 더불어 사령四靈이라 불린 상상의 동물. 용은 주로 신화에 많이 등장하는데 강이나 호수, 바다 등에 사는 것으로 묘사되고 우리나라에서는 이무기가 용이 된다는 전설이 있다. 이무기는 구렁이로, 천 년 동안 물속에서 지내면 용으로 변해서 하늘로 올라간다고 한다.

서양의 용이 잔인하고 사악한 존재로 많이 알려진 것과 달리 동양의 용은 상서롭고 신령스런 동물로 알려져 있으며 풍요로움을 상징하기도 한다. 중국 위나라 때 장읍이 지은 자전인 『광아廣雅』 익조翼條에는 용에 대해 다음과 같이 묘사하고 있다.

"용은 비늘 달린 짐승 가운데 으뜸이며, 그 모양은 다른 짐승들과 아홉 가지 비슷한 모습을 하고 있다. 즉, 낙타의 머리, 사슴의 뿔, 토끼의 눈, 소의 귀, 뱀을 닮은 목덜미, 조개와 같은 배, 잉어의 비늘, 호랑이의 발, 매의 발톱이다. 이러한 모습 가운데 양의 최대수인 9 곱하기 9에 해당하는 81개의 비늘이 있고, 그 소리는 구리로 만든 쟁반을 울리는 듯하고, 입 주위에는 긴 수염이 있고, 턱 밑에는 여의주가 있고, 목 아래에는 거꾸로 박힌 비늘이 있으며, 머리 위에는 공작 꼬리무늬같이 생긴 보물을 지니고 있다."

81개의 비늘 가운데 유일하게 턱 아래에 한 개의 비늘이 거꾸로 붙어 있는데 그것을 역린逆鱗이라 하고, 이것에 손을 대는 자가 있으면 반드시 그 사람을 죽인다고 한다.(그래서 임금의 비위를 잘못 건드리면 그 신하는 반드시 죽임을 당한다는 말로 사용되기도 한다.) 용은 황제와 현자를 상징하기 때문에 황제의 얼굴을 용안龍顔, 의자를 용상龍床 등으로 부를 만큼 권위의 상징이자 힘의 상징이었다. 또한 『주역』에서는 용을 현인賢人의 상징으로 표현한다. 용은 모든 동물들의 왕으로 여겼고, 용의 형상은 제국의 신성한 힘을 상징하는 것으로 역대 중국 황실의 문장으로 사용되었다. 용은 하늘을 나는 능력을 갖고 있다고 생각했지만 날개를 갖고 있지는 않다.

물론 모든 물고기가 용문을 거슬러 올라갈 수는 없다. 용문에 올라가는 고기보다 실패하는 고기가 더 많을 거라는 건 자명하다. 온갖 힘을 다 쓰며 용문에 올라가려다 실패하면 몸에 상처가 나기도 하는데, 이때 사용하는 말을 '점액點額'이라 한다. 이는 이마에 상처를 입는다는 뜻인데, 용문에 오르려다 바위에 머리를 부딪쳐 상처가 났다는 말이다. 경쟁에서 실패하거나 중차대한 시험에서 낙방한 사람을 가리키는 말로 사용되기도 한다.

세상에 쉬운 일은 없다. 더구나 남보다 출세한다는 것이 어디 말처럼 쉬운 일이던가. 사람마다 출세의 기준이 다르기는 하겠지만, 세상에 아름다운 이름을 날릴 수 있는 정도라면 출세했다고 할 수 있을 것이다.

예전에는 공부를 잘해야 과거에 급제해서 벼슬길에 오르게 되고 그런 다음에 출세가도를 달리게 되었는데, 요즘에는 공부보다 다른 방면으로 이름을 날리고 출세하는 사람도 많다. 세상이 달라졌기 때문이다. 수만 명이 참가하는 오디션 프로그램에서 최종 우승을 한 사람, 수백 대 일의 경쟁을 뚫고 대기업에 입사하는 사람, 대학 입시에 합격한 사람까지 모두 스스로의 의지로 목표에 도전하고 있다. 그들에게 수많은 난관이 있으리라는 것은 누구나 짐작가능한 '사실'이다. 난관을 극복하는 과정에서 상처를 입거나 포기하는 사람도 있고 끝까지 포기하지 않고 목표에 도달하는 사람도 있을 것이다. 그 가운데 마음에 상처를 입는 사람도 있겠지만, 결승점에 도달하기 위해서는 남보다 더 많은 상처와 좌절의 시간을 인내해야 한다는 것도 우리는 알고 있다.

용문을 올라가겠다는 물고기의 의지처럼, 사람도 뜻이 있어야 용이 될 수 있다. 목표를 설정하고 앞으로 나가야지, 목표도 없이 나가면 어디로 가야할지 방향도 모른 채 우왕좌왕하기 십상이다.

유교의 경전인 『대학』에 "머무를 곳을 안 다음에 방향을 정할 수 있으니, 방향을 정한 다음에 고요할 수 있고, 고요해진 다음에 평온할 수 있고, 평온해진 다음에 생각할 수 있고, 생각한 다음에 얻을 수 있다."라는 말이 있다. 자신이 멈출 최후의 안식처가 어느 곳인지 분명하게 인식하고 있어야 다음 과정을 진행할 수 있다. 그러니, 흔들리는 청춘은 지금 당장 자신의 목표가 무엇인지부터 다시 점검해야 한다.

율곡 선생은 어린 학생들에게 학문을 가르치면서 가장 먼저 입지立志를 강조했다. 입지란 바로 목표를 분명하게 세우는 것을 말한다. 물론 목표를 튼튼하게 세웠다고 할지라도 수많은 난관이 기다리고 있기 때문에 순조롭게 도달하기란 매우 어렵다. 그러니 깨지고 부서지는 한이 있어도 반드시 목표에 도달하겠다는 의지를 항상 되새기며 살아야 한다. 청춘은 경험도 연륜도 부족한 벌거숭

이로 세상에 던져졌기 때문에 작은 충격에도 큰 상처를 입을 수 있는 존재다. 그래서 나이 든이보다 더 아플 수밖에 없는 존재다. 그렇다고 해서 그런 이유만으로, 자칫 적당히 살다가 적당히 죽겠다는 어리석은 생각을 한다면 삶의 참된 의미는 물론 자신의 존재 의미조차 알지 못한 채 청춘을 날려버릴 수 있다! 망망대해에 둥둥 떠다니는 청춘이여, 잃어버렸던 뜻을 세우고 다시 길을 떠나라. 이제 용문에 오를 각오가 섰는가?

5부

나를 안다는 것

· 지기 知己 ·

절영지연

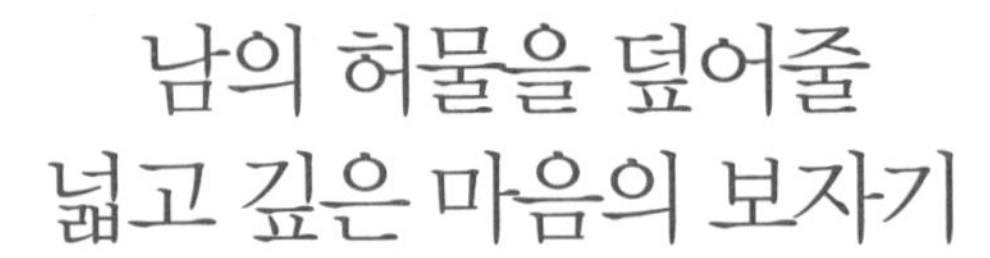

남의 허물을 덮어줄
넓고 깊은 마음의 보자기

絶 纓 之 宴

끊을 절　갓끈 영　갈 지　잔치 연

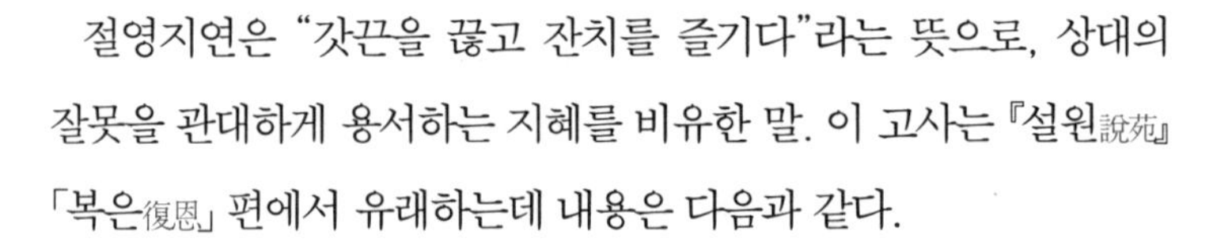

절영지연은 "갓끈을 끊고 잔치를 즐기다"라는 뜻으로, 상대의 잘못을 관대하게 용서하는 지혜를 비유한 말. 이 고사는 『설원說苑』 「복은復恩」 편에서 유래하는데 내용은 다음과 같다.

춘추시대의 초楚나라 장왕莊王이 여러 신하들에게 술을 하사하여 날이 저물도록 술을 즐기고 있었다. 그런데 갑자기 바람이 불어 촛불이 꺼지고 말았다. 이때 왕이 총애하는 아름다운 여인의 옷을 끌어당기는 자가 있었다. 여인은 그의 갓끈을 잡아당겨 끊어버렸다. 그리고 왕에게 고하여 말했다.

"지금 촛불이 꺼지자 저의 옷을 끌어당기는 자가 있었는데 제가 그 사람의 갓끈을 잡아당겨 손에 쥐고 있사오니 불을 가져오거든 갓끈이 끊어진 사람을 조사해주십시오."

그러자 장왕이 말했다.

"사람들에게 술을 하사하여 취해서 실례를 한들 어찌 부인의 절개를 드러내기 위해 선비를 욕보일 수 있겠는가?"

그리고 신하들에게 명하여 말했다.

"지금 과인과 술을 마시면서 갓끈을 끊지 않은 사람은 연회를 즐기지 않은 것으로 여기겠다."

백여 명이나 되는 신하들이 모두 갓끈을 끊고 난 후에 불이 밝혀졌고 마침내 즐거움이 극에 달한 후에 연회가 끝났다.

3년 후, 진나라와 초나라가 전쟁을 하게 되었다. 그런데 한 신하가 항상 앞에서 고군분투하며 적을 무찔러 마침내 승리했다. 장왕이 이상하게 여겨 까닭을 물었는데 그는 바로 3년 전 장왕이 갓끈을 끊어서 목숨을 구해준 신하였다.

절영지연은 풀을 묶어서 은혜에 보답한다는 결초보은結草報恩과 유사한 의미를 가지고 있는 고사다. 자신에게 베푼 은혜에 보답하기 위해, 죽은 뒤에라도 잊지 않고 보답하는 것은 요즘 말로하자면, '기브앤테이크Give and Take'쯤으로 바꾸어 말할 수 있을지 모르겠다. 절영지연도 이와 마찬가지로, 왕의 여인을 희롱하다 죽음의 위기에 처했을 때 이를 모면하게 해준 왕을 위해 목숨도 아깝게 여기지 않은 데서 나온 말이다. 이 고사에는 두 가지 의미가 있는데 하나는 은혜에 보답한다는 뜻이고, 또 하나는 남의 허물을 용서한다는 뜻이다.

만약 오늘날 절영지연이 있었다면 아마 성추행으로 고소당했을지도 모를 일이다! 실제 그런 일들이 우리 사회에 빈번하게 일어나고 있지만, 이를 두고 절영지연을 떠올린다면 시대착오적 발상이라 하지 않을 수 없다!

동서고금을 막론하고 인간 사회에서 감동을 주는 것은 타인을 돕는 일이다. 특히 지푸라기라도 잡고 싶은 어려운 상황에 빠진 사람을 돕는다면, 도움을 받은 사람은 평생 잊지 못하는 것이 인지상정. 사람의 마음을 얻기 위해서는 받기보다 베푸는 마음을 가져야 한다. 그것도 어떤 대가를 바라지 않고 베푸는 마음 말이다.

대부분의 사람들은 부모님과 어른들로부터 베푸는 사람이 되라고 배운다. 그렇지만 자라면서 경쟁을 알게 되고, 어른들도 반드시 경쟁에서 이길 것을 강조한다. 왜 그럴까? 선의의 경쟁은 서로 발전할 수 있다는 장점이 있지만, 무조건 수단과 방법을 가리지 않고 이겨야 한다는 것은 이기심을 키우고 개인주의만 팽배하게 만들 뿐인데 말이다. 경쟁이 만연하면 타인에게 베푸는 마음이 사라지고, 스스로 소유하려는 마음만 커지게 된다.

무조건 베풀기보다 베푼 만큼 받으려고 하는 마음이 잘못되었다는 것은 아니다. 주지 않고 받으려고 하는 놀부 심보에 비하면 훨씬 합리적인 것이지만, 베푸는 것보다 받는 것을 더 중시하는 사람은 스스로 성공을 크게 제약하는 지도 모른다. 인생의 승자가 되기 위해서는 베푸는 것에 익숙해야 한다. 도움을 받는다는 것은 스스로 약자임을 인정하는 것이지만, 베푼다는 것은 마음이 넓다는 것을 나타내기 때문이다.

베푸는 것과 더불어 남의 허물을 용서하는 일은 관대한 마음을 가진 사람이 아니고는 행하기 어려운 일이다. 사실 용서한다는 말은 하기 쉽지도 않고, 설령 입으로는 용서한다고 말하면서도 마음으로는 용서하지 않는 경우도 많지 않은가. 세상에 어떤 이도 완벽한 사람은 없고, 완벽하지 않기 때문에 실수를 저지를 수 있다. 그렇기에 남의 실수를 너그럽게 용서할 줄 아는 아량을 갖는 것이 세상을 살아가는 현명한 지혜이다. 용서한다는 것은 허물을 덮어준다는 것이다.

용서를 하면 실은 자신의 마음이 편안해 진다는 것을 경험해 본 사람은 알 것이다. 가슴에 꽁하고 서운함과 원망을 담고 있으면 하루도 마음이 편하지 않을 텐데 그것을 벗어나는 길은 훌훌 털어버리고 용서하는 것이다.

청춘이 직장에 다니거나 사회생활을 하게 되면 많은 사람들과 관계를 맺게 될 텐데, 그때마다 호오好惡를 나타내거나 시비를 가리고자 하는 경우가 생긴다. 이때 누구에게나 좋고 나쁨은 존재하지만, 그것을 이해하려는 생각을 먼저 가지도록 노력하는 지혜가 필요하다.

옳고 그름도 마찬가지로, 항상 옳은 것도 항상 그른 것도 없다는 사실을 잊지 말고 상황에 따라 잘 대처해야 할 것이다. 넓고 깊은 마음의 보자기를 가지고 남의 허물을 덮을 줄 알아야 한다. 넓은 마음을 가지면 아무리 큰 것이라도 수용할 수 있을 것이고, 깊은 마음을 가지면 어떠한 어려움도 극복할 수 있는 지혜가 생길 것이기 때문이다.

마중지봉

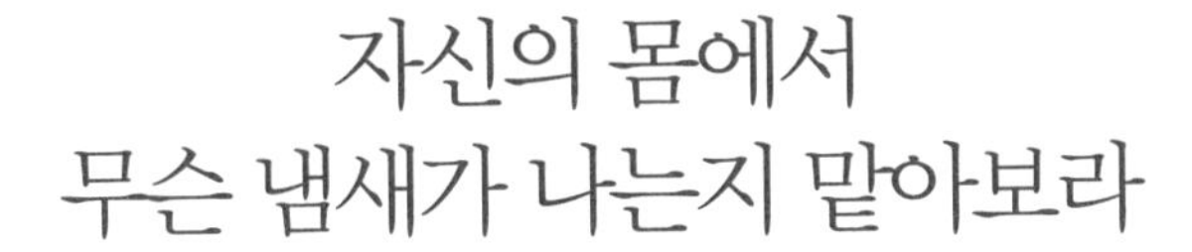

자신의 몸에서 무슨 냄새가 나는지 맡아보라

麻中之蓬

삼 마　가운데 중　어조사 지　쑥 봉

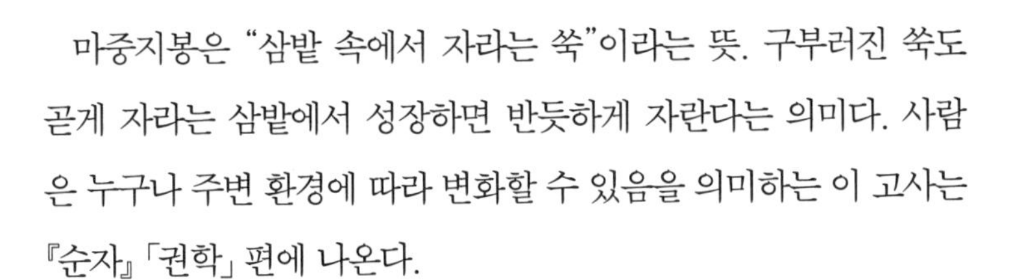

마중지봉은 "삼밭 속에서 자라는 쑥"이라는 뜻. 구부러진 쑥도 곧게 자라는 삼밭에서 성장하면 반듯하게 자란다는 의미다. 사람은 누구나 주변 환경에 따라 변화할 수 있음을 의미하는 이 고사는 『순자』「권학」편에 나온다.

남쪽에 사간射干이라는 나무가 있다. 줄기가 네 치밖에 안되었지만 높은 산 위에 살면서 백 길이나 되는 연못을 바라보고 있다. 이것은 나무의 줄기가 길어져서 그런 것이 아니라, 나무가 서 있는 곳이 그렇게 만든 것이다. 쑥이 삼밭에서 자라면 받쳐주지 않아도 자연히 곧게 자란다. 난괴蘭槐라는 나무의 뿌리는 향료가 되지만 쌀뜨물에 담가두면 군자는 그것을 가까이 하지 않고 일반 사람도 사용하지 않는다. 그것은 바탕이 나빠서 그런 것이 아니라 쌀뜨물에 젖어서 그런 것이다. 그러므로 군자는 거처할 때 반드시 마을을 잘 선택하며, 놀 때에도 반드시 선비를 따르는데, 이것은 사악한 것을 막고 바른 것을 가까이 하기 위한 것이다.

사간(射干, 야간이라고도 읽는다)은 범부채라고 하는 다년초 식물로 붓꽃과에 속한다. 잎이 납작하고 부챗살 모양으로 퍼져서 길이 30~50센티미터 정도 자란다고 한다. 우리나라가 원산지며 아시아 전역에 퍼져 있는데 주로 산지에서 잘 자라며 요즘에는 관상용으로 심기도 하는 모양이다.

이 사간이 높은 산에서 살면 산 아래에 있는 연못을 바라볼 수 있게 되는데, 이것은 사간이 키가 커서 그런 것이 아니라, 높은 곳에서 자라는 환경 때문에 그렇다. 쑥도 혼자 자랄 때는 이리저리 마음대로 자라지만, 삼밭에 심으면 붙잡아주지 않아도 삼처럼 곧게 자란다.

삼은 씨에 함유되어 있는 약 30퍼센트의 기름을 얻기 위해 심거나, 잎과 꽃에서 얻는 마약제인 마리화나와 헤시시를 얻기 위해 재배한다. 섬유를 얻고자 할 때는 씨를 촘촘히 뿌리고 거의 가지를 치지 않으며 평균 키가 2~3미터가 되도록 키운다. 반면에 유료油料 종자나 약품을 얻기 위해서는 개체 사이를 띄엄띄엄 심어서 키를 키우지 않게 하여 가지를 많이 친다. 삼을 촘촘하게 밀식해서 심으면 하늘로 뻗으며 반듯하게 자란다. 삼밭에 쑥을 함께 심으면 쑥도 삼처럼 곧게 자라며, 키가 작은 쑥도 삼만큼 크게 자란다. 삼과 쑥은 생긴 모습도 비슷해서 가까이서 보지 않으면 구별하기도 힘들다.

이러한 이유 때문에 옛날 선비들은 마중지봉이란 고사를 좋은 친구나 좋은 환경을 가려야 한다고 말할 때 사용했다. 전국시대 때 제나라 선왕이 순우곤에게 인재 선발을 맡겼다. 그러자 순우곤은 하루에 일곱 명이나 천거했고 깜짝 놀란 제 선왕이 물었다.

"천하의 인재는 천 리 길을 다니며 백 년을 찾아 헤매도 한 사람 구하기가 어렵다는데, 이것은 지나친 것이 아닙니까?"

그러자 순우곤은 태연하게 대답했습니다.

"새는 새들과 무리 짓고, 쥐는 쥐들과 무리 짓습니다. 더덕을 늪에서 찾으려면 한 뿌리도 찾을 수 없지만 산에 가면 얼마든지 찾을 수 있습니다. 저는 늘 인재들과 함께 생활했기 때문에 헤매지 않고도 뛰어난 인재를 찾는 일이 이처럼 쉬웠습니다."

학문을 하는 사람 곁에는 학문하는 사람이 많고 장사하는 사람 옆에는 장사치가 많다. 항상 인재와 함께 교유交遊했던 순우곤에게 인재를 선발하는 일은 어려운 일이 아니었던 것이다. 공자도 "마을에 인후한 풍속이 있는 것이 아름다우니, 가려서 어진 곳에 거처하지 않는다면 어떻게 지혜롭다고 하겠는가?"라고 말하며, 주변 환경에 따라 영향을 받기 때문에 거처하는 곳도 잘 선택해야 한다고 했다. 향을 싼 종이에서는 향내가 나고, 썩은 생선을 싼 새끼줄에서는 비린내가 난다는 말이 있다. 아름다운 향기를 맡으며 살 것인지, 비린내를 뒤집어쓰고 살 것인지는 모두 자신에게 달려 있을 것이다.

좋은 친구를 사귀는 일은 인생에서 가장 값진 일 가운데 하나다. 값진 것을 취하기 위해서는 많은 노력이 필요한 법. 좋은 친구를 구하는 것도 중요하지만, 스스로 좋은 친구가 될 자격이 있는지도 먼저 생각할 줄 알아야 한다.

스스로 좋은 친구가 될 자질도 없으면서 좋은 친구를 사귀려고 하는 것은 이기적인 마음일 뿐이다. 좋은 친구들과 어울리며 살기 위해서는 스스로 좋은 친구가 되고자 해야 한다. 이쯤에서, 친구를 사귀는 도리에 대해서 맹자가 한 말을 깊이 새겨보는 것도 좋겠다. 만장이라고 하는 제자가 맹자에게 물었다.

"감히 친구의 도리에 대해 여쭈어 보겠습니다."

"나이 많은 것을 내세우지 말고, 존귀한 지위에 있는 것을 내세우지 않으며, 자기 형제를 내세워 잘난 체하지 않고 벗을 사귀어야 한다. 벗을 사귐은 그 사람의 덕을 벗하는 것이므로 내세우는 것이 있어서는 안 된다."

맹자는 나이를 잊고 사귄다는 뜻의 망년지교忘年之交, 다시 말해 자신의 지위를 자랑하지 않고 형제가 잘난 것을 뽐내지 않는 교우 관계를 제시했다.

옛 사람들은 다섯 살 정도의 차이는 친구가 될 수 있다고 했다. 친구 사이에 한두 살 많고 적다는 이유로 나이를 내세우며 교제하는 것은 바람직하지 않다. 훌륭한 친구라면 나이가 무슨 상관이겠는가. 자신이 높은 자리에 있다는 것을 자랑하거나 돈이 많다는 것을 자랑하는 사람들도 많은데, 이것 역시 친구를 사귀는 도리가 되지 못 할 것이다.

선비들은 친구 사이에 재물을 공유하는 지혜를 가지고 있어서 옷이나 말馬과 같은 것을 서로 사용했다고 한다. 아무리 세월이 변했다 하더라도, 친구에게 자신의 부귀를 과시하는 것은 상대를 친구로 여기지 않는 것임에 틀림없는 행위다.

주변을 돌아보라. 그리고 어떤 친구가 자기 주변에 있는지 주의 깊게 살펴보라. 만약, 나쁜 친구나 의리를 지키지 않는 친구가 많다면 자신도 그렇게 물들고 있음을 명심해야 할 것이다.

사람은 아무리 아니라고 부인해도 누구나 자신도 알지 못하는 사이에 영향을 받기 때문이다. 나쁜 친구가 많다면 자신이 나쁜 사람은 아닌지도 점검해야 할 것이다. 물론, 스스로를 나쁘다고 규정

할 사람도 많지 않겠지만 자신의 단점이 무엇인지 살펴보고 친구를 배신한 경우가 없었는지를 살핀다면 의외로 해답은 간단하게 나올 것이다. 혼자 조용한 곳으로 가서 한번 코를 킁킁대며 자신의 몸에서 무슨 냄새가 나는지 맡아보라. 향내가 나는가?

손바닥으로 하늘을 가리려 들지 말라

掩 耳 盜 鈴

가릴 엄　귀 이　훔칠 도　방울 령

엄이도령은 "귀를 막고 방울을 훔친다"라는 뜻으로, 자기 귀에 들리지 않으면 남도 듣지 못한다고 생각하는 어리석은 행동을 뜻한다. 이 고사는 『여씨춘추呂氏春秋』에 나오는데 간략한 내용은 다음과 같다.

범씨范氏가 망했을 때 한 백성이 범씨의 종을 훔쳐서 등에 짊어지고 달아나려고 했지만 종이 너무 커서 짊어지고 갈 수가 없었다. 그는 종을 망치로 깨뜨려 가져가려고 내리쳤는데, 그만 종소리가 크게 나고 말았다.

그는 다른 사람이 그 소리를 듣고 종을 빼앗아 갈 것이 두려워 재빠르게 자기 귀를 막았다. 다른 사람이 종소리를 듣기 싫어하는 것은 알겠지만 자신이 종소리를 듣는 것을 싫어하는 것은 잘못된 일이다. 군주가 자기의 잘못을 듣기 싫어하는 마음이 이와 같은 것이 아닐까?

본래 이 고사는 엄이도종掩耳盜鐘으로 사용되던 것이, 후대로 오면서 엄이도령이 되었다. 자신의 잘못을 감추려고 하지만 모든 사람이 다 알고 있어 아무 효과가 없는 경우에 사용하는 고사다. 불보듯 뻔한 거짓말을 아무렇지도 않게 하는 사람들에게 해당하는 절묘한 비유라고 할 수 있다. 이 말은 군주가 신하의 충간忠諫을 귀담아 들어야 한다는 것을 강조하기 위해 제시되었다. 귀를 막고 종을 깨뜨리는 사람처럼 어리석은 군주가 신하의 충직한 간언을 듣지 않고 자기 맘대로 횡포를 부려 상하가 소통이 되지 않고 주변에 간신만 남게 된다는 것을 알려주기 위한 데서 출발한다.

『여씨춘추』에는 위魏나라 문후文侯의 이야기가 나온다. 문후가 신하들과 잔치를 베풀면서 자신에 대한 평가를 말해라고 주문했는데, 어떤 신하들은 군주가 지혜롭다 칭찬만 늘어놓았다. 임좌任座의 차례가 되자 거침없이 말하기를, "임금께서는 현명하지 못합니다. 중산 지역을 획득한 다음 아우를 봉하지 않고 아들을 봉했으니 이것은 어리석은 짓입니다."라고 하였다. 문후의 얼굴에 기쁜 기색이 없고 안색이 변하자 임좌는 벌떡 일어나서 밖으로 나갔다. 이어서 적황翟黃의 차례가 되자 적황이 말한다. "임금께서는 현군입니다. 제가 듣건대, 주군이 어질어야 신하가 바른 것을 말할 수 있다고 합니다. 지금 임좌가 바른 말을 하는 것을 보니 군주께서는 현군이십니다." 문후는 자신을 돌아보고 반성한 다음 계단 아래로 내려가 임좌를 맞이하여 상객으로 대접했다고 한다. 직언을 서슴지 않은 임좌도 그렇고, 적황의 말을 듣고 임좌를 다시 불러들인 문후도 보통 사람은 아니다. 죽음을 무릅쓰고 직언을 할 줄 아는 사람도, 직언을 용납하는 군주도 많지 않기 때문이다.

자기 자신에 대해 스스로 잘 알지 못하는 것을 주변 사람들이 더 잘 아는 경우가 많다. 대부분의 사람들은 자신이 생각하는 것이 가장 옳고 남들은 잘 모른다고 치부한다. 그런데 잘 생각해보면 주관적이고 이기적인 마음 때문에 자기 자신에 대해 객관적으로 볼 수 없고 냉정하게 판단할 수 없을 뿐이다. 이럴 경우, 주변 친구나 동료가 들려주는 충고를 잘 들을 수 있는 용기 있는 마음의 자세가 되어 있어야 한다. 그렇더라도 "좋은 약은 입에 쓰고 충언은 귀에 거슬린다."라는 말처럼, 충고를 웃으며 받아들일 만한 사람들은 많지 않다.

꿩은 위기가 닥치면 머리만 풀숲에 감춘다고 한다. 몸통과 꼬리는 다 보이는데 머리만 감추고 위기를 넘긴 것처럼 생각한다니 이 얼마나 우스운 일인가. 어린아이들이 숨바꼭질을 할 때 흔히 저지르는 실수가 바로 이런 것이지 않나. 기껏 숨는다고 식탁 밑이나 장롱 뒤에 몸을 웅크리고 앉아 있는 모습은 귀엽기라도 하지, 어른이 되어서도 그런 '놀이'를 한다면 유치할 뿐이다. 그런데 사회생활을 하다보면 이런 경우가 의외로 많다는 사실을 알게 된다. 모든 사람이 다 아는 사실도 스스로 부정하거나 거짓을 늘어놓게 되는 사람들이 많아, 아직 사회생활에 익숙하지 않은 청춘들은 당황스러울지도 모르겠다. 그렇지만 이런 것까지 배울 필요는 없다.

솔직하면 된다. 잘못이 있으면 잘못되었다고 솔직하게 고백할 용기가 있으면 된다. 그것이 진정한 인간이고, 인간의 도리다. 링컨은 "일부 사람을 영원히 속이거나 모든 사람을 한동안 속일 수는 있지만, 모든 사람을 영원히 속일 수는 없다."라고 했다. 솔직한 정치는 백성에게 믿음을 주고, 백성에게 신뢰받는 군주는 쉽게 망하지 않는다. 허물이 있으면 솔직하게 인정할 줄 알고 고치면 그만인데도 사람들이 솔직하지 못한 이유는 무엇이 두려워서일까? 권력을 가진 사람은 권력을 유지하기 위해 거짓을 감추고, 돈이 많은 사람은 돈을 지키기 위해 알면서도 나쁜 일을 한다. 남의 것을 도둑질하고도 도둑질이라는 생각조차 하지 못하는 사람도 있고, 도둑질이라는 것을 알면서도 눈감아주는 사람도 있다. 이러한 모든 행위는 성숙하지 못한 사람들의 '고질병'이다.

성숙한 인간은 남의 것을 도둑질 하지 않고, 만약 실수로 그런 일을 저지르게 된 경우라면 반드시 자신의 잘못을 인정하고 용서를 빈다. 또한 스스로 그런 일을 다시 반복하지 않도록 반성하고 또 반성한다. 실수도 습관이 되면 고치기 어렵기 때문이다. 거짓말하는 사람들의 특징은 스스로 거짓말하고 있다는 생각조차 하지 않는다는 데 있다. 그렇기 때문에 그들은 어떠한 상황에서도 거짓말을 할 준비가 되어 있다고 봐도 된다! 입만 열면 거짓말이 술술 튀어나오는데 어찌 참된 삶을 살 수 있겠나.

손바닥으로 하늘을 가릴 생각일랑은 처음부터 하지 말라. 손바닥으로 하늘을 가리는 방법은 오직 손바닥을 눈앞에 바짝 대는 것뿐이다. 결코 하늘을 가릴 수 없음에도, 자기 눈만 가리면 하늘이 다 없어지는 것처럼 착각하는 어리석음에서 벗어나라. 청춘은 떳떳하고 맑은 정신을 가진 사람이라는 사실을 잊지 말라. 도덕적으로 떳떳하고 세파에 물들지 않아서 맑은 정신을 가진 것이므로 세월의 때가 묻는다고 해도 가능하면 적게 묻히고, 묻은 때가 있다면 과감하게 제거하라. 해는 언제나 머리 위에 있는 것이지, 손바닥 안에 있는 것이 아니기 때문이다.

막현호은

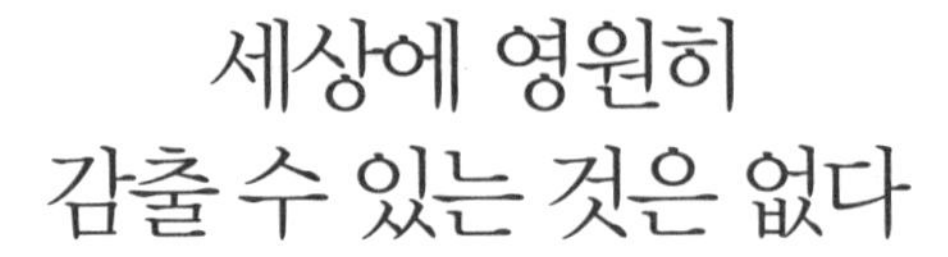

莫 見 乎 隱

말 막 | 나타날 현 | 어조사 호 | 숨을 은

막현호은은 "어두운 곳보다 더 잘 보이는 곳도 없다"라는 뜻이다. 이는 역설적인 표현으로, 아무리 작거나 숨겨진 것이라 할지라도 감출 수 없다는 의미. 사서四書의 하나인 『중용中庸』 1장에 나오는 말이다.

> 莫見乎隱, 莫顯乎微, 故君子, 愼其獨也 막현호은, 막현호미, 고군자, 신기독야
>
> 어두운 곳보다 더 잘 보이는 곳도 없으며
>
> 작은 것보다 더 잘 드러나는 것이 없으므로

군자는 홀로 있을 때에도 삼가는 것이다.

막현호은에서 현見의 발음은 대부분 '견'으로 읽지만, '나타나다' '드러나다'라는 의미로 해석할 때는 '현'으로 발음한다. 은隱은 은밀하고 어두운 곳이고, 미微는 아주 작은 일을 말한다. 독獨은 남은 알지 못하고 자기만 혼자 아는 곳이다. 즉, 혼자 생각하는 것과 같은 것을 의미한다. 생각하는 것은 본인만 알고 남은 알지 못하기 때문이다. 신독愼獨이라는 말이 여기서 나오는데, 다른 사람이 보지 않을 때에도 조심하고 아무도 듣지 못하는 경우라도 두렵게 생각하며 항상 경계하라는 말이다.

정암 조광조는 왕에게 침실에 혼자 있을 때에도 신독하라고 했으며, 다산 정약용도 성인聖人이 되기 위한 첫째 조건으로 신독을 제시했다. 어둠 속에 있거나 또는 아주 작은 일은 비록 자취가 나타나지 않지만 기미는 이미 동하고, 다른 사람은 비록 알지 못하더라도 자신은 알고 있으니, 세상의 일이란 이보다 밝게 드러나는 것이 없다고 했다. 그러므로 군자는 항상 경계하고 두려워하며, 이에 대해서 더욱 삼가야 한다. 이 말의 본래 의미는 사람의 욕망이 싹트려고 할 때 그것을 자라지 못하게 막아서 도道에서 멀어지지 않게 하려는 것이다.

의도적으로 숨기려고 하는 행위 가운데 가장 나쁜 것은 아마도 '거짓말'일 것이다. 미국 캘리포니아대학교에서 사람이 하루에 몇 번이나 거짓말을 하는지 조사했더니 7분에 한 번 꼴, 다시 말해 하루에 200번이나 거짓말을 한다는 결과가 나왔다고 한다! 평균 수면시간을 제외하고 나면 약 5분에 한 번꼴로 거짓말을 하는 셈이니, 거의 거짓말을 입에 달고 산다고 생각해도 무리가 없을 것이다. 어떤 조사에서는 일생동안 약 8만 8천 번의 거짓말을 하는 것으로 조사되기도 했다.(참고로, 가장 많이 하는 거짓말은? 약속시간에 늦었을 때 둘러대는 "차가 막혀서"였다고 한다.)

간혹 어려운 사람들을 위해 몰래 선행을 베푸는 사람들을 찾아나서는 방송 프로그램을 볼 때가 있다. 자신의 선행을 아무도 모르게 감추려고 하지만, 거의 대부분은 밝혀지게 되고 이는 사람들의 가슴을 훈훈하게 만든다. 이와 달리 자신을 일부러 드러내는 경우도 있다. '자기 PR' 시대라고 하지만 지나치게 드러내려고 하는 모습은 꼴불견에 가깝고, 참된 마음이 없으면 오래가지도 못한다. 『노자』 24장에 나오는 말에 잠시 귀를 기울여 보자.

企者不立기자불립	발끝으로 서는 사람은 오래 설 수 없고,
跨者不行과자불행	다리를 넓게 벌리며 걷는 사람은 멀리 걸을 수 없다.
自見者不明자현자불명	스스로를 드러내려는 사람은 밝게 빛날 수 없고,
自是者不彰자시자불창	스스로 옳다고 하는 사람은 빛나지 않고,
自伐者無功자벌자무공	스스로 자랑하는 사람은 그 공을 이룰 수 없고,

自矜者不長자긍자불장 스스로 뽐내는 사람은 오래갈 수 없다.

까치발을 하고 오래 서 있을 수 없고, 보폭을 넓게 벌리면서 오래 걸을 수도 없다. 무엇인가 의도적으로 하려고 하는 행위는 오래가지 못한다는 것이다. 감추려고 하면 드러나고, 드러내려고 하면 오히려 오래가지 못하는 자연의 이치가 담겨 있다.

어느 날인가, 한 번은 집으로 올라가는 엘레베이터 스피커에서 누군가를 부르는 소리가 들렸다. "여보세요, 아저씨!" 주변에 아무도 없었지만 설마 나를 부르는 소리라고는 생각하지 않았고, 그런 경험을 해본 적이 없었기에 순간 멈칫한 채 기다렸다. 그래도 계속 "여보세요"라는 말이 들려 "저 말인가요?"라고 대답했더니 경비실에 택배가 와 있으니 찾아가라는 경비아저씨의 호출이었다. 그때는 경황이 없어서 잘 몰랐지만, 생각해보니 경비실에 앉아서 CCTV로 엘레베이터 내부를 보고 계셨던 것이다.(한 통계에 따르면 도시지역에서 하루에 감시카메라에 노출되는 횟수가 평균 83회라고 한다.)

이제는 감추려고 해도 감출 수 없는 시대가 되었는지도 모르겠다. 그렇지만 여전히 알 수 없는 것이 사람의 마음 아닌가. 사람의 마음은 그 깊이를 알 수도 없고, 무엇을 생각하고 있는지 알기도 어렵다. 그렇다 하더라도, 역시 쉽게 드러난다는 사실을 명심하라.

사람의 마음은 아무리 감추려고 해도 눈빛과 표정, 얼굴과 몸짓을 통해서 드러나게 마련이니. 비록 알기는 어렵지만, 아무도 모르는 것은 아니라는 말이다.

청춘은 세상에 자신을 드러내는 데 익숙하지 못해 간혹 실수를 저지르기도 한다. 아무도 모르게 감추고 싶은 것이 있다면, 그것은 마음에 개운하지 않은 것이나 옳지 못한 경우일 것이다. 아무도 보지 못한 것 같고 아무도 모를 것 같은 일도 언젠가는 다 밝혀지고 드러난다는 점을 명심하고, 솔직하고 진실하게 살아가야 한다. 누군가 보고 있거나 보고 있지 않을 경우에도 항상 스스로 조심하고 경계하는 마음의 끈을 놓지 말아야 할 것이다. 세상에 영원히 감출 수 있는 일은 없다. 세상에 숨길 수 있는 것도, 역시 아무것도 없다. 그러니 처음부터 숨기거나 감출 일을 만들지 않는 것이 가장 좋다.

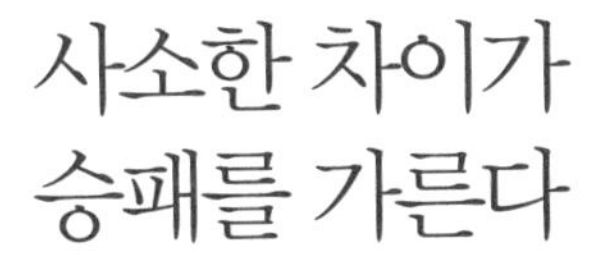

狗 猛 酒 酸

개구　사나울맹　술주　초산

구맹주산은 "개가 사나우면 술이 시큼해진다"는 뜻으로, 아무런 연관이 없는 것 같지만 반드시 필연적인 이유가 있을 때 사용하는 말이다. 이 고사는 『한비자』에 나오는데 일화를 소개하면 다음과 같다.

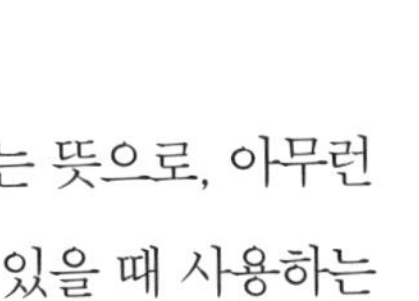

송宋나라 사람으로 술을 파는 자가 있었다. 그는 술을 팔 때 속이지도 않았고 손님에게도 매우 공손하게 대했으며 술을 빚는 재주도 뛰어났다. 그런데 술을 사가는 사람이 없어서 술이 시큼해지고 말았다. 이유를 알 수 없어 평소 알고 지내던 마을의 양천에게 사정을 말하고 이유를 물었다. 그러자 양천이 물었다.

"당신의 개가 사납지 않소?"

"개가 사나운 것과 술이 시큼해지는 것이 무슨 관련이 있기에 술이 팔리지 않습니까?"

"사람들이 무서워하기 때문이라네. 간혹 아이들에게 돈과 호리병을 주고 술을 사러 보내는데 개가 나와서 물어버린다네. 이것이 술이 시큼해지도록 팔리지 않은 이유라네."

집에서 키우는 개는 주인 입장에서야 사나운지 어쩐지 잘 알지 못한다. 그렇지만 마을 사람들은 개에게 물린 기억이 있기 때문에 두려움의 대상으로 여긴다. 그래서 그 개가 술집을 지키고 있는 한, 사람들은 술을 사러 오지 않고 아무리 맛좋은 술이라도 결국 시큼하게 쉬게 된다는 것. 술집 주인은 이 작은 차이를 발견하지 못해서 고생했던 것이다. 결국 개를 없애고 나서야 장사가 잘되지 않았을까?

구맹주산처럼 작은 차이로 큰 성공을 거둔 사례는 많다. 언뜻 보면 별 차이가 없는 것 같지만, 그 차이를 극복하기는 쉽지 않다. 왜냐하면 남보다 더 많은 마음을 쏟아야 하기 때문이다. 마음을 쏟는 일은 누구나 할 수 있을 것 같지만 아무나 할 수 있는 일이 아니다.

'총각네 야채가게'로 성공한 청년 창업가 이영석 씨는 스물세 살에 채소 장사를 배우려고 스승을 찾아서 1년 7개월 동안 무보수로

트럭 행상을 하며 곁에서 배웠다고 한다. 말처럼 쉬운 일이 아니었지만, 그는 자신의 목적을 위해서 누구보다 최선의 노력을 기울였다. 이러한 노력과 더불어 그에게는 남다른 아이디어도 많았다. 한 예로, 바나나를 팔 때는 원숭이를 데리고 다녔다고 한다. 맛없는 바나나는 원숭이도 먹지 않는다는 점을 사람들에게 홍보하기 위한 생각이었다. 바나나와 원숭이는 서로 잘 연결될 뿐만 아니라, 어린 아이들에게도 좋은 볼거리를 제공했다. 원숭이를 구경한 아이들은 집으로 돌아가 엄마의 손을 잡고 바나나를 사러 왔던 것이다. 보통 사람들은 싱싱한 바나나를 파는 데에만 집중하지만, 이 청년은 최고의 품질과 함께 한걸음 더 나아가서 생각했던 것이다. 알고 보면 작은 차이지만 대부분의 사람들은 쉽게 생각하지 못하는 일이다.

어느 식당 주인이 장사가 되지 않아 고심에 빠졌다. 특별히 음식 맛이 나쁜 것도 아니고, 청결하지 않은 것도 아닌데 나날이 손님이 떨어져 나갔기 때문이다. 그러던 중 그는 다른 식당에 가서 밥을 먹게 되었다. 그런데 밥그릇에 붙어서 떨어지지 않는 밥알을 보고 기분이 상했다. 그렇지만 이것이 그에게 커다란 변화를 주는 계기가 될 줄이야 누가 알았을까.

"그래, 바로 이거야! 조금 번거롭고 힘들지만 밥으로 승부를 보자!"

식당 주인은 곧바로 시장으로 달려가 1인용 돌솥을 100개나 샀다. 아침에 밥을 지어 보온시키는 것보다 매번 즉석에서 밥을 지으려고 생각한 것이다. 손님이 올 때마다 새 밥을 지어 내놓으면 밥

알이 그릇에 눌러붙어 떨어지지 않아 기분을 상하게 하는 일도 없을 것이고, 손님들은 항상 따뜻한 밥을 먹을 수 있으니 장사에 충분히 승산이 있겠다고 생각한 것이다. 식당 주인의 예상은 그대로 적중했다. 비록 밥을 짓는데 시간이 조금 더 걸리지는 것이 문제였지만, 맛있는 밥을 먹기 위해 손님들은 기꺼이 기다려주었고, 구수한 누룽지도 덤으로 먹을 수 있어 일석이조가 되었다. 매상은 갈수록 올랐지만 식당 주인은 밥을 짓는 시간을 단축하기 위해 또 다른 고민을 하게 되었다.

많은 사람들이 식당에서 밥을 먹을 때 한번쯤 겪었을 일이지만 그것을 해결하기 위한 '마음'을 쏟는 데는 등한한 것이 일반적일 것이다. 그렇지만 식당 주인은 1퍼센트의 디테일한 차이를 통해서 위기를 기회로 만들었다!

구부러진 빨대는 병석에 누워 있는 자식이 반듯한 빨대로 물을 먹기 힘들다는 것을 알고 고민하던 중에 탄생한 작품이다. 자식에게 물을 먹이기 위한 어머니의 마음에서 생겨난 것이다. 부모의 사랑이 만들어낸 작은 배려가 위대한 발명품이 된 것이다. 물에 젖은 병이 미끄러워서 이 고충을 해결할 생각을 하던 중, 허리가 잘록한 콜라병이 만들어졌다고 한다. 작은 배려가 결국은 세상을 변화시키는 위대한 발명품이 되는 것은 물론, 편리함을 주기도 한다. 이 모든 것들은 작은 차이를 발견한 '마음'에서 시작된 것임을 잊지 말아야 한다.

『한비자』에 나오는 구맹주산은 나라에도 사나운 개와 같은 간신이 있음을 의미하는 말이었다. 군주 곁에 간신이 있으면 충심에서 간언하는 신하가 가까이 올 수 없다. 그 결과 군주의 눈과 귀가 가려지게 되고 나라는 위태롭게 되어 종국에는 멸망으로 치닫게 된다. 따라서 군주가 나라를 잘 다스리기 위해서는 간신을 멀리하고 '사나운 개'와 같은 신하를 등용하지 않아야 한다. 이런 신하가 군주를 농락하면 군주만 위험한 것이 아니라 나라 전체가 위태롭기 때문이다.

군주 주위에만 사나운 개가 있는 것은 아니다. 사람이 모이는 단체나 사회 조직에는 대부분 사나운 개와 같은 사람이 존재한다. 권력과 힘이 있는 사람 곁에 붙어서 다른 사람이 접근하지 못하도록 가로막는 사람이 바로 그런 경우. 이런 사람을 제거하지 않고 잘되기를 바라는 것은 무모한 일이다. 사나운 개를 제거하는 것은 어려운 일이 아니지만, 그 일을 행하는 사람과 행하지 못하는 사람의 차이에 따라 존망이 결정되니 큰일임에는 분명하다.

주변을 돌아보자. 남보다 잘 나가는 사람에게는 무엇인가 다른 점이 분명히 있을 것이다. 능력이나 환경이 비슷한데도, 남보다 빨리 승진하거나 좋은 기회를 얻는 사람에게는 남과 다른 무엇이 반드시 있다. 만약 작은 차이가 무엇인지 발견하지 못한다면 그는 간절함이 없는 사람이거나 그저 현실에 안주하는 사람일 뿐이다. 남과 같은 방법으로는 승부를 볼 수 없고 성공할 수도 없다.

사소한 차이가 전혀 다른 결과를 만들 수 있다는 사실을 명심하라. 자기 주변에서 발견할 수 있는 작은 일에서부터 사소한 차이를 찾는 연습을 해보자. 사람들을 만났을 때 인사하는 방법이라든가, 명함을 주고받은 이후에 먼저 연락하고 잘 기억하는 방법, 또는 문서를 만드는 일이나 사람을 대하는 태도에 있어서도 작은 차이가 분명히 존재함을 기억하자. 그런 사소함이 당신의 인생을 바꿔놓을 것이기에.

마부작침

마음에 근육을 만들다

磨 斧 作 針

갈마 도끼부 지을작 바늘침

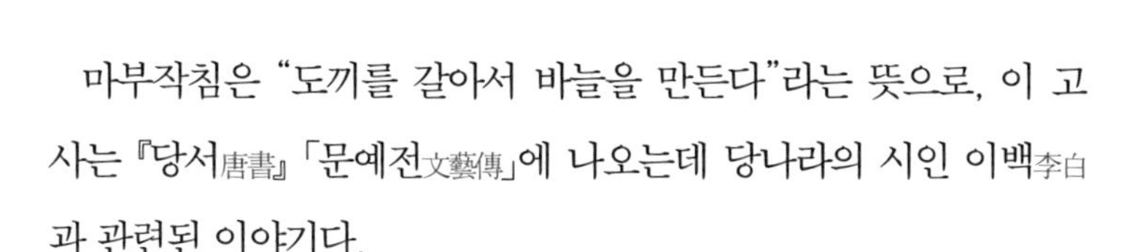

마부작침은 "도끼를 갈아서 바늘을 만든다"라는 뜻으로, 이 고사는 『당서唐書』「문예전文藝傳」에 나오는데 당나라의 시인 이백李白과 관련된 이야기다.

이백이 젊었을 때 아버지가 벼슬하던 성도라는 지역에서 그 자신도 벼슬을 하였는데, 그곳에서 훌륭한 스승을 만나 학업을 하다 그만 중도에 포기하고 집으로 돌아가려고 했다. 열심히 길을 걷는데 한 노파가 길가에서 절굿공이를 돌에 갈고 있었다.

"할머니, 지금 뭐하고 계시는 겁니까?"

"바늘을 만들려고 절굿공이를 갈고 있는 것이네磨杵作針."

"그렇게 큰 절굿공이를 갈아서 어느 세월에 바늘을 만들 수 있겠습니까?"

"중도에 그만두지 않는다면 언젠가 바늘이 되겠지."

노파의 말에 감동을 받은 이백은 다시 돌아가 학문에 전념했다고 한다. 흔히 마부작침이라고 하지만, 본래는 마저작침磨杵作針이라 해야 정확하다. 절굿공이를 갈아서 바늘을 만드는 일은 불가능한 일이다. 이 말은 불가능한 것을 가능하게 만든다는 의미보다, 어려운 상황을 극복하고 인내심을 가지고 노력하면 끝내 성공할 수 있다는 의미가 강하다. 어려서부터 천재로 소문난 이백이었지만 그에게도 어려운 시기가 있었다. 이 시기를 잘 극복한 후에야 그는 당대 최고의 시인이 될 수 있었다.(마저작침과 유사한 표현으로 우공이산愚公移山이라는 고사가 있다. 어리석은 노인이 산을 옮긴다는 의미로, 산을 옮긴다는 것 자체가 상상할 수 없는 어리석은 일이지만 대를 이어 옮기면 언젠가는 옮길 수 있다는 점에서 마저작침과 다를 바 없다.)

요즘은 거의 볼 수 없는 풍경이 되었지만 불과 30년 전만 해도 시골에는 집집마다 절구가 있었다. 절구는 절구통과 절굿공이로 이루어지는데, 절구통은 높이 약 1미터 정도 되는 아름드리나무 또는 돌로 가운데를 우묵하게 파서 만들었다. 절굿공이는 지름 10센티미터 정도의 나무로 만드는데 여인의 허리처럼 중간이 오목하다. 그 오목한 부분을 두 손으로 잡고 절구통에 담긴 곡식이나 떡을 넣고 빻거나 찧는 것이다. 그 절굿공이를 쇠로 만든다고 생각해 보라. 얼마나 무겁겠나. 그런데 그 쇠 절굿공이를 갈아서 바늘로 만든다? 불가능에 가까운 일이라 생각하지 않을 수 없다. 도끼를 갈아서 바늘을 만드는 일도 어려운데, 그보다 훨씬 큰 절굿공이를 갈아서 바늘로 만든다니. 정신 나간 사람이 아니고는 생각할 수 없는 일 아닌가 말이다. 물론 절굿공이를 바늘로 만드는 일이 절대로 불가능한 일은 아니다. 절굿공이도 결국 한정된 무게와 부피를 가지고 있고, 그것을 가는 데는 오직 시간과 정성이 필요하기 때문에 매일 갈다보면 언젠가는 바늘처럼 가늘게 만들 수는 있을 것이다. 결국 끈기와 인내심만 있다면 충분히 가능한 일이라는 말이다.

국가대표 축구 감독을 맡았던 허정무 감독이 새로운 팀의 감독직을 맡고 나서 마부작침이라는 고사를 인용한 적이 있는데, 당시 허 감독이 맡은 팀은 6연패의 늪에 빠져 있었다. 이런 팀을 상위권으로 끌어올리기는 일이 하루아침에 이루어지지 않는다는 것을 잘 알고 있었던 허 감독은 끈기 있게 지속적으로 노력하는 길만이 해답이라는 뜻을 마부작침에 담았던 것이다. 한 번에 안 되면 열 번을 하면 되고, 열 번으로 부족하면 백 번을 하면 된다는 마음이 중요하다.

학문을 하거나 어떤 일을 할 때에 중도에 멈추는 경우가 많다. 아무리 노력해도 되지 않는다고 자포자기自暴自棄하는 사람도 있다. 세상일이 그렇게 녹록하지도 않을뿐더러, 작은 노력으로 성공을 거두는 일이야말로 불가능에 가까운 것이 현실이다. 물론 작은 노력으로 큰 성공을 거두는 경우도 분명히 존재한다. 그렇지만 그것은 요행에 불과하다. 요행만을 믿고 살기엔 세상이 너무 넓고, 인생은 너무 길다. 기나긴 인생에서 요행이 몇 번이나 오겠나. 요행을 바라기보다 그저 무식하게 반복하며 마저작침의 자세로 일하는 것이 오히려 성공의 길에 빨리 도달할 가장 좋은 방법이다.

이 세상 어느 곳에도 성공의 지름길이란 것은 없다. 만약 그런 지름길이 있다면, 누구나 성공하기 위해 그 지름길로 갈 것이다. 사람들이 말하는 지름길이란 대부분 정도正道가 아닌 불법이나 속임수에 불과한 것들이다. 성공하기 위한 정도에 지름길이란 없다. 소가 느린 걸음으로 길게 걷지만 언젠가는 목표에 도달하듯이 아직 갈 길이 먼 청춘도 지름길을 찾으려고 애쓰지 말고 한걸음씩 전진해야 한다. 그런데도 많은 사람들이 빠르고 쉽게 목표를 달성하려고 허황된 속임수에 넘어간다. 한번만 속아도 될 일을 여러 번 속는 사람도 많다. 다시 한 번 말하지만, 세상 어떤 일에도 지름길은 없다. 그리고 노력 없이 얻어지는 것도 없다.

모든 분야에서 달인이라고 칭하는 사람들을 보면 남보다 재주가 뛰어난 경우도 있지만, 그 대부분이 끈기와 인내로 성공하는 경우다. 달인이 되기까지 말 못할 고충이 있었을 거라는 것쯤은 짐작

가능하지 않은가. 그런 고통을 감내하지 못하고 중도에 포기했다면 그들의 인생은 볼품없는 것이 되고 말았을 것이다. 자기 분야에서 최고가 되기 위해 흘렸던 땀과 노력은 찬사를 받아 마땅하다.

근육질 몸매를 뜻하는 '식스팩'이라는 말이 남용되고 있다. 특히 연예인들의 식스팩은 여성들의 마음을 사로잡기에 충분할 정도로 아름답다. 복부에만 식스팩을 만들 것이 아니라, 마음에도 '끈기'라는 근육을 만들어 보자. 끊임없이 반복하고 또 반복하면, 언젠가는 이룰 수 있다는 끈기야말로 청춘이 가볍게 여겨서는 안 될 '덕목의 식스팩'이기 때문이다. 당신의 식스팩은 어떤 모양인가. 얼마나 오랫동안 갈고닦았나.

萬 折 必 東

일만 만　꺾을 절　반드시 필　동녘 동

만절필동은 "만 번을 꺾어서 반드시 동쪽으로 간다"라는 의미. 군자의 굳은 절개를 꺾을 수 없다는 뜻으로도 사용되며, 모든 일은 우여곡절을 겪더라도 반드시 본래 모습으로 돌아간다는 말로도 사용된다. 이 고사는 『순자』 「유좌宥坐」 편에서 유래한다.

공자가 동쪽으로 흐르는 물을 보고 있었다. 그때 제자 자공子貢이 공자에게 물었다.

"군자가 큰물을 볼 때 반드시 관찰하듯 보는 것은 무슨 까닭입니까?"

공자가 대답했다.

"물이란 모든 생물에게 두루 미치면서 아무 것도 한 것이 없는 것 같으니, 이것은 마치 덕을 가진 사람과 같다. 흐름은 낮은 곳으로 향해 가며 옷자락에 잡히듯 도리에 따르니, 이것은 마치 의로운 사람과 같다. 한없이 흘러나오는 것은 마치 도道와 같다. 만약 제방이 무너져 물이 흘러가면 그 반응이 메아리처럼 빠르며, 백 길이나 되는 계곡으로 떨어지면서도 두려워하지 않는 것은 마치 용기 있는 사람과 같다. 작은 곳이라도 가득 채워서 평평하게 한 다음에 흘러가니 이것은 마치 법도를 지키는 사람과 같다. 어느 곳이든 가득 채워서 평미레平一를 사용하지 않아도 되니 이것은 공정한 사람과 같다. 진흙에 파고들듯 작은 데까지 통하니 마치 관찰하는 사람과 같다. 물속을 출입할 때마다 신선하고 깨끗하게 되어 나오는 것은 마치 잘 교화되는 모습과 같다. 만 번을 꺾어서 반드시 동쪽으로 가는 것은 의지가 굳은 사람 같다. 이 때문에 군자는 큰물을 볼 때 반드시 관찰하듯 보는 것이다."

이 이야기는 사건이나 인물에 관한 고사가 아니라, 서쪽이 높고 동쪽이 낮은 중국 지형의 특성에서 나온 고사다. 황하와 같은 거대한 강은 사실 어느 쪽으로 흐르는지 방향을 알기가 어렵다. 그런데 결국은 모두 동해바다에 이른다. 이러한 물의 속성은 동양의 많은 학자들이 칭송했다.

특히, 물은 사람의 덕성이나 인품으로 비유해 표현한 경우가 많은데 대표적인 인물이 바로 공자와 노자. 공자는 어떠한 난관이 나타나도 헤쳐 나가며 쉬지 않고 흘러가는 물의 모습을 의지가 굳은 사람에 비유하곤 했다. 의지가 굳은 사람은 중도에 포기하지 않고 목표를 향해 때로는 부드럽게 때로는 세차게 흐르면서 전진하는 강물처럼 앞으로 나가기에 만절필동이라고 한 것이다.

우리나라에도 만절필동의 고사와 관련된 장소가 있다. 바로 충북 괴산군 청천면 화양리 화양계곡에 있는 '만동묘'가 그것. 만동묘는 임진왜란 때 구원병을 보내 우리나라를 도왔던 명나라 신종과 의종을 제사지내기 위해 세운 사당이다.

이 만동묘가 바로 만절필동에서 유래한 것으로, 명나라를 존중하고 청나라를 부정한다는 의미로 세워졌다. 송시열이 사약을 받고 죽기 전에 제자들에게 만동묘를 건립하도록 지시했고, 이후 권상하 등의 제자들이 1703년 만동묘를 건립했다.

만동묘는 초기에 조정의 비호를 받으며 엄청난 힘을 과시했지만 갈수록 횡포가 극심해져, 대원군에 의해 1865년 훼철(毁撤, 헐어서 치워버린다)되기도 했다. 얼마 지나지 않아 유생들의 끊임없는 건의로 다시 향사(학문이나 정치 · 국방 등에 유공한 인물 등을 추모하기 위해 지은 사당)로 허용했지만, 1917년 일제에 의해 다시 제사가 금지되었고, 1937년에는 위패를 불사르고 제기를 파손시켰으며 묘정비도 땅에 묻히고 말았다. 그러던 것이 1983년 괴산군에서 묘정비를 찾아 주변을 정리하고 지금과 같은 모습을 회복하게 되었다.

화양계곡은 경치가 아름답기로 유명하여, 송시열이 이곳에 자리를 잡고 학문에 정진했다고 한다. 그 자리에 화양서원이 세워졌고, 그 옆에 만동묘가 있는 형상. 계곡을 올라가다 보면 맑은 물이 흐르는 산기슭에 '비례부동非禮不動'이라는 글씨가 암석에 새겨져 있다. 명나라 사신으로 간 민정중이 의종이 직접 써준 것을 송시열에게 건네주고, 송시열이 이것을 화양리 계곡에 새긴 것으로 알려져 있다. 명나라에 대한 의리를 지킨다는 의미가 담겨 있지만, 사대주의적 발상이라는 비판을 받기도 하는 만동묘는 실은 우리의 아픈 역사를 고스란히 담고 있는 유적지다.

물은 부드러움의 상징이며 겸손함의 표본이지만 장마철에 무섭게 불어난 강물이 휩쓸고 지나간 자리는 흔적도 남지 않는 것처럼, 부드러움 속에 강함이 숨어 있고 겸손함 속에 굳은 의지가 내포되어 있다. 또한 한 순간도 멈추지 않고 흘러가는 끈기 있는 모습은 지혜로운 사람을 상징하기도 한다.

옛 성인들이 물에서 삶의 지혜를 찾은 것처럼 계곡을 졸졸 흐르는 작은 물이나 웅장하게 흐르는 거대한 강물을 볼 때는 평범함에 숨겨진 비범함, 부드러움과 강함을 한 몸에 지닌 물의 속성을 떠올려보자.

도도하게 흐르는 자태 속에서도 겸손함을 잃지 않고, 자연의 도리를 따라 흐르듯이 정의를 위해 살며, 아무리 작은 웅덩이라도 반드시 채우고 지나가는 속성처럼 세심한 마음으로 배려하며 살아간다면 반드시 큰 바다에 이르러 넓고 깊은 세상의 주역이 될 것이다.

만약 도도하기만 하고 겸손하지 않거나, 자연의 도리를 어기며 불의에 빠지고, 남을 배려하지 않는 사람이 된다면 바다에 이르기도 전에 말라버릴지도 모를 일이다.

수많은 강물줄기가 결국에는 동쪽으로 흐르듯이, 인간의 삶도 우여곡절이 많지만 결국은 굽히지 않고 노력하는 사람만이 자신이 바라는 바를 얻게 될 것이다. 이 세상에 아픔 없는 사람이 어디 있으며, 힘든 일을 겪어보지 않은 사람이 어디 있겠나. 그때마다 좌절하고 포기한다면 바라는 것이 아무리 많아도 성취할 수 있는 것은 지극히 드물 것은 불을 보듯 뻔하지 않겠는가.

만 번이나 꺾어져도 동해로 흐르는 강물처럼, 만 번의 고통을 겪어도 변치 않는 마음을 유지하며 반드시 '동해'라는 목표에 도달할 것이라는 희망을 버리지 말자.

흐르는 강물처럼 멈추지 말고 도도하게 흘러가라. 비록 지금은 작은 시냇물에 불과할지라도 갈수록 불어나는 물처럼 경험과 지혜를 쌓고 쌓아서 언젠가는 황하와 같은 강물이 될 것임을 믿어 의심치 말라.

큰 강물이 되기 전에 장애물과 만나면 부드럽게 감싸고 돌아가는 지혜를 발휘하고, 웅덩이를 만나면 가득 채운 다음 흘러가듯 자신의 부족함을 채우고 한 단계씩 발전하는 자세를 갖추어야겠다. 그렇게 큰 강물이 되어 바다에 이르면, 모든 만물에 은혜를 베풀는 관대함과 너그러움을 가지도록 하라. 힘이 커졌다고 강하게만 전진한다면, 한 순간 모든 것이 사라지고 물거품만 남게 될 것이다. 커질수록 관대하게, 깊어질수록 여유롭게, 흐르는 저 강물처럼.

목계양도

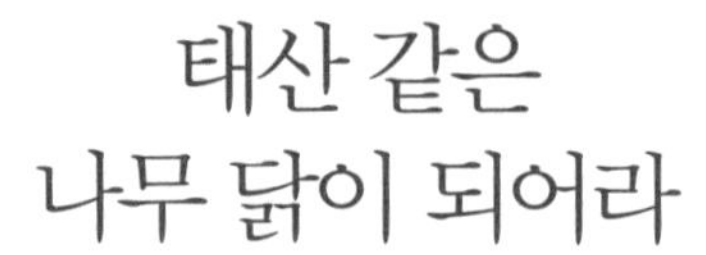

태산 같은
나무 닭이 되어라

木 鷄 養 到

나무 목　닭 계　기를 양　이를 도

목계양도는 "나무 닭처럼 길러진다"라는 뜻. 싸움닭을 훈련하는 것과 같이 사람도 수양을 쌓아야 완전한 덕德을 지니게 된다는 것을 말한다. 수양이 높고 매우 점잖은 사람을 이르는 말로, 사람됨이 변통이 없는 것을 의미한다. 이 고사는 『장자』「달생達生」 편에서 유래한다.

기성자紀渻子는 왕을 위해 싸움닭을 길렀다. 열흘이 지나서 왕이 물었다.

"닭이 싸움을 할 수 있는가?"

"아직 아닙니다. 허세를 부리고 교만하며 힘만 믿고 있을 뿐입니다."

열흘이 지난 뒤에 또 묻자 다음과 같이 말했다.

"아직 아닙니다. 다른 닭의 소리를 듣거나 모습을 보면 달려들려고 합니다."

열흘이 지나 또 물었다. 그러자 다음과 같이 말했다.

"아직 아닙니다. 상대를 노려보며 화를 냅니다."

열흘이 지나 또 묻자 대답했다.

"이제 괜찮습니다. 다른 닭이 비록 울더라도 이제 아무런 변화가 없습니다. 멀리서 바라보면 마치 나무로 만든 닭 같은데, 그 덕이 온전해졌기 때문입니다. 이 특이한 닭을 보고 다른 닭들은 감히 대응하지 못하고 보기만 해도 도망치고 말 것입니다."

투계란 싸움닭을 말하며, 수탉끼리 싸움을 붙여놓고 인간이 보고 즐기는 행위를 말하는데, 오래 전부터 아시아 전역에서 즐기던 놀이였다. 투계에 동원된 수탉의 발톱에는 낫 모양의 작고 날카로운 칼을 부착시키기 때문에 상대의 몸에 상처를 내기도 하고 심지어 목숨을 빼앗는 경우까지 발생한다. (한쪽이 싸울 수 없는 지경에 이르러야 멈추는데, 요즘에는 불법 도박으로 투계를 하는 경우도 있다. 말이 닭싸움이지, 닭들이 피투성이가 되도록 싸우는 것을 보는 인간의 잔인함은 알만 하다.)

위의 고사를 통해서 본다면 최고의 투계가 되기 위해서는 네 가지 조건이 필요하다. 첫째, 교만함을 버려야 한다. 상대를 깔보고 허세만 부리는 교만함은 자신만 노출시킬 뿐 상대에 대해서는 전혀 알지 못하는 어리석은 행위에서 나오기 때문. 둘째, 상대의 위협에 흥분해서는 안 된다. 상대의 기를 제압하기 위해 위협하는 소리에 민감하게 반응하는 것은 비슷한 수준이라는 것을 나타내는 것에 불과하다. 셋째, 상대를 바라보는 공격적인 모습을 버려야 한다. 공격적인 모습을 보이는 것은 먼저 싸움을 걸고자 하는 의도를 나타내는 것이므로 상대가 반응하지 않으면 오히려 자신만 우습게 된다. 넷째, 상대의 움직임에 아무런 반응을 하지 않고 묵묵하게 응시하며 관찰하는 '나무 닭'이 되는 것. 어떠한 위협에도 굴하지 않는 모습에 상대는 이미 두려움을 갖는다. 바로 이것이 최고의 투계가 되는 네 가지 조건.

나무로 만든 닭은 생명력도 없고 감정이 드러나지 않기 때문에 무슨 생각을 하는지, 어떻게 반응할지 알 수 없다. 감정을 통제할 수 있는 능력이 있기 때문에 인간으로 본다면 냉혈한에 가깝다. 감정은 최고의 경지에 오르지 않으면 누구나 쉽게 드러나는 것이어서 그것을 통제할 능력이 있다는 것은 매우 높은 수준에 이르렀다는 증거다. 그러니 다른 닭이 아무리 발버둥 쳐도 나무 닭을 이길 수는 없다.

사람도 목계처럼 감정을 통제할 줄 아는 사람은 무서운 사람이다. 어떠한 상황에서도 평정심을 잃지 않는 자세는 상대로 하여금 두려움을 느끼게 만들고 자신을 드러내지 않기 때문에 상대방에게 노출될 일이 없다.

작은 일에 쉽게 감정을 드러내거나 반응하는 사람은 큰일에 처해서는 이성을 잃게 되는 것이 보통이다. 그릇이 크고 넓은 사람은 사소한 일에 동요하지 않기 때문에 올바른 판단을 할 수 있고 큰일을 도모할 수 있다. 빛을 지니고 있으면서도 빛을 드러내지 않으니, 아무도 그의 도량을 헤아릴 수 없는 것이다. 그래서 아무나 쉽게 덤비지 못하고 그를 얕보거나 제압하려고 하지 못한다.

삼성의 창립자였던 이병철 회장은 아들에게 두 가지 가르침을 주었다고 한다. 하나는 경청하는 자세요, 다른 하나는 목계였다. 남의 이야기를 잘 들을 수 있는 자세는 대화법에서도 매우 중요하다. 아무리 하찮은 이야기라도 귀담아 듣고 스스로 판단하는 능력은 사업의 성패를 만드는 요인이다. 목계와 같은 무념무상의 태도는 사업가의 무기로 가장 적절한 것이라고 할만 하다.

무협지나 영화를 보면, 무술을 막 배우기 시작한 초보자들이 이리저리 날뛰며 오만하게 행동하거나 상대의 능력을 가늠하지도 않고 싸움을 거는 장면을 볼 수 있다. 그렇지만 고수는 결코 그런 모습을 보이지 않는다. 고요하게 자신을 바로잡고, 상대의 움직임에 쉽게 동요하지 않지만 한 순간에 급소를 공격해 번개처럼 무너뜨린다!

자신의 능력을 과신하며 힘을 소진하는 초보자들과 달리 힘을 들이지 않고도 상대를 제압하는 것이 바로 진정한 고수다. 청춘은 에너지가 넘치는 사람들이기에, 가끔은 호기를 부리거나 오만을 드러내는 경우가 있다. 작은 일에 처해서도 분노하거나 기뻐하면서 감정을 쉽게 표현하기도 한다. 그렇지만 그러한 모습은 대부분이 스스로의 그릇이 작다는 것을 드러낼 뿐이므로 어떠한 일에도 일희일비하지 말고 초연할 수 있는 수양이 필요하다. 과거에 선비들은 학문과 함께 지속적으로 배운 것을 유지하고자 하는 '수양'을 반드시 겸했다. 그렇지만 요즘은 배운 것만 활용할 뿐 그것을 자신에게 적용해서 완전한 내 것으로 만드는 수양의 과정이 생략되어 있다. 그렇다보니, 자신을 통제하는 능력이 부족하고 감정을 제어하는 냉철함도 떨어진다.

작은 승부에 목숨을 걸지 말고 진정한 승부에서 자신의 역량을 하나로 모아 폭발시켜야 한다. 분산된 에너지가 아니라 한 곳에 집중시키는 전략이 필요한 것이다. 그러기 전에는 목계처럼 의연하고 초연한 자세로 자신을 노출시키지 않아야 하는 것이 필수다.

태산 같은 나무 닭을 이길 닭은 없다. 경솔하게 매사에 파닥거리는 닭이 아니라, 묵묵하게 자신에게 주어진 일을 완수하며 겸손하고 성실하게 대처할 수 있는 나무 닭이 되라. 제아무리 급박한 상황에서도 흥분하지 않고 냉철하게 사리를 판단할 수 있는 정신을 보이라. 따뜻한 가슴과 냉철한 머리가 조화를 이루는 것이야말로 청춘이 보완해야 할 가장 중요한 무기다.

부복장주

당신이 이미 구슬이고, 보배다

剖 腹 藏 珠

쪼갤 부　배 복　감출 장　구슬 주

부복장주는 "배를 갈라서 보물을 감춘다"라는 의미. 재물에 눈이 어두워 자신에게 해가 되는 일도 서슴지 않고 자행한다는 말이다. 다른 한편으로는 욕망에 끌려 자신의 몸을 해치는 일은 하지 말라는 뜻도 담겨 있다.

당 태종唐太宗이 어느 날 신하들에게 말했다.

"내가 듣건대 서역西域의 어떤 장사꾼이 귀한 보물을 얻었는데 자신의 몸을 가르고 그 속에 감췄다고 한다. 이런 일이 있었는가?"

"그런 일이 있습니다."

그러자 당 태종이 말했다.

"사람들은 모두 그 장사꾼이 보물만 아끼고 자기 몸을 아끼지 않았다는 사실을 잘 알고 있다. 그런데 벼슬아치들이 뇌물을 받다가 법에 걸려 목숨을 잃고, 황제는 사치스런 욕망을 추구하다 나라를 잃는데, 이것이 어찌 서역의 장사꾼과 같이 어리석은 일이 아니겠는가?"

중국 최고의 군주로 알려진 당 태종 이세민은 '정관의 치'로 회자된다. 당 태종은 간언하는 신하를 옆에 두고 자신의 정치를 보좌하게 했으며, 그 가운데 위징이라는 인물은 200여 차례가 넘는 간언을 했다고 한다. 군주가 신하의 간언을 받아들인다는 것은 결코 말처럼 쉬운 일이 아니다. 그런데 당태종은 달콤한 말보다 쓴 말을 받아들인 큰 인물이었다. 당태종은 백성의 힘을 잘 알고 있었기 때문에 "백성은 물이고 임금은 배다. 물은 배를 띄울 수도 있으나 배를 뒤집을 수도 있다."라고 하는 맹자의 말을 항상 가슴에 새기고 있었다.

또한 백성들을 자식같이 사랑하는 마음으로 정치를 했기 때문에 세금을 줄이고 폐단을 혁파하는 일에도 앞장섰다. 그는 재위 기간 동안 다섯 차례나 인재를 구하는 칙령을 내려 문무를 겸비한 전국의 인재들을 대거 등용하기도 했다. 23년간의 재위 기간에 대내적으로는 국가 제도를 정비하고 민생을 안정시켰으며 대외적으로는 돌궐과 이민족을 격퇴했다. 이로 인해 당나라는 주변 국가에 정치적, 문화적 영향을 많이 끼쳤다.

당태종이 이렇게 성공적인 정치를 할 수 있었던 것은 수나라의 멸망에서 교훈을 얻었기 때문. 오직 재능 있는 사람만을 등용하고 간언을 수용하기를 물 흐르듯이 하였으며, 행정과 제도를 완벽하게 하였기 때문에 중국 역사상 최고의 정치를 이룩할 수 있었다. 이러한 당태종의 눈에 자신의 배를 갈라 보물을 감춘 서역 장사꾼이 얼마나 어리석게 보였을까.

물질에 눈이 어두워 자신을 해치는 줄도 모르고 위험한 행위를 하는 경우는 요즘도 비일비재하다. 위장이나 항문에 다이아몬드나 금괴, 심지어 마약까지 숨겨 밀수를 하다 적발되는 경우가 심심치 않게 보도된다. 비록 배를 가르지는 않았지만, 이것이 현대판 부복장주가 아니고 무엇이겠는가. 재물이 인간의 눈을 어둡게 하고 삶의 목적이 무엇인지 알지 못하게 하는 경우다. 자본주의 사회가 가진 병폐 가운데 하나가 바로 물질의 노예가 된다고 하는 것 아닌가.

대부분 알고 있는 이야기겠지만 다시 한번 생각해보자는 의미에서 그리스 신화에 나오는 일화를 언급한다. 욕심 많은 왕 미다스는 자신이 만지는 모든 것을 황금으로 변하게 해달라고 술의 신 디오니소스에게 소원을 말했다. 디오니소스는 술에 취한 상태에서 미다스의 소원을 들어주었고, 자신의 소원대로 만지는 것마다 모두 황금으로 변해서 그는 날아갈듯이 기뻤지만, 그 기쁨은 오래 가지 않았다. 먹을 수도 마실 수도 없었고, 심지어 어린 딸이 품에 안기자 그 역시 황금으로 변해버렸기 때문이다. 괴로움에 빠진 미다스는 결국 디오니소스에게 달려가 자신의 능력을 모두 없애달라고 애원하기에 이르렀다.

손대는 것마다 성공하는 사람을 가리켜 '미다스의 손'이라고 한다. 그렇지만 이것은 인간의 지나친 욕망이 불러오는 불행을 뜻하는 말에서 유래한 것이다. 미다스는 소원을 이루었다고 생각했지만, 결코 행복하지 않았고 모든 것을 원점으로 돌려놓았다. 지금도 미다스의 손처럼 되고 싶은 사람들이 분명히 있을 것이다. 그 결과가 무엇이건 상관없이 잠시라도 황금의 바다에 빠져보고 싶은 욕망을 버리지 못한 채 말이다.

썩은 고기를 물고 하늘로 날아오른 갈매기의 이야기도 우리에겐 좋은 교훈이다. 어느 날, 갈매기 한 마리가 썩은 물고기를 부리로 물고 하늘로 날아올랐다. 이것을 본 수많은 갈매기들이 달려들었고 갈매기는 썩은 물고기를 빼앗기지 않으려고 몸부림을 치며 더 높이 올라갔다. 그러다 그만 물고기를 떨어뜨리고 말았는데 다른 갈매기들은 모두 그것을 잡으려고 바다 쪽으로 쫓아 날아갔다. 푸른 하늘에 오직 자신만이 있음을 알게 된 갈매기는 온 세상이 자기 것이 된 느낌이었다. 잃지 않으려고 움켜쥐고 있던 썩은 물고기를 내려놓자 넓은 하늘이 한눈에 들어오며 모든 세상이 자기 차지가 된 것이다.

작은 욕심을 버리면 세상이 넓어지고 자기 것이 된다는 사실을 아는 이가 얼마나 될까. 공자는 "옳지 못한 부귀는 뜬구름 같다."고 했다. 부정한 방법으로 취득한 재물은 결코 내 것이 될 수 없고 한 순간에 모두 날아가 버리기 쉽다. 재물을 쫓다가 자신을 잃어버리는 어리석음을 범하는 인간이 행복해질 수는 없다. 죽을 때까지 재물만 모으다 세상을 떠난 사람들이 얼마나 많은지 생각해 보라. 그들이 과연 행복한 삶을 살았다고 말할 수 있을까?

무엇이 주인인지 잊어버리지 말라. 주인과 종속물을 뒤바꾸고 본말이 전도된 삶이 인간을 불행으로 몰고 가기 때문이다. 마더 테레사는 "물질이 우리의 주인이 되었을 때 우리는 참으로 빈곤한 사람들이다."라고 했다.

돈으로 물건을 살 수는 있지만, 정신적 행복을 살 수는 없다. 물질은 결코 인간의 주인이 될 수 없다! 그런데 안타깝게도, 물질을 주인으로 착각하며 모든 것을 물질로 해결하거나 물질에 매달려 자신의 삶을 망치는 경우가 너무도 많다.

인간의 진정한 주인은 바로 자기 자신이고 자신의 마음이다. 맹자는 "사람들이 개와 닭을 잊어버리면 찾으려고 애쓰면서도 자신의 마음을 잊어버리고는 찾으려고 하지 않는다."라고 했다. 물질을 잃어버리면 찾으려고 애쓰면서도, 정작 자신의 주인인 마음을 잃어버린채 사는 삶이 되어서는 안 된다. 마음을 잃어버리면 모든 것을 잃는 것이기 때문이다.

청춘은 아직 세상의 때가 묻지 않은 시기이며, 자신을 망치면서 재물을 쫓기에는 고결한 이상과 거대한 꿈을 가진 때이다. 푸른 소나무가 우뚝 선채로 엄동설한을 견뎌내듯, 의연하게 세상을 바라보라. 물질에 빠져 자신을 망치거나 작은 재물에 정신이 혼미해져 옳고 그름도 구분하지 못하는 인생이 되지는 말라. 어떤 자리에 있건 부정하고 부당한 재물에 싸게 자신을 팔지 말라. 자신의 값어치가 그 정도밖에 안 되는 사람이라면 어쩔 수 없겠지만, 청춘에게는 무한한 가능성이 있기에 그 값을 따질 수 없다. 자신의 배를 가르지 말라. 당신 자체가 이미 구슬이고, 보배다.

부록

- **가계야치**家鷄野雉 : "집안의 닭, 들에 있는 꿩"이라는 뜻. 가까이 있는 집안의 닭은 하찮게 여기고, 멀리 있는 들판의 꿩만 귀하게 여긴다는 의미의 고사.
- **가도사벽**家徒四壁 : "집안에 있는 것이라고는 네 벽밖에 없다"는 뜻. 찢어지게 가난한 사람을 의미하는 고사.
- **개관사정**蓋棺事定 : "관 뚜껑을 닫을 때에야 비로소 그 사람의 평가가 정해진다"는 뜻. 죽고 난 뒤에야 그 사람에 대한 올바른 평가를 할 수 있다는 의미의 고사.
- **경단급심**綆短汲深 : "두레박줄이 짧으면 깊은 우물물을 길을 수 없다"는 뜻. 지혜를 넓혀야 큰일을 할 수 있다는 의미의 고사.
- **공석불난**孔席不暖 : "공자가 앉은 자리는 따뜻할 겨를이 없다"는 뜻. 온 세상에 도를 전파하기 위해 분주하게 돌아다니는 공자의 모습을 형용한 고사.
- **과이불개**過而不改 : "잘못을 저지르고 고치지 않는다"라는 의미의 고사.

• **곽씨지허**郭氏之墟 : "곽씨의 옛 터"라는 뜻. 이론과 실천의 괴리감에 대해 경고하는 고사.

• **구맹주산**狗猛酒酸 : "개가 사나우면 술이 시큼해진다"는 뜻으로, 아무런 연관이 없는 것 같지만 반드시 필연적인 이유가 있을 때 사용하는 고사.

• **구우일모**九牛一毛 : "아홉 마리의 소 가운데서 뽑아낸 하나의 털"이라는 뜻. 없는 것이나 마찬가지로 하찮다는 의미의 고사.

• **군자피삼단**君子避三端 : "군자에게는 세 가지 피할 것이 있다"라는 뜻으로, 붓끝, 칼끝, 혀끝을 조심하라는 의미의 고사.

• **금구계이**金鉤桂餌 : "황금 낚싯바늘과 계피가루를 친 미끼"라는 뜻. 쓸데없이 형식에만 치우치는 것을 말한 고사.

• **낙양지귀**洛陽紙貴 : "낙양의 종이 값이 오르다"라는 뜻. 어떠한 저서가 좋은 반응을 얻어서 '베스트셀러'가 되었을 때 그것을 베끼느라고(인쇄) 종이의 수요가 증가하여 값이 폭등한 것을 두고 한 말로, 문장이 좋은 것을 칭찬할 때 주로 사용하는 고사.

• **당랑포선**螳螂捕蟬 : "사마귀가 매미를 잡는다"는 뜻. 사마귀가 저 죽을 줄은 모르고 매미를 노리는 형국을 의미하는 고사.

• **독서상우**讀書尙友 : "독서를 통해 옛 사람과 벗이 되다"라는 뜻. 만날 수 없는 지난 성현들이지만 그들이 저술한 책을 통해 벗이 될 수 있다는 의미의 고사.

• **등용문**登龍門 : "용문에 오른다"라는 뜻. 입신출세의 관문을 가리키는 표현으로 사용하는 고사.

• **마부작침**磨斧作針 : "도끼를 갈아서 바늘을 만든다"라는 뜻. 어려운 상황을 극복하고 인내심을 가지고 노력하면 끝내 성공할 수 있다는 의미의 고사.

• **마중지봉**麻中之蓬 : "삼밭 속에서 자라는 쑥"이라는 뜻. 구부러진 쑥도 곧게 자라는 삼밭에서 성장하면 반듯하게 자란다는 의미의 고사.

• **막현호은**莫見乎隱 : "어두운 곳보다 더 잘 보이는 곳도 없다"라는 뜻. 이는 역설적인 표현으로, 아무리 작거나 숨겨진 것이라 할지라도 감출 수 없다는 의미의 고사.

• **만절필동**萬折必東 : "만 번을 꺾어서 반드시 동쪽으로 간다"라는 뜻. 군자의 굳은 절개를 꺾을 수 없다는 말로도 사용되며, 모든 일은 우여곡절을 겪더라도 반드시 본래 모습으로 돌아간다는 말로도 사용된다.

• **망지일목**網之一目 : "그물의 한 코"라는 뜻. 새는 그물의 한 코에 걸려 잡히지만 그물을 한 코만 만들어 치면 새가 잡히지 않는다는 고사.

• **목계양동**木鷄養到 : "나무 닭처럼 길러진다"라는 뜻. 싸움닭을 훈련하는 것과 같이 사람도 수양을 쌓아야 완전한 덕德을 지니게 된다는 것을 말한다. 수양이 높고 매우 점잖은 사람을 이르는 뜻으로, 사람됨이 변통이 없는 것을 의미하는 고사.

• **배반낭자**杯盤狼藉 : "술잔과 그릇들이 어지럽게 흩어져 있다"라는 뜻. 한창 술을 흥겹게 마시고 노는 모양 또는 술자리가 끝난 이후의 난잡한 모습을 나타내는 의미의 고사.

• **백구과극**白駒過隙 : "흰 말이 달리는 것을 문틈으로 본다"라는 뜻. 인생과 세월의 덧없고 짧음을 한탄하는 고사.

- **백유읍장**伯兪泣杖 : 한나라 때의 효자 "한백유韓伯兪가 매를 맞으며 운다"라는 뜻. 어버이에 대한 지극한 효심을 비유한 고사.
- **부복장주**剖腹藏珠 : "배를 갈라서 보물을 감춘다"라는 뜻. 재물에 눈이 어두워 자신에게 해가 되는 일도 서슴지 않고 자행한다는 말이다. 다른 한편으로는 욕망에 끌려 자신의 몸을 해치는 일은 하지 말라는 뜻도 담겨 있다.
- **불교이주**不敎而誅 : "가르치지 않고 죽이는 것"이라는 뜻. 백성들에게 어떻게 하라고 교육시키지도 않고, 잘못했다고 무조건 죽이는 행위를 잔혹하다고 말한다는 의미의 고사.
- **불치하문**不恥下問 : "아랫사람에게 묻는 것을 부끄러워하지 않는다"라는 뜻. 학문을 좋아하는 것을 비유한 고사.
- **붕정만리**鵬程萬里 : "붕새가 날아가는 길이 만리나 된다"라는 뜻. 사람의 앞날이 멀고멀다는 고사.
- **사관미정**舍館未定 : "숙소를 아직 정하지 못했다"라는 뜻. 어른들을 일찍 찾아뵙지 못한 것에 대한 변명거리를 의미한다.
- **사인선사마**射人先射馬 : "사람을 쏠 때는 먼저 말을 쏴야한다"라는 뜻. 상대를 쓰러뜨릴 때는 먼저 상대편의 힘이 되는 것을 무너뜨리라는 의미, 혹은 과욕을 부리지 않고도 목적을 달성할 수 있다고도 해석한다.
- **소견다괴**少見多怪 : "견문이 적으면 괴이한 일이 많다"라는 뜻. 견문이 좁은 것을 비웃는 의미의 고사.
- **수주대토**守株待兎 : "그루터기를 지키며 토끼를 기다린다"라는 뜻. 우연히 한번 잡은 행운에 집착하여 융통성이 없는 것을 풍자하는 의미의 고사.

• **순망치한**脣亡齒寒 : "입술이 없으면 이가 시리다"라는 뜻. 한쪽이 망하면 다른 한쪽도 온전하기 어렵다는 고사.

• **엄이도령**掩耳盜鈴 : "귀를 막고 방울을 훔친다"라는 뜻. 자기 귀에 들리지 않으면 남도 듣지 못한다고 생각하는 어리석은 행동을 의미하는 고사.

• **오서지기**鼯鼠之技 : "날다람쥐의 재주"라는 뜻. 재주가 많아도 쓸 만한 것은 하나도 없다는 의미의 고사.

• **절영지연**絕纓之宴 : "갓끈을 끊고 잔치를 즐기다"라는 뜻으로, 상대의 잘못을 관대하게 용서하는 지혜를 비유한 고사.

• **종신지우**終身之憂 : "죽을 때까지의 걱정"이라는 뜻. 평생의 근심이 될 만한 일을 걱정하고, 하찮은 일을 가지고 걱정하지는 말라는 의미의 고사.

• **죽두목설**竹頭木屑 : "대나무 조각과 나무 가루"라는 뜻. 쓸모없다고 생각한 것도 소홀히 하지 않으면 나중에 요긴하게 쓰인다는 의미의 고사.

• **타면자건**唾面自乾 : "얼굴에 있는 침을 저절로 마르게 둔다"라는 뜻. 남이 내 얼굴에 침을 뱉으면 그것이 저절로 마를 때까지 기다리라는, 처세에 대한 고사.

• **파증불고**破甑不顧 : "깨진 시루는 돌아보지 않는다"라는 뜻. 이미 지나간 일은 깨끗이 단념하고 잊으라는 의미의 고사.

• **포정해우**庖丁解牛 : "포정이 소를 해체한다"라는 뜻. 기술이 매우 뛰어난 것을 말할 때 사용하는 고사.

• **현두자고**懸頭刺股 : "머리카락을 매달고 넓적다리를 찌른다"라는 뜻. 대들보에 머리채를 묶고 뾰족한 송곳으로 넓적다리를 찌르며 잠을 이겨낼 정도로 열심히 학문에 정진한다는 의미의 고사.

• **화이부동**和而不同 : "조화롭지만 같지는 않다"라는 뜻. 군자는 조화를 추구하되, 동일성을 추구하지 않는다는 고사.

• **화종구생**禍從口生 : "재앙은 입으로부터 나온다"는 뜻. 말을 조심해야 한다는 고사.